SCIENCE FICTION

Herausgegeben
von Wolfgang Jeschke

Aus dem GOR-Zyklus von John Norman erschienen folgende Bände in der Reihe
HEYNE SCIENCE FICTION & FANTASY:

1. Band: GOR – die Gegenerde (06/3355)
2. Band: Der Geächtete von GOR (06/3379)
3. Band: Die Priesterkönige von GOR (06/3391)
4. Band: Die Nomaden von GOR (06/3401)
5. Band: Meuchelmörder von GOR (06/3412)
6. Band: Die Piratenstadt von GOR (06/3432)
7. Band: Sklavin auf GOR (06/3455)
8. Band: Die Jäger von GOR (06/3472)
9. Band: Die Marodeure von GOR (06/3521)
10. Band: Die Stammeskrieger von GOR (06/3559)
11. Band: In Sklavenketten auf GOR (06/3612)
12. Band: Die Bestien von GOR (06/3875)

Weitere Bände sind in Vorbereitung, ebenso eine Neuausgabe der früher erschienenen, inzwischen vergriffenen Titel in neuer Ausstattung von Oliviero Berni.

JOHN NORMAN

DIE PRIESTERKÖNIGE VON GOR

3. Band des GOR-Zyklus

Fantasy-Roman

WILHELM HEYNE VERLAG
MÜNCHEN

HEYNE-BUCH 06/3391
im Wilhelm Heyne Verlag GmbH & Co. KG, München

Titel der amerikanischen Originalausgabe
PRIEST-KINGS OF GOR
Deutsche Übersetzung von Thomas Schlück
Das Umschlagbild schuf Oliviero Berni

3. Auflage

Redaktion: F. Stanya

Printed in Germany 1982
Umschlaggestaltung: Atelier Heinrichs & Schütz, München
Gesamtherstellung: Ebner Ulm

ISBN 3-453-30869-7

GOR III

1

Ich, Tarl Cabot, ehemaliger Erdenbürger, bin den Priesterkönigen Gors bekannt.

Es geschah gegen Ende des Monats der En'Kara im 10117. Jahr seit Gründung der Stadt Ar, daß ich den Saal der Priesterkönige im Sardargebirge des Planeten Gor, der Gegenerde, erreichte.

Vier Tage zuvor war ich auf dem Rücken meines Tarn, meines riesigen, falkengleichen Flugtiers, an der schwarzen Palisade eingetroffen, die das gefürchtete Gebirge umschließt.

Der Markt des En'Kara, einer der vier großen Zusammenkünfte, die während des goreanischen Jahres am Fuße der verbotenen Berge abgehalten werden, war in vollem Gange. Ich wollte hier kurz Rast machen, um einem Mitglied der Kaste der Schriftgelehrten meinen Bericht über die Ereignisse in Tharna anzuvertrauen.*

Ich wünschte, ich hätte mehr Zeit gehabt, die Freuden dieses Marktes zu genießen, denn hier bietet sich für die goreanischen Menschen eine der wenigen Gelegenheiten, die ständigen Spannungen und Zwiste zwischen den einzelnen Stadtstaaten zu vergessen und von Mensch zu Mensch miteinander zu reden. Auch zur Förderung der Wissenschaften, zur Anknüpfung zarter Bande, zum Austausch von Erfahrungen und zum friedlichen Handel waren diese Märkte geeignet. Mein alter Freund Torm, Angehöriger der Kaste der Schriftgelehrten, war schon viermal am Fuße des Sardargebirges gewesen und hatte mir allerlei berichtet.

Mir fehlte Torm sehr, und ich fragte mich, ob ich ihn je wiedersehen würde, meinen weißhaarigen Lehrer, der mich in die Geheimnisse dieser Welt eingeweiht hatte. Nachdem meine Heimatstadt Ko-ro-ba von den Priesterkönigen vernichtet und ihre Ein-

* Hierbei muß es sich um das Manuskript *Der Geächtete von Gor* handeln, das, wie schon zuvor *Gor — die Gegenerde*, über meinen Freund Harris Smith, einen jungen New Yorker Rechtsanwalt, in meine Hände gelangte. Smith genießt den Vorzug, Tarl Cabot persönlich zu kennen, und aus dieser Bekanntschaft, die an einem College in New Hampshire ihren Anfang nahm, ergab sich, daß Cabot seine fantastischen Erlebnisse auf der Gegenerde aufzeichnete. Auch dieses Manuskript gelangte nach Angaben Smiths auf dem schon bekannten Wege in seine Hände, und er überließ es mir zur Bearbeitung und Veröffentlichung. J. N.

wohner in alle Winde zerstreut worden waren, hatte ich wenig Hoffnung, ihm noch einmal zu begegnen. Nach dem Willen der Priesterkönige durften keine zwei Menschen aus Ko-ro-ba je wieder zusammenkommen, und ich wollte meinen Freund nicht in Gefahr bringen, indem ich auf dem Markt von En'Kara nach ihm suchte. Außerdem hätte er in seiner Wißbegierde sicherlich darauf bestanden, mich in das Sardargebirge zu begleiten – und das hätte ich ihm wirklich nicht erlauben können.

Denn noch nie war ein Mensch aus den verbotenen Bergen zurückgekehrt.

Ich wanderte langsam durch die Straßen des ausgedehnten Geländes. Ringkämpfe waren im Gange, Wettläufe und Wettkämpfe mit Bogen und Speer. Auch Sänger und Dichter traten gegeneinander an, verteidigten im friedlichen Turnier die Farben ihrer Städte. Ich mußte an meinen Freund Andreas aus der Wüstenstadt Tor denken, der auf einem solchen Markt eine goldgefüllte Schale gewonnen hatte. Auch tollten zahlreiche Jongleure, Puppenspieler, Musiker und Akrobaten in den belebten Straßen und bemühten sich auf ihre Art um die kupfernen Tarnmünzen der Passanten.

Mancherlei Objekte standen zum Verkauf. Ich sah Stände mit Wein und Textilien und Rohseide, Brokat, Kupfer- und Keramikgeschirr, dazu Holz, Pelze, Felle, Salz, Waffen, Sättel und Rüstungen, Ringe und Schmuckstücke, Gürtel und Sandalen, Lampen und Öle. Medizinen und Fleisch und Korn, wilde Tarns und Tharlarions als Zugtiere, und lange Ketten leidgebeugter Sklaven, Männer und Frauen.

Obwohl während des Marktes niemand zum Sklaven gemacht werden darf, ist doch der Handel mit diesem wichtigen Wirtschaftsgut gestattet, und die Sklavenhändler machen gute Geschäfte. Dies liegt nicht nur an der Qualität des Angebots, sondern insbesondere an der Tatsache, daß nach den Gesetzen der Priesterkönige jeder Goreaner, Mann oder Frau, einmal in seinem Leben eine Reise zum Markt am Fuße des Sardargebirges unternehmen muß. Obwohl die Karawanen natürlich gut bewacht werden, finden oft Überfälle statt, so daß jedes goreanische Mädchen mit dieser Wallfahrt das Risiko auf sich nimmt, zur Sklavin gemacht zu werden. Da die Überfälle nicht nur von Räubern oder Geächteten, sondern auch von den Soldaten feindlicher Städte durchgeführt werden, finden sich hier oft Kriegsgründe für die verfeindeten Städte, so daß das goreanische Leben eigentlich selten ohne Auseinandersetzungen abläuft.

Ich mußte daran denken, als ich einige Männer aus Port Kar erblickte, einer wilden Küstenstadt am Tambergolf, die zwanzig frisch gebrandmarkte Sklavenmädchen zum Verkauf anboten. Sie stammten aus der Inselstadt Cos und waren wahrscheinlich auf See gekapert worden. Sie knieten in der üblichen Haltung der Vergnügungssklavinnen. Wenn ein möglicher Käufer vor dem Stand stehenblieb, sorgte einer der bärtigen Sklavenaufseher mit der Peitsche dafür, daß die Mädchen den rituellen Satz des zum Verkauf stehenden Sklavenmädchens sagten: »Kauf mich, Herr.« Diese Mädchen waren als freie Frauen aufgebrochen, um ihre Pflicht gegenüber den Priesterkönigen zu erfüllen. Als Sklavinnen würden sie von hier gehen. Ich wandte mich ab.

Mein Anliegen galt den Priesterkönigen dieser Welt.

Ich war zum Sardargebirge gekommen, um mich den sagenumwobenen Priesterkönigen entgegenzustellen, deren unvergleichliche Macht das Schicksal der Städte und Menschen der Gegenerde bestimmte.

Es heißt, die Priesterkönige wissen alles, was auf ihrer Welt vorgeht, und eine Handbewegung dieser Götter genüge, um die Macht des Universums heraufzubeschwören. Ich selbst hatte die Macht der Priesterkönige erlebt und wußte, daß es diese Wesen geben mußte. Ich war schon zweimal in einem Raumschiff der Priesterkönige von der Erde auf diese Welt gebracht worden.

Es heißt, ihre Macht erstreckt sich auf die Gefühle der Menschen ebenso wie auf die Bewegungen von Atomen und Sternen. Es heißt, daß sie die Menschen ihrem Willen unterwerfen können. Diesen letzten Anspruch bezweifelte ich, denn ich hatte auf der Straße nach Ko-ro-ba einen Mann getroffen, einen Boten der Priesterkönige, der sich ihrem Willen widersetzt hatte.

Allerdings nicht lange. Denn die Priesterkönige hatten ihn vor meinen Augen vernichtet – so beiläufig, als entledigten sie sich eines abgelaufenen Schuhs. Das Wichtige war dabei für mich, daß der Mann sich gegen sie gewehrt hatte, daß dies möglich war, daß er ihre Befehle in der sicheren Erwartung des Todes, der ihm dafür drohte, nicht befolgt hatte. Damit hatte er seine Freiheit gewonnen, obwohl er zugleich, wie die Goreaner sagen, in die Stätte des Todes geschickt worden war.

Ich gehöre der Kaste der Krieger an, und zu unserem Ehrenkodex gehört die Gewißheit, daß der einzige Tod, der eines Mannes würdig ist, der Tod im Kampf ist. Hieran kann ich jedoch nicht mehr glauben, nachdem jener Bote der Priesterkönige vor meinen Augen zu Boden sank.

Mein Anliegen an die Priesterkönige ist einfach. Aus einem mir unbekannten Grunde haben sie meine Stadt Ko-ro-ba vernichtet und ihre Einwohner über den Planeten verstreut. Ich weiß nicht, was aus meinem Vater, meinen Freunden, meinen Kriegskameraden und meiner geliebten Talena geworden ist, der Tochter des früheren Ubar Marlenus – meiner süßen, wilden Freien Gefährtin, meiner Talena, die ewig in der einsamen Schwärze meiner Träume lebt. Ja, ich habe mit den Priesterkönigen abzurechnen.

2

Ich warf einen Blick in die lange breite Straße, die zu einem gewaltigen Holztor führte. Dahinter ragten die zerklüfteten schwarzen Gipfel des Sardargebirges auf.

Es dauerte nicht lange, ein kleines Bündel Vorräte zu erstehen, die ich mit in das Gebirge nehmen wollte, und schnell fand ich auch einen Schriftgelehrten, der mein Manuskript übernahm. Es war in Englisch geschrieben, in einer Sprache, die er nicht lesen konnte. Ich war aber sicher, daß er das Manuskript als kostbaren Besitz hüten würde, denn zu den Tugenden seines Standes gehörte, daß er das geschriebene Wort liebte und ehrte. Was machte es da, daß er das Manuskript nicht lesen konnte – vielleicht fand sich eines Tages ein Leser!

Endlich stand ich vor dem hochaufragenden Tor aus schwarzen Baumstämmen, die durch breite Metallbeschläge zusammengehalten wurden. Der Markt lag hinter mir. Nun zählte nur noch das Sardargebirge. Meine Kleidung, mein Schild wiesen keine Insignien auf, denn meine Stadt war vernichtet. Niemand würde erfahren, wer hier das Gebirge betrat.

Am Tor trat mir ein Mitglied der Kaste der Wissenden entgegen, ein mürrischer Mann mit zusammengekniffenem Mund. Er trug die weiße Robe seines Standes.

»Möchtest du mit den Priesterkönigen sprechen?« fragte er.

»Ja«, sagte ich.

»Weißt du, was das bedeutet?« fragte er.

»Ja«, entgegnete ich.

Der Wissende starrte mich einen Augenblick an und trat dann zur Seite, wie er es sicher schon viele Male getan hatte. Ich war natürlich nicht der erste, der in das Sardargebirge vordrang. Viele Männer und manchmal auch Frauen hatten die Berge betreten, doch es ist unbekannt geblieben, was sie dort fanden. Manchmal handelt es sich bei diesen Menschen um junge Idealisten, um Rebellen oder lebensmüde Leute, die zu den Priesterkönigen vorzudringen wünschen; manchmal um besonders Kluge oder Ängstliche, die zwischen den kahlen Gipfeln das Geheimnis der Unsterblichkeit zu finden hoffen; und manchmal um Geächtete, die vor der rauhen Gerechtigkeit Gors die Flucht ergreifen – in der Gewißheit, daß sich das Recht des Landes nicht auf dieses verbotene Gebiet erstreckt. Der Wissende zählte mich bestimmt zu dieser letzten Gruppe, denn ich trug keine Stadtinsignien.

Er wandte sich ab und trat an ein kleines Podest, auf dem eine wassergefüllte Silberschale stand. Daneben entdeckte ich ein Ölgefäß und ein Handtuch. Er tauchte seine Finger in das Gefäß, befeuchtete sie dann mit etwas Öl und wusch sich erneut die Hände. Dann trocknete er sich langsam ab.

An jeder Seite des riesigen Tors befand sich eine große Kettenwinde, an die eine Gruppe blinder Sklaven gefesselt war.

Sorgsam faltete der Wissende das Handtuch zusammen und legte es fort.

»Das Tor öffnen!« sagte er.

Gehorsam legten sich die Sklaven in die Ketten, und knarrend setzten sich die Winden in Bewegung. Die nackten Füße rutschten über den Boden, als sich die Sklaven gegen die Drehgriffe stemmten. Jetzt krümmten sich ihre Körper vor Anstrengung. Die blinden Augen waren ins Leere gerichtet. Die Blutgefäße am Hals und an den Beinen und Armen begannen anzuschwellen, die angespannten Muskeln schienen sich mit Schmerz zu füllen, als wäre der Schmerz eine Flüssigkeit; ihr Fleisch schien mit dem Holz der Drehgriffe zu verschmelzen.

Endlich ertönte ein lautes Knarren, und das gewaltige Portal öffnete sich eine Handbreit und glitt weiter auf.

»Genug«, sagte ich und drängte mich hindurch.

Als ich den Fuß über die unsichtbare Linie setzte, hörte ich den lauten klagenden Ton der großen hohlen Metallstange, die dicht neben dem Tor steht. Ich hatte diesen Laut schon gehört und wußte, was er bedeutet: Ein weiterer Sterblicher hatte das Sardargebirge betreten. Es war ein bedrückender Ton, um so bedrückender, als ich diesmal derjenige war, der den entscheidenden Schritt tat. Zugleich kam mir der Gedanke, daß der Laut vielleicht nicht nur dazu diente, die Menschen auf dem Markt von meiner Entscheidung zu informieren, sondern auch die Priesterkönige in den Bergen.

Ich blickte mich um und sah, wie sich das große Tor hinter mir schloß. Lautlos verschwand der Spalt zwischen den Holzbalken.

Der Marsch zum Saal der Priesterkönige war nicht so schwer, wie ich mir vorgestellt hatte. Stellenweise gab es ausgetretene Pfade, zuweilen sogar Treppenstufen, die in die Hänge geschlagen worden waren – Stufen, die nach Jahrtausenden sogar abgetreten wirkten.

Hier und dort entdeckte ich Knochen auf dem Weg, Menschenknochen. Ob es die Überreste von Reisenden waren, die hier im kahlen Gebirge erfroren oder verhungert waren, oder ob die Priesterkönige sie vernichtet hatten, wußte ich nicht. Hier und dort waren Botschaften in das Felsgestein gekratzt. Manche Sprüche verfluchten die Priesterkönige; andere priesen sie oder zeugten von Fatalismus: »Iß, trink und sei fröhlich. Das Ende ist nahe.« Andere waren ganz einfach: »Keine Nahrung«, »Mir ist kalt« oder »Ich habe Angst«. Und eine Inschrift lautete: »Die Berge sind leer. Rena, ich liebe dich.« Ich überlegte, wer das wohl geschrieben hatte. Die Schrift war ziemlich verwittert. Ich wußte, daß die Berge nicht leer waren; dafür hatte ich Beweise.

Ich setzte meine Reise fort.

Tiere entdeckte ich nicht, auch schienen sich zwischen den schwarzen Felsen keine Pflanzen zu halten. Mit der Zeit wurde es kälter, und Schneeflocken umtanzten mich; die Stufen und Felsen waren bald mit Rauhreif überkrustet, und ich wanderte an eisgefüllten Vertiefungen vorbei – Eis, das vielleicht schon tausend Jahre alt war. Ich zog meinen Umhang enger und gebrauchte meinen Speer als Stütze.

Als ich etwa vier Tage unterwegs war, hörte ich zum erstenmal ein Geräusch, das nicht von Wind und Wetter ausging; es war der Laut eines Lebewesens, das Fauchen eines Berglarls.

Der Larl ist ein krallenbewehrtes Raubtier, das bis zu zwei Meter groß werden kann. Man beschreibt es wohl am besten als eine Art Katzenwesen, das unglaublich wendig und kräftig anzugreifen versteht. Der Kopf eines Larl ist fast sechzig Zentimeter breit und hat etwa die Form eines Dreiecks, was ihm das Aussehen einer Viper gibt – außer daß er natürlich mit Pelz besetzt ist und seine Augen Schlitze haben.

Das Fell eines Larl ist normalerweise rot oder schwarz. Ich kannte die gefährlichen Tiere, hatte ich doch einmal ein rotes Exemplar in den Voltaibergen erlegt.

Als ich nun das Knurren eines Larl vernahm, hob ich meinen Schild und hielt meinen Speer kampfbereit. Es überraschte mich, daß ich in diesem Gebirge nun ausgerechnet auf einen Larl treffen sollte. Wie kam das Tier hier herauf? Vielleicht war hier seine eigentliche Heimat. Doch wovon wollte es in der kargen Umwelt leben? Ich hatte keine anderen Lebewesen ausmachen können, es sei denn, das Tier ernährte sich von Menschen, die in die Berge kamen. Aber die Skelette, die ich entdeckt hatte, wiesen keine entsprechenden Spuren auf; sie hatten keine Bekanntschaft gemacht mit den scharfen Fängen eines Larl.

Mir wurde klar, daß der Larl zu den Priesterkönigen gehören mußte, denn kein Lebewesen, ob Mensch, ob Tier, vermag im Sardargebirge zu existieren, wenn die Priesterkönige nicht damit einverstanden sind, und wenn dieser Larl gefüttert wurde, dann durch die Hand dieser Götterwesen.

Trotz meines Hasses auf die Priesterkönige mußte ich sie bewundern. Bisher war keinem Menschen die Züchtung eines Larl gelungen.

Mit wurfbereit erhobenem Speer schritt ich weiter; ich hielt meinen Schild bereit, um mich vor dem Todeskampf des wild ausschlagenden Ungeheuers zu schützen, falls ich mein Ziel traf. Mein Leben lag in meinen Händen, und das befriedigte mich. Anders wollte ich es nicht haben.

Ich lächelte. Ich war der erste und einzige Angreifer. An mir hing die Entscheidung.

Ich hatte das Tier, dessen Knurren mich nun vorsichtig machte, noch nicht gesehen. In einigen Metern Entfernung machte der Weg eine scharfe Biegung. Die Öffnung war nur etwa einen Meter breit und führte am Rande eines Steilhangs entlang, der zu meiner Linken viele hundert Meter in die Tiefe führte – vielleicht sogar einen Pasang tief. Ich weiß noch, daß die Felsbrocken in der Tiefe riesig gewesen sein müssen, daß sie von hier oben jedoch wie schwarze Sandkörner wirkten. Ich hätte den Abgrund lieber auf der rechten Seite gehabt, um meinen Speer frei werfen zu können.

Der Weg führte steil aufwärts und war hier und dort in den Fels gehauen. Es war mir stets zuwider gewesen, einen Gegner von unten herauf bekämpfen zu müssen, aber ich sagte mir jetzt, daß mein Speer leichter eine verletzliche Stelle traf, wenn der Larl von oben auf mich herabsprang, als wenn er unter mir gewesen wäre, wo ich nur seinen Hals als Ziel gehabt hätte. Von oben hätte ich versucht, das Rückgrat des Tiers zu durchtrennen. Und auf den Kopf zu zielen, war noch gefährlicher, da sich der Larl ständig in Bewegung befand. Die Gefahr, danebenzutreffen und das Ungeheuer noch mehr zu reizen, war zu groß.

In diesem Augenblick ertönte das Fauchen eines zweiten Larl, und ich blieb entsetzt stehen.

Ich hatte nur einen Speer.

Mit einem Larl konnte ich es aufnehmen, aber dann war ich eine leichte Beute für das zweite Tier.

Aus irgendeinem Grunde hatte ich keine Angst vor dem Tod. Ich spürte nur Wut darüber, daß diese Tiere meine Begegnung mit den Priesterkönigen von Gor verhindern würden.

Ich fragte mich, wie viele Menschen an dieser Stelle umgekehrt waren, und dachte an die weißen Skelette auf dem Weg hierher. Ich dachte daran, mich zurückzuziehen und wiederzukommen, wenn die Ungeheuer verschwunden wären. Vielleicht hatten sie mich noch gar nicht gewittert. Ich lächelte bei diesem törichten Gedanken, denn die beiden Ungeheuer gehörten sicher den Priesterkönigen, waren bestimmt Wächter der Festung der goreanischen Götter.

Ich lockerte mein Schwert in der Scheide und setzte meinen Weg fort.

Schließlich erreichte ich die Wegbiegung und spannte mich zum Sprung. Ich mußte losschreien, um die Tiere zu erschrecken, mußte im gleichen Augenblick das nächststehende Tier mit dem Speer erlegen und mich mit dem Schwert sofort um den anderen Larl kümmern.

Ich zögerte einen Augenblick. Dann gellte der wilde Kriegsschrei Ko-ro-bas von meinen Lippen, fuhr durch die klare, kühle Luft des Sardargebirges, und ich warf mich ins Freie, den Speer erhoben, den Schild schützend geneigt.

3

Ein plötzliches Kettenrasseln ertönte, und ich erblickte zwei riesige weiße Larls, die einen Sekundenbruchteil erstarrten, als sie meine Gegenwart wahrnahmen. Im nächsten Augenblick stürzten sich beide Ungeheuer fauchend auf mich.

Mein Speer ruhte weiter in meiner Hand.

Beide Tiere wurden zurückgerissen, da mächtige Ketten, die an juwelenbesetzten Halsbändern aus Stahl endeten, ihren Auslauf begrenzten. So heftig war der Ansturm, daß ein Tier sogar auf den Rücken geworfen wurde und das andere Ungeheuer einen Augenblick wie ein scheuendes Riesenpferd über mir kauerte, wobei die riesigen Pranken durch die Luft zischten und den Kragen zu lösen versuchten, der das Tier beengte.

Dann duckten sich die Ungeheuer schnaubend am Ende ihrer Ketten, musterten mich wütend und schlugen von Zeit zu Zeit mit ihren Krallen aus, als wollten sie mich in die Reichweite ihrer gewaltigen Fänge holen.

Ich stand wie erstarrt auf dem Weg, denn ich hatte noch nie weiße Larls gesehen. Es waren riesige Tiere, herrliche Exemplare, fast zweieinhalb Meter hoch.

Ihre oberen Fangzähne, die wie Dolche aus dem Kiefer ragten, waren mindestens dreißig Zentimeter lang und schoben sich nach der Art der ausgestorbenen Säbelzahntiger über den Unterkiefer. Die vier Nüstern weiteten sich in heftigem Rhythmus; in ihrer Erregung atmeten die Tiere schnell. Die langen und buschigen Schwänze zuckten hin und her.

Seltsamerweise schien das größere Tier plötzlich das Interesse an mir zu verlieren. Es erhob sich und schnüffelte, wandte mir die Flanke zu und schien sich nicht mehr um mich zu kümmern. Sekunden später mußte ich erkennen, daß es eine Finte war, denn mit einer plötzlichen Wende warf sich der Larl herum, und während sein Kopf in die andere Richtung wies, schnellten seine Hinterpranken auf mich zu. Ich hob meinen Schild, denn zu meinem Entsetzen hatte der Larl durch die plötzliche Kehre seinen Angriffsradius um fast zwei Meter vergrößert. Zwei riesige Krallenpfoten kratzten über meinen Schild und schleuderten mich fünf Meter rückwärts gegen eine Felswand. Ich rappelte mich hastig auf und zog mich weiter zurück, denn die plötzliche Attacke hatte mich in die Reichweite des anderen Larl gebracht. Der Angriff dieses Tiers riß mir den Umhang von den Schultern.

Langsam richtete ich mich wieder auf.

»Gut gemacht«, sagte ich zu dem Larl.

Die Wut der beiden Ungeheuer erreichte nun einen neuen Höhepunkt, denn sie spürten, daß ich mich nicht wieder so nahe heranwagen würde, daß sie ihren Trick wiederholen konnten. Ich bewunderte diese Tiere, die sehr schlau vorgegangen waren.

Ich untersuchte meinen Schild und entdeckte zehn breite Kerben in der ledernen Oberfläche. Auf meinem Rücken spürte ich Blut von den Klauen des zweiten Larl. Es hätte sich warm anfühlen müssen, doch es schien kalt zu sein. Ich wußte, daß die Flüssigkeit auf meinem Rücken gefror. Ich hatte nun keine andere Möglichkeit, als weiter vorzudringen. Ohne Nadel und Faden für meine Kleidung war ich verloren. Es gab kein Holz, mit dem ich ein Feuer hätte entzünden können.

Ja, dachte ich grimmig und starrte die Larls an. Das war ein vorzügliches Manöver gewesen, fast zu gut.

Dann hörte ich Gerassel und sah, daß die beiden Ketten, an denen die Larls befestigt waren, nicht in Ringen auf dem Gestein endeten, sondern in runden Öffnungen verschwanden. Und durch diese Öffnung wurden die Ketten nun hineingezogen, was den Ungeheuern natürlich nicht gefiel.

Die Stelle, an der ich mich befand, war breiter als der Weg, der nun hier an dieser kreisförmigen Vertiefung zu enden schien. Auf einer Seite war sie von dem Steilhang begrenzt, der zu meiner Rechten gewesen war und nun eine Art Einbuchtung bildete, die andere Seite zu meiner Linken öffnete sich zum ungeschützten Steilhang, wurde aber zur Häfte von einer vorgeschobenen Felsformation umschlossen. Die runden Öffnungen, in denen die Ketten der Larls verschwunden waren, lagen in dieser Klippe. Als die Ketten sich immer mehr verkürzten, wurden die beiden widerstrebenden Tiere in verschiedene Richtungen gezogen, wodurch zwischen ihnen eine Art Durchgang entstand. Soweit ich erkennen konnte, führte dieser Weg aber nur zu einer kahlen Felswand, an der es kein Fortkommen gab.

Und doch stellte ich mir vor, daß die anscheinend undurchdringliche Wand das Portal zum Saal der Priesterkönige sein müsse.

Als die Ungeheuer den Zug der Ketten spürten, wichen sie schnaubend zurück, und jetzt duckten sie sich hin, von den eisernen Fesseln ganz kurz gehalten. Ich fand ihr schneeweißes Fell sehr schön. Ein grollendes Knurren bedrohte mich, und von Zeit zu Zeit schlugen Pranken in meine Richtung, doch die Ungeheuer machten keine Anstalten mehr, sich gegen die straffen Ketten zu werfen.

Ich brauchte nicht lange zu warten, denn es waren nur wenige Sekunden vergangen, vielleicht zehn goreanische Ihn, als eine Sektion der Felswand lautlos zurückrollte und nach oben entschwand, wodurch ein felsiger Durchgang entstand, der vielleicht zweieinhalb Meter hoch war.

Ich zögerte, denn wie wollte ich wissen, daß die Ketten der Larls nicht gelockert wurden, wenn ich zwischen die Tiere trat? Woher wollte ich wissen, was in dem dunklen, stillen Tunnel auf mich wartete? Als ich noch zögerte, nahm mein Auge eine Bewegung in der Öffnung wahr, die sich bald als eine weißgekleidete, rundliche Gestalt entpuppte.

Zu meiner Verblüffung trat nun ein Mann aus dem Tunnel und blinzelte in die Sonne. Er trug eine weiße Robe, die Ähnlichkeit mit der Kleidung der Wissenden hatte. An den Füßen trug er Sandalen. Seine Wangen waren gerötet, und er hatte eine Glatze und lange Koteletten, die sein rosiges Gesicht fröhlich rahmten. Kleine Augen leuchteten unter buschigen weißen Augenbrauen. Was mich jedoch am meisten verblüffte, war eine kleine Pfeife, die er in der

Hand hielt und von der heller Rauch aufstieg. Tabak ist auf Gor unbekannt, obwohl es für das Rauchen gewisse andere Angewohnheiten oder Laster gibt. Besonders der Reiz der Kandablätter, die gekaut werden müssen, getrocknet und gemahlen jedoch ein sehr gefährliches Gift sind.

Aufmerksam musterte ich den kleinen, rundlichen Herrn, der da so unpassend in dem großen Tunneleingang stand. Ich konnte mir unmöglich vorstellen, daß er gefährlich war, daß er mit den gefürchteten Priesterkönigen Gors zu tun haben könnte. Dazu wirkte er einfach zu fröhlich, zu offenherzig, zu erfreut, mich zu sehen. Es war unmöglich, diesen Mann nicht nett zu finden, obwohl er mir gerade erst gegenübergetreten war; nicht zu zweifeln, daß er mich ebenfalls mochte.

Wäre mir dieser Mann in meiner eigenen Welt begegnet, dieser kleine, fröhliche Herr mit der gesunden Gesichtsfarbe, hätte ich ihn für einen englischen Landedelmann aus dem neunzehnten Jahrhundert gehalten, eine Dickens-Figur. Seine kleinen Augen musterten mich funkelnd.

Ich erschrak, als ich sah, daß seine Pupillen rot waren.

Bei meiner instinktiven Bewegung ging ein Ausdruck des Ärgers über sein Gesicht, doch im nächsten Augenblick war er wieder ganz der wohlwollende, freundliche Gastgeber.

»Komm, komm«, sagte er. »Komm, Cabot. Wir haben dich schon erwartet.«

Er kannte meinen Namen.

Wer wartete auf mich?

Aber natürlich kannte er meinen Namen, und bei den Wartenden mußte es sich um die Priesterkönige Gors handeln.

Ich vergaß seine Augen, denn das erschien mir aus irgendeinem Grunde nicht mehr wichtig. Vielleicht hatte ich mich ja auch geirrt. Er war nun wieder in den Schatten des Tunneleingangs getreten.

»Du kommst doch, nicht wahr?« fragte er.

»Ja«, sagte ich.

»Ich heiße Parp«, sagte er und zog wieder an seiner Pfeife.

Er reichte mir nicht die Hand, und ich sah ihn stumm an. Ein seltsamer Name für einen Priesterkönig. Ich wußte allerdings nicht, was ich eigentlich erwartet hatte. Er schien meine Verwirrung zu spüren.

»Ja«, sagte er. »Parp.« Er zuckte die Achseln. »Kein besonders eindrucksvoller Name für einen Priesterkönig. Aber ich bin ja auch kein besonderer Priesterkönig.« Er lachte leise.

»Bist du Priesterkönig?« fragte ich.

»Natürlich«, sagte er.

Mir war, als wollte mein Herz stehenbleiben.

In diesem Augenblick brüllte einer der Larls. Ich fuhr zusammen, aber zu meiner Überraschung schien sich auch der Mann mit der Pfeife nicht ganz in der Gewalt zu haben. Mit weißer Hand umklammerte er seine Pfeife. Ich fand es seltsam, daß sich ein Priesterkönig vor einem Larl fürchtete.

Ohne sich umzusehen, marschierte der Mann nun in den Tunnel hinein.

Ich nahm meine Waffen und folgte ihm. Nur das Grollen der Berglarls, zwischen denen ich hindurchschritt, brachte mir in Erinnerung, daß ich nun endlich den Saal der Priesterkönige erreicht hatte.

4

Als ich dem Manne Parp folgte, schloß sich das Steinportal hinter mir. Ich warf einen letzten Blick auf das Sardargebirge, auf den Weg, den ich erklommen hatte, auf den kalten blauen Himmel.

Der Priesterkönig schwieg und schritt energisch aus. Der Tunnel war mit Energielampen erleuchtet, wie ich sie aus den Tunneln unter der Stadt Ar kannte. In dieser Hinsicht schienen die Priesterkönige nicht weiter fortgeschritten zu sein als die Menschen im Schatten der Berge. Auch fehlte jeder Schmuck; glatt und farblos erstreckten sich die Felswände zu beiden Seiten.

Ich stellte fest, daß der Tunnel vielbegangen sein mußte. Der Fußboden war von den Sandalen unzähliger Menschen blankgetreten, vielleicht schon vor Tausenden von Jahren, vielleicht auch erst gestern oder heute früh.

Dann erreichten wir einen riesigen Saal. Er war sehr schlicht, hatte in seiner Größe jedoch etwas Luftiges, Feierliches.

Am Eingang blieb ich überwältigt stehen. Es schien sich um eine riesige, vollkommene Kuppel zu handeln, die einen Durchmesser von mindestens tausend Metern hatte. Das Dach bestand aus einer schimmernden durchsichtigen Substanz, über der der vertraute blaue Himmel leuchtete.

»Komm weiter, Cabot«, sagte Parp.

Ich folgte ihm.

Der gewaltige Kuppelraum war leer bis auf eine Empore im Mittelpunkt. Auf dieser Empore stand ein Thron, der aus einem einzelnen Felsblock gehauen schien.

Wir brauchten lange, um diese Empore zu erreichen.

»Warte hier«, sagte Parp schließlich und deutete auf eine Stelle außerhalb eines Rings aus Fußbodenfliesen, der den Thron umgab.

Mühsam erklomm Parp die neun Stufen, die zur Empore führten, und bestieg dann den Steinthron. Er bildete einen seltsamen Kontrast zu dem majestätischen Sessel, auf dem er hockte. Seine Sandalen reichten nicht ganz bis zum Boden hinunter, und er verzog etwas das Gesicht, als er sich zurechtsetzte.

»Offen gesagt, wir könnten hier gut ein Kissen gebrauchen«, sagte er und klopfte seine Pfeife am Thron aus, wobei Asche und Tabakreste zu Boden rieselten.

Ich beobachtete ihn reglos.

Dann begann er in einer Tasche zu fummeln, die an seinem Gürtel hing, und nahm einen Plastikumschlag heraus. Mit spitzen Fingern füllte er dann seine Pfeife mit frischem Tabak und nahm ein silbrigglänzendes Zylinderobjekt zur Hand. Einen Augenblick schien er es auf mich zu richten.

Ich hob meinen Schild.

»Bitte, Cabot!« sagte Parp leicht ungeduldig und benutzte das Silberobjekt, um seine Pfeife anzuzünden. Er lachte leise und zog an seiner Pfeife. Als er sie ausgeraucht hatte, klopfte er sie wieder aus und wiederholte den Vorgang des Stopfens.

»Hattest du eine gute Reise?« fragte er schließlich.

»Wo ist mein Vater?« fragte ich. »Was ist aus Ko-ro-ba geworden? Aus dem Mädchen Talena, die meine Freie Gefährtin war?«

»Die Reise hier herauf ist beschwerlich«, sagte Parp. »Liegt hauptsächlich am Wetter.« Er zog an seiner Pfeife.

Mein jahrelanger Haß auf die Priesterkönige begann an die Oberfläche zu dringen. Rote Kreise wirbelten vor meinen Augen, und eine seltsame Hitze brodelte in mir, suchte nach einem Ausgang. »Beantworte mir meine Frage!« brüllte ich.

»Auch bringen die Larls besondere Gefahren«, fuhr Parp gemütlich fort.

Mit einem Wutschrei wollte ich mich auf den Mann stürzen, doch ich hielt mich im letzten Augenblick noch zurück. Ich war kein Mörder.

Parp lächelte. »Das war klug von dir. Du hättest mich nämlich nicht verletzen können.«

Ich starrte ihn fragend an.

»Nein«, sagte er. »Versuch's ruhig. Wirf deinen Speer.«

Ich zielte mit der Waffe auf die Empore und warf sie. Ein seltsames Knistern ertönte, Hitze schlug mir ins Gesicht. Ich fuhr zurück. Am Fuße des Throns lagen Aschenreste und einige Tropfen geschmolzener Bronze.

»Wie du siehst«, sagte Parp, »hättest du mich nicht umbringen können.«

Jetzt begriff ich auch den Zweck des Fliesenkreises, der den Thron umgab.

Ich zog den Helm vom Kopf und warf meinen Schild zu Boden. »Ich bin dein Gefangener.«

»Unsinn«, sagte Parp, »nur mein Gast.«

»Ich behalte mein Schwert!« sagte ich. »Du mußt dirs holen, wenn du es haben willst.«

Parp lachte. »Ich habe keine Verwendung dafür«, sagte er. »Du übrigens auch nicht.«

»Wo sind die anderen Priesterkönige?« fragte ich.

»Leider bin ich wohl der einzige.«

Parp schien seltsam unruhig zu werden. Sein Blick irrte hin und her. Dann schaute er zur Kuppel auf. Es wurde Abend. Er schien nervös zu sein. Seine Finger spielten mit der Pfeife; Tabak rieselte zu Boden.

»Wirst du mir von meinem Vater, meiner Stadt und meiner Geliebten berichten?« fragte ich.

»Vielleicht«, sagte Parp. »Aber zunächst bist du sicher müde von der Reise.«

Es stimmte; außerdem verspürte ich Hunger.

»Nein«, sagte ich. »Ich möchte lieber reden.«

Die goreanische Nacht schien hereinzubrechen. Aus der Ferne hörte ich das Fauchen eines Berglarls. Parp schien auf seinem Thron zu erschauern.

»Hat ein Priesterkönig Angst vor einem Larl?« fragte ich.

Parps Lachen hatte etwas von seiner Fröhlichkeit verloren.

Ich fragte mich, warum man mich ins Gebirge hatte vordringen lassen und was ich hier im Saal der Priesterkönige sollte.

Plötzlich ertönte das widerhallende Dröhnen eines fernen Gongs, ein matter, doch durchdringender Laut, der durch weite Tunnel zu uns zu dringen schien.

Abrupt stand Parp auf. Sein Gesicht war bleich. »Unser Gespräch ist zu Ende«, sagte er. Mit schlecht verhohlenem Entsetzen blickte er sich um.

»Aber was ist mit mir, deinem Gefangenen?« fragte ich.

»Mein Gast!« berichtigte mich Parp ärgerlich, wobei er fast seine Pfeife fallen ließ. Er klopfte damit einmal gegen den Thron und steckte sie fort.

»Dein Gast?« fragte ich.

»Ja«, schnappte Parp und blickte wie gehetzt hin und her, »wenigstens solange, bis du vernichtet werden mußt.«

Ich starrte ihn an. Im Dämmerlicht des Saales wollte es mir scheinen, als glommen die Pupillen des Priesterkönigs einen kurzen Moment hellrot auf, wie zwei winzige glühende Kupferstücke. Da wußte ich, daß ich mich vorhin nicht geirrt hatte. Seine Augen waren nicht die eines Menschen. Was immer Parp sein mochte — er war jedenfalls kein gewöhnlicher Mensch.

Und wieder ertönte der große, unsichtbare Gong, jenes ferne Geräusch, das sogar noch in der Leere des gewaltigen Kuppelsaales widerhallte.

Mit einem Entsetzensschrei warf Parp einen letzten Blick in die Runde und verschwand auf unsicheren Beinen hinter dem Thron.

»Warte!« brüllte ich.

Aber er war fort.

Ich behielt den Fliesenkreis im Auge und schritt einmal um den Thron. Doch von Parp war nichts mehr zu sehen. Ich kehrte zur Frontseite des Throns zurück, nahm meinen Helm und warf ihn in Richtung Empore. Laut polternd rollte er über die Stufen zurück. Ich folgte ihm über den Fliesenkreis, der nach Parps Verschwinden nun keine Gefahr mehr darzustellen schien.

Ein drittes Mal erzitterte der unsichtbare Gong, und wieder füllte sich der Saal der Priesterkönige mit seinen unheildrohenden Vibrationen. Es war der dritte Gongschlag. Ich fragte mich, warum Parp das Kommen der Nacht und die Gongschläge gefürchtet hatte.

Ich untersuchte den Thron und fand keine Tür dahinter, obwohl es eine geben mußte. Wenn ich Parp auch nicht berührt hatte, war er bestimmt ebenso körperlich vorhanden gewesen wie ich. Er hatte sich nicht einfach in Luft auflösen können.

Es war nun dunkel draußen. Durch die Kuppel sah ich die drei Monde Gors und die hellen Sterne.

Es war ein herrlicher Anblick.

Von einem seltsamen Impuls getrieben, setzte ich mich dann auf den großen Thron im Saal der Priesterkönige, zog mein Schwert und legte es mir über die Knie.

Ich dachte an Parps Worte: ». . . bis du vernichtet werden mußt.«

Aus irgendeinem Grunde lachte ich, und mein Lachen war das Lachen eines goreanischen Kriegers, laut und widerhallend, ohne Furcht, und es dröhnte durch den dunklen und verlassenen Saal der Priesterkönige.

5

Ich erwachte, als mir ein feuchter Schwamm über die Stirn fuhr. Ich griff nach der Hand, die den Schwamm hielt, und fühlte das zarte Handgelenk eines Mädchens.

»Wer bist du?« fragte ich.

Ich lag auf einer großen Steinplattform. Unter mir waren dicke Schlaffelle, Roben und zahlreiche Seidenlaken. Einige Kissen lagen auf der Plattform verstreut.

Das Zimmer, in dem ich mich befand, war groß, vielleicht vierzig Fuß im Quadrat, und die Schlafplattform erhob sich an einem Ende. Das übrige Mobiliar schien nur aus einigen großen Truhen zu bestehen, die an einer Wand standen. Es gab keine Fenster. Der Raum strahlte Strenge aus. Eine Tür war nicht vorhanden, nur ein großer Durchgang, der in einen Gang mündete.

»Bitte«, sagte das Mädchen, und ich ließ los.

Sie war hübsch anzuschauen. Ihr Haar war sehr blond, hell wie Sommerstroh. Es war glatt und im Nacken mit einem kleinen Gewebe aus weißer Wolle zusammengebunden. Ihre Augen waren blau und glanzlos. Ihre vollen roten Lippen, die jeden Mann hätten betören können, schienen zu schmollen. Ein Ausdruck von Verachtung war in ihrem Gesicht.

Sie kniete neben der Plattform.

Auf dem Boden stand ein Krug aus Bronze, wassergefüllt, daneben ein Handtuch und ein gerades goreanisches Rasiermesser.

Ich fuhr mir über das Kinn.

Sie hatte mich rasiert, während ich schlief.

Ich erschauerte, als ich an das scharfe Messer dachte. »Du hast eine leichte Hand«, sagte ich.

Sie neigte den Kopf. Sie trug eine lange, schlichte, ärmellose Robe, die sich geschmeidig um ihren schlanken Körper legte.

»Ich bin Vika«, sagte sie, »deine Sklavin.«

Ich richtete mich auf und sah dem Mädchen nach, das nun das Rasierwasser in einen Ausguß schüttete. Sie hatte einen guten Gang.

Sie legte die Hand vor eine Glasscheibe in der Wand, und aus einer verborgenen Öffnung strömte Wasser. Sie wusch die Kupferschale aus, füllte sie erneut und nahm ein neues weiches Handtuch aus einer der geschnitzten Truhen. Dann kam sie auf die Steinplattform zu und kniete vor mir nieder. Ich nahm die Schale, trank daraus, stellte sie vor mir ab und wusch mich. Ich wischte mein

Gesicht mit dem Handtuch ab. Anschließend nahm sie das Rasiermesser, die Handtücher, die Schale und zog sich zurück.

Sie war ein hübsches Mädchen. Wieder spülte sie die Schale aus und stellte sie fort. Mit einer kurzen Handbewegung öffnete sie eine kleine runde Wandvertiefung, in der die Handtücher verschwanden.

Sie kehrte an meine Seite zurück und kniete nieder.

Dann sahen wir uns an, ohne ein Wort zu sagen.

Sie saß sehr aufrecht da, wobei sie sich auf ihre Fersen stützte. In ihren Augen schien eine seltsame Wut zu brennen. Ich lächelte sie an, doch sie erwiderte dieses Lächeln nicht, sondern blickte ärgerlich zur Seite.

Als ich ihren Blick wieder einfangen konnte, starrten wir uns lange Zeit an, bis ihre Unterlippe zu zittern begann und sie den Kopf neigte.

Als sie den Blick wieder hob, bedeutete ich ihr durch eine Handbewegung, näher zu kommen.

Mit sichtlichem Widerwillen gehorchte sie. Ich beugte mich vor und nahm ihren Kopf zwischen die Hände und zog ihn zu mir heran. Ihre sinnlichen Lippen teilten sich, und ich spürte ihren Atem, der sich plötzlich zu beschleunigen schien. Ich nahm die Hände fort, doch sie zog den Kopf nicht zurück. Langsam entfernte ich das weiße Seidentuch, das sie um den Hals trug.

Tränen der Wut stiegen ihr in die Augen.

Wie ich es erwartet hatte, schloß sich ein schmaler schimmernder Sklavenring um ihren Hals.

»Du siehst«, sagte das Mädchen, »ich habe dich nicht belogen.«

»Du benimmst dich aber nicht wie eine Sklavin.«

Sie stand auf und wich zurück. »Trotzdem bin ich ein Sklavenmädchen«, sagte sie und wandte sich ab. »Möchtest du mein Brandzeichen sehen?«

»Nein«, sagte ich.

Auf ihrem Kragen standen keine Buchstaben. Normalerweise sind hier der Name des Herrn und seine Heimatstadt eingraviert. Vikas Kragen trug nur eine Nummer – die goreanische Zahl 708.

»Du kannst mit mir machen, was du willst«, sagte sie. »Solange du in diesem Raum bist, gehöre ich dir. Ich bin eine Kammersklavin.«

»Ich verstehe das nicht«, sagte ich.

»Es bedeutet«, sagte sie ärgerlich, »daß ich in diesem Raum eingesperrt bin und die Sklavin des Mannes bin, der hier hereinkommt.«

»Aber du kannst doch bestimmt den Raum verlassen«, wandte ich ein.

Ich deutete auf das breite Portal, das ohne jegliches Hindernis auf den Korridor zu führen schien.

»Nein«, sagte sie verbittert. »Ich kann den Raum nicht verlassen.«

Ich stand auf, ging durch das Portal und sah mich in dem langen Steinflur um. Er war durch Energielampen erhellt. In regelmäßigen Abständen gingen weitere gleichartige Portale ab, und keiner dieser Durchgänge schien Türen oder sonstige Sperren zu haben.

Ich wandte mich um und streckte dem Mädchen im Zimmer eine Hand entgegen. »Komm«, sagte ich. »Es ist absolut gefahrlos.«

Sie floh zur anderen Seite des Zimmers und duckte sich in eine Ecke. »Nein!« sagte sie heftig.

Ich lachte und kehrte in den Raum zurück. Sie schrie auf und versuchte sich an der Wand festzukrallen.

Ich nahm sie in die Arme, und sie wehrte sich wie ein weiblicher Larl. Ich wollte sie überzeugen, daß keine Gefahr für sie bestand, daß ihre Ängste sinnlos waren. Mit den Fingernägeln fuhr sie mir durch das Gesicht.

Wütend nahm ich sie hoch und schleppte sie zum Portal.

»Bitte«, flüsterte sie. »Bitte nicht, Herr!«

Das hörte sich so entsetzt an, daß ich meinen Plan aufgab und sie freiließ.

»Schau«, sagte sie und deutete auf die Schwelle.

Ich blickte mich um und sah nur die Steinmauern des Portals und auf jeder Seite drei runde rote Kuppeln, die etwa zehn Zentimeter Durchmesser hatten.

»Die sind harmlos«, sagte ich, denn ich hatte sie problemlos passieren können. Um ihr die Angst zu nehmen, verließ ich das Zimmer erneut. »Siehst du«, sagte ich. »Es passiert überhaupt nichts.«

Draußen im Korridor bemerkte ich nun etwas, das vorhin meiner Aufmerksamkeit entgangen war. Über meinem Portal waren die Ziffern 708 eingeschlagen. Ich verstand nun auch die Bedeutung der Zahl am Sklavenkragen des Mädchens. Ich kehrte in den Raum zurück.

»Für mich sind die Dinger gefährlich«, sagte sie.

»Warum?« fragte ich.

Sie schüttelte den Kopf.

»Sag's mir!« sagte ich.

Sie sah mich an. »Ist das ein Befehl?«

»Sprich, Sklavin!«

Sie biß sich ärgerlich auf die Lippen. »Vielleicht«, sagte sie.

Wütend nahm ich ihre Arme. Sie blickte in meine Augen und erschrak. Ergeben senkte sie den Kopf. »Ich gehorche«, sagte sie, ». . . Herr.«

Ich ließ sie frei.

»Vor langer Zeit«, begann sie, »als ich in das Sardargebirge kam und den Saal der Priesterkönige fand, war ich ein junges und törichtes Mädchen. Ich glaubte, die Priesterkönige wären reich, und ich könnte mit meiner Schönheit . . .« Sie wandte sich um, sah mich an und warf den Kopf zurück. »Ich bin doch schön, nicht wahr?«

Ich musterte sie. Obwohl ihr Gesicht gezeichnet war von dem eben überstandenen Schrecken, obwohl ihr Haar und ihre Robe ungeordnet waren, mußte ich sie schön nennen, vielleicht eben wegen der Aufregungen, die sie durchgemacht hatte, weil dadurch wenigstens das Eis ihrer Fassade gebrochen worden war. Ich wußte, daß sie mich nun fürchtete, wenn ich auch den Grund dafür nicht verstand. Es hatte mit der Tür zu tun, mit ihrer Sorge, daß ich sie vielleicht gewaltsam aus dem Raum entführen wollte.

»Ja«, sagte ich, »du bist schön.«

Sie lachte bitter. »Ja, mit meiner Schönheit kam ich ins Sardargebirge und wollte den Priesterkönigen Macht und Reichtum abnehmen, denn die Männer hatten mir immer dienen wollen. Und waren denn die Priesterkönige keine Männer?«

Die Menschen wanderten aus den verschiedensten Gründen ins Sardargebirge – doch die Begründung Vikas erschien mir doch ziemlich unglaubwürdig. Ein Plan, der nur im Kopf eines wilden, verdorbenen, ehrgeizigen, arroganten Mädchens entstehen konnte.

»Ich wollte Ubara von ganz Gor werden«, lachte sie, »und die Priesterkönige sollten mir dienen und mir ihren unsagbaren Reichtum zu Füßen legen!«

Ich schwieg.

»Aber als ich das Gebirge erreichte . . .« Sie verstummte. Ihre Lippen bewegten sich, aber sie schien kein Wort herauszubekommen.

»Sie . . . sie brachten mich in die Tunnel und legten mir eine schreckliche Metallkuppel über den Kopf, mit Lichtern und Drähten, und als ich freigelassen wurde, zeigten sie mir eine Metallplatte und sagten mir, meine Gehirnmuster, die Grundlinien meiner ältesten Erinnerungen wären auf dieser Platte festgehalten . . .«

Ich hörte aufmerksam zu, wußte ich doch, daß das Mädchen kaum hatte verstehen können, was da mit ihr geschah, auch wenn sie einer Hohen Kaste angehörte. Den Mitgliedern der Hohen Kasten Gors wird gewöhnlich von den Priesterkönigen das Zweite Wissen zugänglich gemacht, das über dem primitiven Ersten Wissen der einfachen Bevölkerungsschichten steht. Ich hatte schon vermutet, daß es auch ein Drittes Wissen, die technischen und wissenschaftlichen Erkenntnisse auf der Ebene der Priesterkönige, geben müsse, und der Bericht des Mädchens schien dies jetzt zu bestätigen.

Ich selbst verstand die Vorgänge nicht, die in dieser Maschine abliefen – aber der Zweck der Behandlung schien mir klar zu sein. Bei dem Gerät mußte es sich um eine Art Gehirnabtaster handeln, der sicherlich ein ganz individuelles Abbild ihres Gehirns schaffen konnte – eine unverwechselbare Unterlage der Identifikation.

»Die Platte«, fuhr sie fort, »wird in den Tunnels der Priesterkönige aufbewahrt, aber dieses Gebilde . . .« sie schauderte und deutete auf die runden Erhebungen, die zweifellos eine Art Sensoren waren, »sind ihre Augen.«

»Es besteht bestimmt ein Kontakt, vielleicht nur ein Kontaktstrahl zwischen der Platte und den Zellen«, sagte ich.

»Du redest seltsam«, sagte sie.

»Was geschieht, wenn du durch das Portal gehst?« fragte ich.

»Sie haben es mir gezeigt«, sagte sie, und in ihren Augen stand das Entsetzen. »Sie haben ein Mädchen hindurchgeschickt, das seine Pflichten nicht erfüllt hatte.«

Plötzlich erschrak ich. »Sie? Wer?« fragte ich.

»Die Priesterkönige«, erwiderte sie schlicht.

»Aber es gibt doch nur einen Priesterkönig«, sagte ich. »Er nennt sich Parp.«

Sie lächelte, ohne auf meine Worte einzugehen, und schüttelte traurig den Kopf. »Ah ja, Parp«, sagte sie.

Ich nahm an, daß es früher einmal mehr Priesterkönige gegeben hatte. Vielleicht war Parp der letzte seiner Art? Gewiß waren massive Bauten wie diese Zimmerflucht und der Saal der Priesterkönige nicht der Arbeit eines einzigen Lebewesens zu verdanken.

»Was geschah mit dem Mädchen?« fragte ich.

Vika fuhr zusammen. »Es war wie Messer und Feuer«, sagte sie.

Ich begriff nun endlich, warum sie den Raum nicht verlassen wollte.

»Hast du schon einmal versucht, dich abzuschirmen?« fragte ich und warf einen Blick auf die Bronzeschale, die an der Wand lehnte.

»Ja«, sagte sie, »aber das Auge erkennt mich trotzdem. Es kann durch Metall sehen.«

Ich blickte sie verdutzt an.

Sie holte die Bronzeschale, hielt sie sich vor das Gesicht, als wollte sie ihr Gesicht abschirmen. Als sie sich dem Portal näherte, begannen die runden Erhebungen rötlich zu glühen.

»Siehst du«, sagte sie, »das Auge weiß Bescheid.«

Insgeheim beglückwünschte ich die Priesterkönige zu ihrer Technologie. Offensichtlich hatte die hier verwendete Strahlung die Eigenschaft, auch weniger gewöhnliche Molekularstrukturen zu durchdringen – so wie etwa Röntgenstrahlen Fleisch durchdringen.

Vika starrte mich düster an. »Ich bin jetzt seit neun Jahren in diesem Raum gefangen.«

»Das tut mir leid«, sagte ich.

»Ich kam in dieses Gebirge«, sagte sie lachend, »um die Priesterkönige zu erobern und ihnen Reichtum und Macht zu nehmen!« Sie brach plötzlich in Tränen aus. Hilflos wandte sie sich zur Wand und trommelte mit den Fäusten dagegen.

»Statt dessen bekam ich diese Steinwände und den Stahlkragen einer Sklavin!«

In ihrer Wut versuchte sie sich den schmalen Metallreif vom Hals zu zerren. Wild rissen ihre schlanken Finger daran, und sie weinte verzweifelt und gab ihre Bemühungen schließlich auf.

Als sie sich etwas beruhigt hatte, sah sie mich neugierig an. »Es gab eine Zeit, da sich die Männer bemühten, mir zu Gefallen zu sein. Jetzt ist es umgekehrt.«

Ich schwieg.

Sie sah mich an – recht herausfordernd, wie mir scheinen wollte, als erwarte sie, daß ich meine Macht über sie ausübe. Als ich mich nicht rührte, verzog sie verächtlich ihre Lippen.

Sie schien mir sagen zu wollen, daß ich sie nicht bezwingen könne. Ich fragte mich, wie viele Männer das vergeblich versucht hatten.

Achselzuckend nahm sie das weiße Seidentuch auf und wickelte es sich wieder um den Hals.

»Du solltest das Tuch nicht tragen«, sagte ich leise.

»Du willst den Kragen sehen!« sagte sie wütend.

»Trag das Tuch, wenn du willst – aber ohne siehst du schöner aus. Du änderst doch nichts, wenn du den Kragen versteckst.«

Ihre Augen funkelten wütend, doch dann lächelte sie. »Nein, das ist wohl richtig. Wenn ich allein bin, stelle ich mir manchmal vor, daß ich eine große Dame bin, die Ubara einer Stadt, vielleicht sogar von Ar – aber wenn ein Mann meinen Raum betritt, bin ich nur wieder eine Sklavin.« Langsam zog sie das Halstuch herab, ließ es zu Boden fallen und wandte sich zu mir um. Sie hob arrogant den Kopf, und ich sah, daß der Kragen sehr hübsch wirkte.

»Bei mir bist du frei«, sagte ich leise.

Sie sah mich verächtlich an. »Vor dir hat es schon hundert Männer in diesem Raum gegeben, und sie haben mich nicht vergessen lassen, daß ich den Kragen trage. Und nach dir werden weitere hundert kommen.«

Wahrscheinlich hatte sie recht. Ich lächelte. »Bis dahin gebe ich dir deine Freiheit.«

Sie lachte. »Man ändert nichts, indem man den Kragen versteckt.«

Ich lachte. Damit hatte sie mich matt gesetzt. »Na gut«, sagte ich. »Dann bist du also ein Sklavenmädchen.«

»Dann behandle mich auch so!«

Ich mußte mich wundern. Trotz ihrer neunjährigen Gefangenschaft war Vika noch immer ein willensstarkes, verdorbenes, arrogantes Mädchen, im vollen Bewußtsein ihrer Macht über die Männer.

»Wie bin ich hierhergekommen?« fragte ich.

»Sie haben dich gebracht«, entgegnete sie.

»Priesterkönige?« fragte ich. »Parp?«

Sie lachte nur.

»Wie lange habe ich geschlafen?«

»Fünfzehn Ahn.«

Ich pfiff leise vor mich hin. Der goreanische Tag ist in zwanzig Ahn unterteilt. Ich hatte also fast einmal um die Uhr geschlafen.

»Also, Vika«, sagte ich, »ich glaube, ich bin jetzt bereit, deine Dienste in Anspruch zu nehmen.«

»Gut, Herr«, sagte das Mädchen, und in ihrer Stimme schien ein ironischer Unterton zu schwingen. Ihre Hand lockerte die Schnalle, die ihre Robe über der linken Schulter zusammenhielt.

»Kannst du kochen?« fragte ich.

Sie sah mich an und schnappte: »Ja!« Wütend bemühte sie sich, die Schnalle wieder zu schließen. Ich half ihr.

Sie sah mich mit funkelnden Augen an. »Ich bereite dir etwas zu essen«, sagte sie.

»Beeil dich, Sklavenmädchen!«

Sie zitterte vor Wut.

»Wie ich sehe, kennst du die Bedeutung des Kragens immer noch nicht.« Ich machte einen drohenden Schritt in ihre Richtung. Mit einem leisen Schrei wandte sie sich um und floh in eine Ecke des Raumes.

Ich lachte laut auf.

Vika wurde rot und nahm sich zusammen. Sie richtete sich auf, warf den Kopf in den Nacken und kämmte eine blonde Haarsträhne zurück, die ihr über die Stirn gefallen war. Sie musterte mich mit herablassendem Blick und hob die Arme hinter den Kopf, um ihr Haarnetz neu zu befestigen.

»Nein«, sagte ich. Mit langem Haar gefiel sie mir weitaus besser.

Mit langsamen Bewegungen setzte sie ihre Tätigkeit fort.

Ich starrte sie an.

Wütend riß sie sich das Haarnetz vom Kopf, warf es zu Boden und machte sich mit schnellen Bewegungen an die Vorbereitung meiner Mahlzeit.

Ihr Haar war sehr schön.

6

Vika konnte gut kochen, und es schmeckte mir sehr.

Die Nahrungsmittelvorräte wurden in kleinen Wandschränken auf einer Seite des Raumes aufbewahrt. Die Türen dieser Kabinette ließen sich auf die gleiche Weise öffnen wie die Waschöffnungen, die ich schon gesehen hatte.

Auf meinen Befehl hin machte mich Vika mit den Öffnungsmechanismen und den Abfallvorrichtungen ihrer ungewöhnlichen Küche vertraut.

Die Temperatur des Wassers, das aus dem Wandhahn kam, hing von der Richtung ab, mit der der Schatten einer Hand auf eine lichtempfindliche Zelle fiel; die Wassermenge hatte einen Bezug zu der Geschwindigkeit, mit der die Hand am Sensor vorbeigeführt wurde.

Die Nahrung, die Vika aus den Vorratsbehältern holte, war nicht gekühlt, sondern mit einer Folie geschützt, die mich an blaues Plastik erinnerte. Das Essen selbst schmeckte gut und frisch.

Zuerst kochte sie mir einen Kessel Sullage, eine auf Gor viel gegessene Suppe, die aus den Blättern des goldenen Sul, einer goldbraunen weinartigen Frucht, aus den ovalen Blättern des Tu-Pah, eines Baumparasiten, und aus den Wurzeln des Kes-Busches gemacht wird.

Das Fleisch war ein Steak vom Bosk, einer riesigen pelzigen Rinderart, die in großen Herden auf den goreanischen Prärien zu finden ist. Vika röstete das Fleisch auf einem kleinen Eisengrill über Holzkohlen, bis die Außenschicht schwarz angebrannt war und das rote, saftige Innere des Steaks schmackhaft schützte.

Außer der Sullage und dem Bosksteak gab es das unvermeidliche runde gelbe Sa-Tarna-Brot und dazu eine Handvoll Ta-Weintrauben und einen Schluck Wasser aus dem Wandhahn. Die Trauben waren purpurn und stammten vermutlich von den Weinbergen der Insel Cos, die einige hundert Pasang von Port Kar entfernt liegt. Erst einmal hatte ich solche Trauben auf Gor vorgesetzt bekommen – bei einem Fest, das mir zu Ehren in Tharna stattfand. Wenn es sich wirklich um Ta-Wein handelte, mußte er mit Galeeren von Cos nach Port Kar und von dort mit einer Karawane zum Markt von En'Kara gebracht worden sein. Port Kar und Cos sind seit jeher verfeindet, doch solche Traditionen stehen natürlich nicht im Widerspruch zu den Profiten eines geregelten Schmuggelhandels. Vielleicht stammten die Trauben aber auch aus einer ganz anderen Gegend; sie schienen jedenfalls sehr frisch zu sein. Ich dachte nicht weiter darüber nach. Ich fragte mich vielmehr, warum es nur Wasser zu trinken gab.

Ich sah Vika an.

Sie hatte sich selbst nichts zu essen bereitet, sondern kniete in der Haltung eines Turmsklaven, der in den goreanischen Wohnzylindern die Pflichten des Haushalts übertragen bekommt.

Auf Gor hat ein Stuhl übrigens eine besondere Bedeutung. Dieses Möbelstück ist in privaten Haushalten recht selten zu finden und ist gewöhnlich für besondere Gäste – wie etwa Administratoren oder Richter – reserviert. Ein Stuhl wird nicht für bequem gehalten. Und obwohl das schwer vorstellbar ist, liegt darin etwas Wahres. Nach meiner Rückkehr zur Erde brauchte ich einige Zeit, bis ich mich wieder an den einfachen Vorgang des Sitzens gewöhnt hatte. Einige Monate lang war mir immer recht unsicher zumute, wenn ich mich auf eine kleine Holzplattform mit vier schmalen Beinen niederließ.

Der goreanische Mann sitzt gewöhnlich mit untergeschlagenen Beinen, während sich die Frau hinkniet und dabei das Gewicht auf ihre Fersen legt. Bei der Stellung der Turmsklavin unterscheidet sich eigentlich nur die Handhaltung von dieser Position. Wenn sie nichts zu tun hat, sind die Handgelenke im Schoß gekreuzt, als warteten sie auf die Fessel ihres Herrn. Die Gelenke einer freien Frau nehmen niemals diese Stellung ein.

»Warum gibt es nur Wasser zu trinken?« fragte ich das Mädchen.

Sie zuckte die Achseln. »Wahrscheinlich, weil die Kammersklavin so oft allein ist.«

Mit dieser Antwort konnte ich nichts anfangen.

Sie sah mich offen an. »Es wäre sonst zu einfach«, sagte sie.

Ich schalt mich einen Narren. Natürlich durfte den Kammersklavinnen nicht der Ausweg des Trinkens geboten werden, denn dadurch würde ihr Los erträglicher, und ihre Schönheit und ihre Verwendbarkeit für die Priesterkönige wäre um so schneller dahin – sie würden unzuverlässig und verlören sich in ihren Alkoholträumen.

»Ich verstehe«, sagte ich.

»Nur zweimal im Jahr gibt es neue Nahrung«, sagte sie.

»Und sie wird von den Priesterkönigen gebracht?« fragte ich.

»Ich nehme es an«, sagte sie.

»Aber du weißt es nicht?«

»Nein. Wenn ich morgens aufwache, sind die neuen Vorräte da.«

»Dann wird Parp sie wohl bringen«, sagte ich.

Sie sah mich amüsiert an.

»Parp, der Priesterkönig.«

»Hat er dir das erzählt?« fragte sie.

»Ja.«

Das Mädchen wollte offensichtlich nicht weiter über diese Angelegenheit sprechen, und ich verfolgte das Thema nicht. Ich hatte fast fertig gegessen. »Du hast gut gekocht«, beglückwünschte ich sie. »Das Essen ist ausgezeichnet.«

»Bitte«, sagte sie, »ich habe Hunger.«

Ich starrte sie verblüfft an. Sie hatte sich nichts bereitet, und da hatte ich angenommen, daß sie bereits gegessen hatte oder nicht hungrig war oder später essen wollte.

»Mach dir doch etwas«, sagte ich.

»Das kann ich nicht«, sagte sie einfach. »Ich darf nur essen, was du mir gibst.«

Ich verwünschte meine Unaufmerksamkeit.

War ich so sehr zum goreanischen Krieger geworden, daß mich die Gefühle eines Mitmenschen nicht mehr kümmerten – und noch dazu eines Mädchens, das meines Schutzes bedurfte? War es möglich, daß ich sie entsprechend dem Kodex meiner Kaste gar nicht mehr richtig wahrgenommen, sondern sie nur als rechtloses Tier angesehen hatte, als Untertan, als unwichtiges Instrument für meine Interessen und Lüste – eine Sklavin?

»Es tut mir leid«, sagte ich.

»Wolltest du mich nicht strafen?« fragte sie.

»Nein«, sagte ich.

»Dann ist mein Herr ein Narr«, sagte sie und griff nach dem Fleisch, das ich auf dem Teller hatte liegen lassen.

Ich packte ihr Handgelenk. »Aber jetzt habe ich die Absicht, dich zu strafen«, sagte ich.

Tränen stiegen in ihren Augen auf. »Gut denn«, sagte sie und zog die Hand zurück.

Vika würde heute abend nichts zu essen bekommen.

Obwohl es nach dem Zimmerchronometer, das sich bei einer der Truhen im Deckel befand, schon Nacht war, bereitete ich mich darauf vor, den Raum zu verlassen. Leider herrschte Kunstlicht, so daß ich die Tageszeit nicht nach Sonne, Sternen und Monden bestimmen konnte. Mir fehlten diese Naturphänomene sehr. Seit meinem Erwachen hatten die Energielampen mit gleichmäßiger Helligkeit gebrannt.

Ich hatte mich nach besten Kräften im Wasserstrahl des Wandhahns gewaschen.

In einer der Truhen hatte ich zwischen mancherlei Kastenkleidung auch die Tunika eines Kriegers gefunden. Ich legte sie an, da mein eigener Umhang den Klauen des Larl zum Opfer gefallen war.

Vika hatte sich eine Strohmatte ausgerollt, die sie am Fuße der großen Steinplattform ausbreitete. In eine leichte Decke gehüllt, das Kinn auf die Knie gelegt, so beobachtete sie mich aufmerksam.

Ein schwerer Sklavenring war am Fußende meines Lagers angebracht, und ich hätte sie dort nach Belieben festketten können.

Ich gürtete mein Schwert.

»Du willst doch nicht den Raum verlassen?« fragte Vika – die ersten Worte, die sie seit dem Essen an mich richtete.

»Ja«, sagte ich.

»Aber das darfst du nicht.«

»Warum nicht?«

»Es ist verboten.«

Ich ging auf die Tür zu.

»Wenn die Priesterkönige dich sehen wollen, schicken sie nach dir«, sagte sie. »Bis es soweit ist, mußt du warten.«

»Mir liegt nichts am Warten.«

»Aber dir bleibt nichts anderes übrig«, sagte sie und stand auf.

Ich kehrte um und legte ihr die Hände auf die Schultern. »Du darfst die Priesterkönige nicht so fürchten«, sagte ich.

Sie merkte, daß sie mich nicht umstimmen konnte. »Wenn du gehen mußt«, sagte sie, »dann kehre wenigstens vor dem zweiten Gongschlag zurück.«

»Warum das?«

»Um deinetwillen«, sagte sie und senkte den Blick.

»Ich habe keine Angst«, sagte ich.

»Dann meinetwegen«, sagte sie. »Ich habe Angst vor dem Alleinsein.«

»Aber du bist schon viele Nächte allein gewesen.«

Sie sah mich an, und ich vermochte den besorgten Ausdruck in ihren Augen nicht zu deuten. »Die Angst hört doch niemals auf«, sagte sie.

»Ich muß gehen.«

Plötzlich hörte ich aus der Ferne den tiefen Klang des Gongs, den ich schon einmal im Saal der Priesterkönige vernommen hatte.

Vika sah mich lächelnd an. »Siehst du«, sagte sie erleichtert. »Jetzt ist es zu spät. Jetzt mußt du bleiben.«

»Warum?« fragte ich.

Sie schaute zur Seite, wich meinem Blick aus. »Weil bald die Energielampen verdunkelt werden«, sagte sie. »Das sind die Stunden, die zum Schlafen gedacht sind.«

»Warum muß ich hierbleiben?« fragte ich und verstärkte meinen Griff um ihre Schultern, schüttelte sie, um sie zum Reden zu bringen. »Warum?«

Angst flatterte in ihren Augen.

Dann ertönte der zweite Gongschlag, und Vika schien in meinen Armen zu erzittern.

Wieder schüttelte ich sie heftig. »Warum?« brüllte ich.

Sie konnte kaum sprechen. »Weil nach dem Gong . . .«, flüsterte sie. »Nach dem Gong . . . streifen sie herum . . .«

»Wer?« fragte ich.

»Die Priesterkönige!« rief sie und wandte sich ab.

»Ich fürchte mich nicht vor Parp!« sagte ich.

Sie starrte mich an. »Parp ist kein Priesterkönig«, sagte sie leise.

Und dann klang der dritte Gongschlag auf, und im gleichen Augenblick verdunkelten sich die Energielampen in unserem Zimmer, und ich stellte mir vor, daß irgendwo in den langen Korridoren dieser unterirdischen Welt die Priesterkönige unterwegs waren.

7

Gegen Vikas Proteste machte ich mich auf den Weg. Mit entschlossenen Schritten trat ich in den Korridor hinaus. Ich sah Vikas weiße Tunika und die bleiche Schönheit ihrer Haut, als sie vor den gefährlichen Sensoren verharrte.

»Bitte geh nicht!« rief sie mir nach.

Ich antwortete nicht, sondern setzte mich in Bewegung.

»Ich habe Angst!« rief sie. Aber ich vermutete, daß die Gefahr für sie heute nacht nicht viel größer war als all die Nächte zuvor, und ging weiter.

Es war nicht an mir, sie zu trösten. Ich mußte mich um die gefürchteten Bewohner dieser dämmrigen Tunnels kümmern; ich war kein Frauenbeschützer, ich war Krieger.

Als ich dem Korridor folgte, schaute ich in verschiedene andere Zimmer, die dem meinen sehr ähnlich waren. Nirgendwo gab es eine Tür, sondern nur die breiten Durchgänge, mit Sensoren gesichert.

Fast alle Zimmer waren leer.

In zwei Räumen lebten jedoch Kammersklavinnen, Mädchen wie Vika, gleich gekleidet, mit einem gleichen Kragen versehen, die sich nur durch die Nummer unterschieden.

Das erste Mädchen war klein und stämmig, mit breiten Fußgelenken und breiten Schultern; sie kam vermutlich vom Lande. Ihr Haar legte sich in einem breiten Zopf über ihre rechte Schulter. Ich fragte sie, ob sie die Priesterkönige gesehen habe.

»Heute nacht noch nicht«, sagte sie.

Das zweite Mädchen war groß und zierlich. Sie schien einer Hohen Kaste zu entstammen. Auch sie verneinte meine Frage.

Ich ging weiter, vermochte die Erinnerung an die beiden Kammersklavinnen und an Vika aber nicht abzuschütteln – vielleicht weil mich das Schicksal der Mädchen berührte, vielleicht auch, weil jede auf ihre Art schön war. Trotzdem freute ich mich, daß ich zu Vika gekommen war, die mir doch am attraktivsten erschien. Dabei fiel mir ein, daß sie in gewisser Hinsicht Lara, der Tatrix von Tharna, ähnelte, die mir einmal am Herzen gelegen hatte. Ich dachte an Vika, deren Lippen voll und verlockend waren, und fragte mich, ob sie vielleicht von Geburt an Sklavin war, ob sie nicht von klein auf zur Vergnügungssklavin erzogen worden war.

Als ich hierüber nachdachte, verstärkte sich das Gefühl, daß ich nicht zufällig in Vikas Raum gebracht worden war. Ich hatte das Gefühl, daß Vika schon die Herzen vieler Männer gebrochen hatte und daß sich die Priesterkönige vielleicht dafür interessierten, wie ich mit ihr zurechtkam. Vielleicht hatte Vika von den Priesterkönigen den Befehl erhalten, mich zu unterwerfen – aber das erschien mir kaum wahrscheinlich. Dazu war sie trotz ihres Kragens zu wild, zu ungezähmt. Ich fragte mich, wie viele Männer ihr zu Füßen gesunken waren, wie viele Männer sich erniedrigt hatten, am

Fuße der großen Steinplattform zu schlafen, im Schatten des Sklavenrings, während sie selbst auf den Fellen und Seidenlaken ruhte.

Einige Stunden später fand ich mich wieder im Saal der Priesterkönige und freute mich über den Anblick des Himmels.

Meine Schritte hallten laut durch den Riesensaal. Der leere Thron ragte furchteinflößend vor mir auf.

»Ich bin da!« schrie ich. »Ich bin Tarl Cabot! Ich bin Krieger aus Ko-ro-ba und fordere die Priesterkönige von Gor wie ein Krieger heraus. Laßt uns kämpfen! Machen wir Krieg!«

Meine Stimme hallte lange in dem Riesensaal wider, doch meine Rufe blieben ohne Antwort.

Ich beschloß, zu Vikas Zimmer zurückzukehren. In einer anderen Nacht wollte ich mich weiter umsehen, denn es gab noch viele Durchgänge, viele Portale, die zu erkunden ich Tage brauchen würde.

Ich machte mich also auf den Rückweg.

Etwa eine Ahn war vergangen. Ich befand mich in einem der langen, kaum erleuchteten Korridore, die in die Richtung ihres Zimmers führten, als ich etwas hinter mir spürte.

Ich zog mein Schwert und wirbelte herum.

Der Korridor hinter mir war leer.

Ich rammte die Klinge wieder in die Scheide und ging weiter.

Kaum hatte ich einige Meter zurückgelegt, als ich wieder unruhig wurde. Diesmal drehte ich mich nicht um, sondern ging langsam weiter, wobei ich nach hinten zu lauschen versuchte. Als ich eine Biegung des Tunnels erreichte, versteckte ich mich hinter der Wandkrümmung und wartete.

Ganz langsam zog ich mein Schwert, um nur ja kein Geräusch zu verursachen.

Ich wartete, doch es geschah nichts.

Ich habe die Geduld eines Kriegers, und so wartete ich sehr lange. Wenn sich zwei bewaffnete Männer beschleichen, ist es gut, Geduld zu haben, große Geduld.

Natürlich redete ich mir hundertmal ein, daß ich mich wie ein Narr benahm, denn tatsächlich hatte ich nichts gehört. Und doch hatte ich das konkrete Gefühl, daß mich etwas durch den Korridor verfolgte — vielleicht ausgelöst durch ein winziges Geräusch, das ich bewußt gar nicht wahrgenommen hatte, das jedoch seine Spuren als vager Verdacht hinterlassen hatte.

Endlich kam ich zu dem Schluß, die Entscheidung zu erzwingen. Dies war zum Teil durch die Tatsache motiviert, daß es im Korridor nur wenige Verstecke gab und mein Verfolger mich wahrscheinlich erst dann sehen würde, wenn auch ich ihn entdeckte. Ich lächelte grimmig. Wenn es sich bei dem Unbekannten um einen Priesterkönig handelte, dann hatte er sich sehr umsichtig verhalten. Was wußte ich schon von diesen Wesen? Vielleicht waren sie fähig, stundenlang wie ein Baum zu verharren? Wie ausgeprägt waren ihre Sinnesorgane? Hatte mein Verfolger gehört, daß meine Schritte verstummt waren, und wartete nun auf mich? Meine Muskeln schrien nach Betätigung. Ich lauerte jetzt schon fast eine Ahn lang und war in Schweiß gebadet.

Ich spannte die Muskeln an, wappnete mich für den Sprung ins Freie, horchte ein letztes Mal in die Stille des Korridors.

Dann stieß ich den Kriegsschrei von Ko-ro-ba aus und sprang los, mit erhobenem Schwert.

Ein Wutgebrüll löste sich von meinen Lippen, als ich den Korridor vor mir leer fand.

Außer mir vor Wut lief ich durch den schmalen Gang zurück, versuchte aufzuspüren, was mich bedrohte. Ich hatte vielleicht einen halben Pasang zurückgelegt, als ich schweratmend stehenblieb. Ich war wütend auf mich selbst.

»Kommt raus!« brüllte ich. »Laßt euch sehen!«

Die Stille im Korridor schien mich zu verhöhnen.

Ich erinnerte mich an Vikas Worte: »Wenn die Priesterkönige dich sprechen wollen, schicken sie nach dir.«

Wütend stand ich im Licht der verdunkelten Energielampen, das ungebrauchte Schwert nutzlos in der Faust.

Dann spürte ich etwas.

Meine Nasenflügel bebten, und langsam zog ich die Luft des Korridors ein.

Auf meinen Geruchssinn hatte ich mich bisher noch nie verlassen. Gewiß – ich wußte einen guten Duft zu genießen, Blumen und Frauen, frisches Brot, Leder, das Öl, das meine Schwertklinge schützte – doch nur selten hatte ich diesen Sinn so angewandt, wie man etwa die Augen oder die Fingerkuppen benutzt, und doch lagen hier Informationen, die man nur aufzunehmen und zu registrieren brauchte.

Und so versuchte ich die Düfte des Korridors zu erfassen, und meine Nase nahm ein Aroma wahr, wie ich es noch nie erlebt hatte. Soweit ich ausmachen konnte, handelte es sich um einen einfachen Duft, obwohl hier in Wirklichkeit eine Vielzahl von Düften zusammenwirkte, die jeder für sich viel komplizierter waren. Ich vermag den Duft nicht zu beschreiben – wie erklärt man jemandem, der eine Orange nicht kennt, den Geruch dieser Frucht? Der Duft hatte jedenfalls etwas Säuerliches, das meinen Geruchssinn kitzelte. Entfernt erinnerte er mich an den Pulvergeruch einer abgeschossenen Gewehrpatrone.

Ich wußte nun, daß ich nicht allein gewesen war. Ich hatte den Duft eines Priesterkönigs aufgefangen.

Ich steckte mein Schwert ein und kehrte in Vikas Raum zurück. Ich summte ein fröhliches Kriegerlied vor mich hin, denn aus irgendeinem Grunde war ich nun glücklich.

8

»Wach auf, Mädchen!« rief ich, als ich mein Ziel erreichte. Zweimal klatschte ich in die Hände.

Das verblüffte Mädchen schreckte auf. Sie hatte am Fußende der Steinempore auf ihrer Strohmatte gelegen.

»Ich habe nicht geschlafen!« sagte sie ärgerlich.

Ich trat vor sie hin, nahm ihren Kopf in meine Hände und starrte ihr in die Augen. Sie hatte die Wahrheit gesprochen. Ich lachte.

Sie senkte den Kopf und sah mich dann schüchtern an. »Ich bin froh, daß du zurückgekommen bist.«

Ich musterte sie und spürte, daß sie sich wirklich freute.

»Während meiner Abwesenheit bist du sicher in der Küche gewesen«, sagte ich lächelnd.

»Nein«, erwiderte sie und fügte hinzu: ». . . Herr.«

Ich hatte sie beleidigt.

»Vika«, sagte ich. »Ich glaube es ist Zeit, daß sich hier einiges ändert.«

»Hier ändert sich nie etwas«, sagte sie.

Ich sah mich um. Die Sensoren des Raumes interessierten mich. Ich untersuchte sie erneut. Aus irgendeinem Grund befand ich mich in Hochstimmung. Methodisch suchte ich das Zimmer ab. Obwohl die Sensoren und ihre Arbeitsweise meine technischen Kenntnisse überstiegen, bildeten sie doch kein absolutes Mysterium. Sie trugen nicht dazu bei, daß ich an die Göttlichkeit oder Unerreichbarkeit der Priesterkönige glaubte. Außerdem hatte ich im Korridor die Fährte eines Priesterkönigs gewittert. Ich lachte. Ja, ich hatte einen Priesterkönig gerochen, was immer sich dahinter verbergen mochte. Der Gedanke amüsierte mich.

Mehr als je zuvor begriff ich in diesem Augenblick die Macht des Aberglaubens. Kein Wunder, daß sich die Priesterkönige hinter ihrem Palisadenzaun im Sardargebirge versteckten, damit die Mythen der Wissenden eine Mauer des Schreckens um sie errichten konnten, kein Wunder, daß sie ihre wahren Pläne und Ziele, ihre Instrumente und Maschinen verbargen, daß sie die Grenzen ihrer Möglichkeiten verschleiern wollten! Ich lachte laut auf.

Vika beobachtete mich beunruhigt. Sie war bestimmt überzeugt, daß ich den Verstand verloren hatte.

Ich schlug mir mit der Faust in die offene Handfläche. »Wo ist es?« fragte ich laut.

»Was?« flüsterte Vika.

»Die Priesterkönige sehen und hören!« rief ich. »Aber wie?«

»Durch ihre Macht«, sagte Vika und wich zur Wand zurück.

Inzwischen hatte ich den ganzen Raum abgesucht, ohne etwas zu finden. Dann fiel mein Blick auf eine Energielampe in der Mitte der Zimmerdecke. Sie ähnelte allen anderen Lampen — nur brannte sie nicht! Das war ein Fehler der Priesterkönige! Natürlich konnte jede Lampe eine solche Vorrichtung enthalten — aber dies war die erste ausgebrannte Energielampe, die ich auf Gor erlebte.

Ich sprang auf mein Steinbett und rief dem Mädchen zu: »Bring mir den Kupferkrug!«

Sie war überzeugt, daß ich wahnsinnig war.

»Schnell!« brüllte ich, und sie sprang herzu.

Ich riß ihr die Schale aus der Hand und warf sie mit Schwung gegen die Lampe, die anscheinend ausgebrannt war, die aber trotzdem unter Blitzen und Zischen und Rauchentwicklung zersprang. Vika schrie auf und duckte sich hinter die Steinplattform. Aus der Höhle der Energielampe ringelten sich verkohlte Drähte, eine zerrissene Metallscheibe und ein konisches Gebilde fielen herab, das einmal eine Linse enthalten haben mochte.

»Komm her«, sagte ich zu Vika, doch das arme Mädchen rührte sich nicht von der Stelle. Ungeduldig zerrte ich sie auf die Plattform, zwang ihren Kopf in die Höhe, so daß sie direkt auf das zerstörte Gebilde starrte.

»Was ist das?« wimmerte sie.

»Das war ein Auge«, sagte ich.

»Wessen Auge?« fragte sie.

»Das Auge der Priesterkönige.« Ich lachte. »Aber es ist jetzt geschlossen.«

Vika lehnte sich zitternd an mich, und in meiner Freude beugte ich mich vor und küßte ihre herrlichen Lippen, und sie weinte hilflos in meinen Armen.

Es war der erste Kuß, den ich meinem Sklavenmädchen raubte, und er überraschte sie.

Ich sprang von meinem Lager und trat an das Portal.

»Vika!« rief ich. »Möchtest du gern diesen Raum verlassen?«

»Natürlich«, sagte sie mit zitternder Stimme.

»Also gut«, sagte ich, »das wirst du jetzt tun.«

Sie wich vor mir zurück.

Ich lachte und trat an das Portal. Wieder untersuchte ich die sechs roten Ausbuchtungen, drei auf jeder Seite. Es war schade, daß sie vernichtet werden mußten, denn sie waren nett anzuschauen.

Ich zog mein Schwert.

»Halt!« rief Vika entsetzt. Sie rannte herbei und wollte mir in den Arm fallen, doch ich stieß sie zurück.

Sechsmal traf mein Schwertknauf die Sensoren, und sechsmal ertönte ein zischender Knall wie die Explosion heißen Glases, gefolgt von grellrotem Funkenregen. Die Sensoren waren zerstört, die Linsen zerbrochen, die Öffnungen dahinter ein Wirrwarr aus schwarzen, verschmolzenen Drähten.

Ich steckte mein Schwert ein und wischte mir mit dem Unterarm über das Gesicht. Erst jetzt merkte ich, daß mich ein Splitter der Sensoren im Gesicht verletzt hatte.

Vika kauerte reglos neben der Couch.

»Du kannst den Raum jetzt verlassen«, sagte ich.

Langsam stand sie auf. »Mein Herr ist verletzt«, sagte sie.

»Ich bin Tarl Cabot aus Ko-ro-ba«, sagte ich.

»Meine Stadt ist Treve«, entgegnete sie und holte ein Handtuch.

Das erklärte mancherlei. Treve war eine kriegerische Stadt inmitten der zerklüfteten Voltai-Berge. Ihre Krieger waren überall gefürchtet, ihre Frauen sollten stolz und schön sein. Treve war besonders wegen seiner Tarnkämpfer bekannt, die es sogar mit den Legionen von Thentis und Ar aufnehmen konnten. Die Lage der Stadt war mir nicht bekannt – und wahrscheinlich wußten nur ihre Bürger darüber Bescheid. Handelswege nach Treve gab es nicht, und wer das Gebiet dieser Stadt betrat, kehrte selten zurück.

Wegen dieser Lage waren die Tarnkämpfer Treves gezwungen, jedes Jahr zur Herbstzeit einen großen Angriff zu beginnen. Wie die Heuschrecken fielen sie über die Felder irgendeiner Stadt her, raubten sich, was sie brauchten, und verbrannten den Rest, damit ein Vergeltungsschlag im Winter ausgeschlossen war. Vor einem Jahrhundert hatten die Tarnkämpfer Treves sogar einmal den wilden Kriegern Ars widerstanden.

»Tut es weh?« fragte Vika.

»Nein«, antwortete ich.

»Natürlich tut es weh«, sagte sie lächelnd.

»Sind alle Frauen Treves so schön wie du?« fragte ich.

»Ich weiß nicht«, sagte sie lächelnd. Graziös stand sie auf und holte ein kleines Gefäß mit Salbe. Mit der Fingerspitze rieb sie dann meine Wunden ein, die sofort zu brennen begannen.

»Ich hoffe, du weißt, was du da tust«, sagte ich.

»Mein Vater«, sagte sie, »gehörte der Kaste der Ärzte an.«

Sie stammte also aus einer Hohen Kaste – was mir nicht wenig gefiel.

»Ich wußte gar nicht, daß es in Treve auch Ärzte gibt.«

»Wir haben alle Hohen Kasten in Treve«, sagte sie aufgebracht.

Die einzigen beiden Städte, die Treve nicht ständig angriff, waren das gebirgige Thentis und Ko-ro-ba, meine Heimatstadt.

Wenn es um Korn ging, hatte es natürlich wenig Sinn, Thentis anzugreifen, die ihre Vorräte selbst importieren muß. Und daß die Angriffe auf Ko-ro-ba aufhörten, hing mit der Herrschaft meines Vaters Matthew Cabot zusammen, der Ubar dieser Stadt wurde.

Er organisierte ein System weit voneinander entfernter Signalanlagen, auf befestigten Türmen angebracht, die sofort Alarm gaben, wenn unwillkommene Streitkräfte in das Gebiet Ko-ro-bas eindrangen. Beim Anblick von Angreifern entzündete ein Turm sein Signalfeuer, das in der Nacht weithin leuchtete oder am Tage mit grünen Zweigen gefüttert wurde, wodurch weißer Rauch entstand – und dieses Signal wurde von Turm zu Turm weitergegeben. Wenn die Tarnkämpfer Treves dann die Kornfelder Ko-ro-bas erreichten, die wenige Pasang von der Stadt entfernt in Richtung Tambergolf und Vosk liegen, waren die Tarnkämpfer der Stadt bereits zum Kampf bereit. Da sie des Kornes wegen kamen und nicht um zu kämpfen, zogen sich Treves Krieger schnell wieder zurück und suchten sich weniger gut verteidigte Kornfelder.

Treve schien seine sonstigen Bedürfnisse im wesentlichen auf die gleiche Art zu befriedigen wie seinen Kornbedarf – ihre Tarnkämpfer waren überall im Lande gefürchtet, vom Sardargebirge bis zur Küste und hinüber nach Cos.

»Wovon leben die Menschen in Treve?« fragte ich Vika.

»Wir züchten Verr«, entgegnete sie.

Ich lächelte.

Die Verr war eine Bergziege, die in den Voltai-Bergen zu Hause war. Es handelte sich um ein gelenkiges, wildes, bösartiges Tier mit langem Fell und spiraligen Hörnern. Man konnte von Glück sagen, wenn man bis auf zwanzig Meter an ein solches Tier herankam.

»Dann seid ihr also ein einfaches, häusliches Volk«, sagte ich.

»Ja«, erwiderte Vika.

Und dann lachten wir beide.

Ja, ich wußte, welchen Ruf Treve genoß. Es war eine arrogante Stadt, unzugänglich und uneinnehmbar wie ein Tarnnest. Treve wurde auch der Tarn der Voltai-Berge genannt. Sie war eine stolze, noch nie eroberte Zitadelle, eine Festung voller Menschen, deren Leben die Räuberei war, die von der Beute aus hundert Städten lebten.

Und aus dieser Stadt stammte Vika.

Aber heute nacht waren wir freundlich zueinander gewesen. Heute nacht war sie mein Freund.

»Die Salbe wird bald einziehen«, sagte sie. »In wenigen Minuten sind die Schnitte verschwunden.«

Ich pfiff leise vor mich hin. »Die Ärzte von Treve«, sagte ich, »haben vorzügliche Arzneien.«

»Die Salbe kommt von den Priesterkönigen«, sagte sie.

Diese Nachricht freute mich, denn sie wies darauf hin, daß die Priesterkönige verletzlich waren. »Dann können also auch Priesterkönige Wunden haben?« fragte ich.

»Ihre Sklaven jedenfalls«, sagte Vika.

Ich betrachtete sie in dem gedämpften Licht. »Vika«, sagte ich, »gehörte dein Vater wirklich der Kaste der Ärzte an?«

»Ja«, sagte sie. »Warum fragst du?«

»Weil«, sagte ich, »weil ich mir dachte, daß du vielleicht eine Vergnügungssklavin sein könntest.«

Das war eine dumme Äußerung, die ich sofort bedauerte.

Sie erstarrte. »Vielen Dank für das Kompliment«, sagte sie und wandte sich ab.

Als ich zu ihr treten wollte, zischte sie: »Bitte faß mich nicht an!«

Und dann schien sie sich aufzurichten, fuhr herum und war wieder die alte herausfordernde Vika, die beherrschte Sklavin. »Aber natürlich darfst du mich anfassen«, sagte sie, »du bist doch mein Herr.«

»Verzeih mir.«

Sie lachte verächtlich. Vika war eine Banditenprinzessin, gewöhnt, in Seide und Juwelen aus tausend überfallenen Karawanen gekleidet zu sein, auf kostbarsten Fellen zu schlafen und zartestes Fleisch zu essen – Beute von Galeeren, die auf Grund gesetzt oder verbrannt waren, Beute aus den Lagerräumen von Zylindern, aus den Häusern von Männern, die getötet worden waren und deren

Frauen und Töchter die Sklavenkragen trugen – nur hatte ihr das grausame goreanische Leben einen Streich gespielt, so daß sich ein solches Band jetzt auch um ihren Hals schloß.

Vika war nun ein Besitzgut. Mein Besitz.

Ihre Augen sprühten vor Wut.

Geschmeidig näherte sie sich, biegsam wie ein weiblicher Larl, und zu meiner Verblüffung kniete sie nieder und nahm die Stellung einer Vergnügungssklavin ein. In verächtlicher Unterwerfung neigte sie den Kopf.

Ihre Augen musterten mich herausfordernd. »Hier, Herr«, sagte sie, »hast du deine Vergnügungssklavin.«

Sie richtete sich langsam auf, legte die Arme um meinen Hals und näherte ihre Lippen meinem Mund. »Du hast mich geküßt. Jetzt küsse ich dich. Hier ist der Kuß deiner Vergnügungssklavin.«

Ich löste mich aus ihrer Umarmung.

Sie sah mich verwirrt an.

Ich verließ den Raum und trat in den kaum erleuchteten Korridor. Dort drehte ich mich um und bedeutete ihr, mir zu folgen.

»Gefalle ich dir nicht?« fragte sie.

»Vika«, sagte ich. »Komm und nimm die Hand eines Narren.«

Als sie meine Absicht erkannte, schüttelte sie langsam den Kopf. »Nein«, sagte sie wie betäubt. »Ich kann diesen Raum nicht verlassen.«

»Bitte«, sagte ich.

Sie zitterte vor Angst.

»Komm, nimm meine Hand.«

Langsam, zitternd, wie in einem Alptraum gefangen, näherte sich das Mädchen dem Portal, und diesmal konnten die Sensoren nicht erglühen.

Sie sah mich an.

»Bitte«, sagte ich.

Wieder starrte sie auf die Sensoren, die wie schwarze, ausgestochene Metallaugen ins Leere starrten. Sie waren verkohlt und tot und zerschmettert, und selbst die Wand ringsum zeigte rote Spuren ihrer Vernichtung.

»Sie können dir nicht mehr weh tun«, sagte ich.

Vika machte noch einen Schritt, und dann schienen ihre Beine den Dienst zu verweigern, und sie begann zu schwanken. Sie streckte mir ihre Hand entgegen. Ihre Augen waren angstvoll geweitet.

»Die Frauen von Treve«, sagte ich, »sind nicht nur schön und stolz, sondern auch mutig.«

Sie trat durch das Portal und sank ohnmächtig in meine Arme.

Ich hob sie hoch und trug sie zu meinem Steinlager. Nachdenklich musterte ich die zerstörten Sensoren am Portal und die Überreste der Überwachungsvorrichtung an der Decke.

Vielleicht brauchte ich auf die Priesterkönige Gors nicht mehr allzulange zu warten.

Vika hatte gesagt, daß sie mich rufen würden, wenn sie mich sprechen wollten.

Ich lachte leise. Vielleicht fühlten sie sich jetzt etwas zur Eile angespornt.

9

Ich wollte Vika auf meinem Steinlager ruhen lassen, auf meinen Schlaffellen und seidenen Laken.

Das war ungewöhnlich, denn normalerweise schläft ein goreanisches Sklavenmädchen zu Füßen ihres Herrn, oft nur auf einer Strohmatte und mit einer dünnen baumwollähnlichen Decke.

Ich hatte Vika sanft auf die große Plattform gelegt und küßte sie nun zärtlich auf die Stirn.

Ihre Augen öffneten sich.

»War ich auf dem Korridor?« fragte sie.

»Ja«, erwiderte ich.

Sie sah mich lange an. »Wie kann ich dich gewinnen?« fragte sie. »Ich liebe dich, Tarl Cabot.«

»Du bist mir nur dankbar.«

»Nein«, erwiderte sie. »Ich liebe dich.«

»Das darfst du nicht.«

»Es ist aber wahr.«

Ich fragte mich, wie ich mich nun verhalten sollte, denn ich durfte sie nicht in dem Glauben lassen, daß wir uns lieben konnten. Im Haus der Priesterkönige durfte es keine Liebe geben — außerdem war da immer noch Talena, deren Erinnerung sich nie aus meinem Herzen löschen ließ.

»Aber du bist eine Frau aus Treve«, sagte ich lächelnd.

»Du hieltest mich für eine Vergnügungssklavin«, sagte sie.

Ich zuckte die Achseln.

Sie wandte den Kopf und sagte: »Du hattest sogar fast recht, Tarl Cabot.«

»Wie soll ich das verstehen?«

»Meine Mutter«, sagte sie verbittert, »war eine Vergnügungssklavin aus Ar.«

»Dann muß sie sehr schön gewesen sein.«

Vika musterte mich seltsam. »Ja«, sagte sie, »das nehme ich auch an.«

»Erinnerst du dich nicht an sie?«

»Nein«, sagte sie, »denn sie starb, als ich noch sehr jung war.«

»Das tut mir leid.«

»Egal — sie war ja nur ein Tier, das in den Vergnügungszentren Ars aufgezogen wurde.«

»Verachtest du sie so sehr?« fragte ich.

»Sie war eine geborene Sklavin«, sagte Vika.

Ich schwieg.

»Mein Vater dagegen«, sagte Vika, »dessen Sklavin sie war und der der trevischen Kaste der Ärzte angehörte, liebte sie so sehr, daß er sie zu seiner Freien Gefährtin machen wollte.« Vika lachte leise. »Drei Jahre lang widersetzte sie sich diesem Wunsch.«

»Warum das?«

»Weil sie ihn ebenfalls liebte«, sagte Vika, »und weil sie nicht wollte, daß er sich eine unwürdige Vergnügungssklavin zur Freien Gefährtin nahm.«

»Sie war eine sehr großherzige Frau«, sagte ich.

Vika machte eine angewiderte Handbewegung. »Sie war töricht«, sagte sie. »Wie oft bekommt eine geborene Sklavin schon die Chance geboten, die Freiheit zu erlangen?«

»Selten«, sagte ich.

»Aber schließlich stimmte sie doch zu, seine Freie Gefährtin zu werden. Sie hatte wohl Angst, daß er sich selbst töten würde.« Vika musterte mich offen.

»Ich bin als freie Frau geboren«, sagte sie. »Du mußt erkennen, daß ich keine geborene Sklavin bin.«

»Ich verstehe das. Vielleicht war deine Mutter nicht nur schön, sondern auch stolz und mutig.«

»Wie kann das sein? Ich habe dir doch gesagt, daß sie eine geborene Sklavin war, ein Tierwesen aus Ar.«

»Aber du hast sie nicht gekannt.«

»Ich wußte, was sie war.«

»Was ist mit deinem Vater?«

»Auf eine Weise ist er auch tot«, sagte sie.

»Was meinst du damit — ›auf eine Weise‹?«

»Nichts«, sagte sie.

Ich sah mich um, betrachtete die Truhen an der Wand, die zerschmetterte Vorrichtung an der Decke, die zerbrochenen Sensoren, das große leere Portal, das in den Korridor führte.

»Er muß dich sehr geliebt haben, nachdem deine Mutter starb«, sagte ich.

»Ja«, antwortete Vika, »das stimmt wohl — aber er war trotzdem ein Narr.«

»Warum sagst du das?«

»Er ist mir ins Sardargebirge gefolgt, um mich zu retten«, sagte sie.

»Das bringt nur ein mutiger Mann über sich.«

Sie rollte von mir fort und starrte die Wand an. Nach längerem Schweigen sagte sie verächtlich: »Er war ein lächerlicher kleiner Mann«, sagte sie, »und fürchtete sich schon vor dem Schrei eines Larl.« Sie fuhr herum. »Wie hat meine Mutter ihn lieben können!«

»Vielleicht war er nett zu ihr«, sagte ich, »wenn andere sie grausam behandelten.«

»Warum sollte jemand eine Vergnügungssklavin freundlich behandeln?« fragte Vika.

Ich zuckte die Achseln.

»Was wurde aus ihm, als er hier ins Gebirge kam?«

Das wollte mir Vika nicht sagen.

»Weißt du es?« fragte ich.

Sie schüttelte den Kopf. »Frage mich nicht.«

Ich bedrängte sie nicht weiter. »Wie kommt es, daß er dich ins Sardargebirge reisen ließ?«

»Die Erlaubnis gab er mir nicht«, sagte Vika. »Er versuchte mich sogar zurückzuhalten, aber ich suchte die Wissenden von Treve auf und schlug mich als Opfer für die Priesterkönige vor. Natürlich verschwieg ich meine wahren Gründe.« Sie hielt inne. »Ich möchte wissen, ob sie meine Motive ahnten.«

»Es wäre denkbar.«

»Mein Vater wollte davon natürlich nichts wissen«, fuhr sie fort und lachte. »Er schloß mich in meinen Gemächern ein, aber der Höchste Wissende der Stadt schickte Krieger, die in unsere Wohnung eindrangen und meinen Vater verprügelten, bis er sich nicht mehr rühren konnte. Ich begleitete sie voller Freude. Oh, wie sehr es mich freute, als sie ihn schlugen und er schrie! Ich haßte ihn — wie sehr ich ihn haßte! Er war kein richtiger Mann, und obwohl er der Kaste der Ärzte angehörte, konnte er keinen Schmerz ertragen. Er ertrug ja nicht einmal den Schrei eines Larl.«

»Vielleicht fühlte er sich als Arzt besonders am Platze, weil er Schmerzen nicht ertragen konnte.«

»Vielleicht«, sagte Vika. »Er wollte immer helfen, immer das Leiden anderer Leute beenden, sogar von Tieren oder Sklaven.«

Ich lächelte.

»Wie du siehst, war er ein Schwächling.«

Sie räkelte sich auf dem Seidenlaken. »Du bist der erste Mann, der mit mir über solche Dinge spricht. Ich liebe dich, Tarl Cabot.«

»Ich glaube nicht«, sagte ich leise.

»Aber bestimmt!«

»Eines Tages«, sagte ich, »wirst du Liebe empfinden – aber wohl nicht für einen Krieger aus Ko-ro-ba.«

»Glaubst du, daß ich nicht lieben kann?« fragte sie.

»Eines Tages wirst du lieben, du wirst dich verzehren vor Liebe.«

»Kannst du lieben?« fragte sie herausfordernd.

»Ich weiß es nicht«, sagte ich lächelnd. »Vor langer Zeit habe ich einmal geliebt – oder glaubte es jedenfalls.«

»Wer war das Mädchen?« fragte Vika nicht sehr freundlich.

»Ein schlankes, dunkelhaariges Wesen«, sagte ich. »Sie hieß Talena.«

»War sie schön?«

»Ja.«

»So schön wie ich?«

»Ihr seid beide sehr schön.«

»War sie eine Sklavin?«

»Nein«, sagte ich, »sie war die Tochter eines Ubar.«

Wut entstellte Vikas Züge, und sie sprang auf und rannte auf und ab, und ihre Finger kämpften mit dem verhaßten Sklavenkragen. »Ich verstehe!« sagte sie. »Und ich – Vika – bin nur ein Sklavenmädchen!«

»Sei nicht wütend«, sagte ich.

»Wo ist sie?«

»Ich weiß es nicht.«

»Wie lange hast du sie nicht mehr gesehen?«

»Über sieben Jahre ist das jetzt her.«

Vika lachte grausam. »Dann ist sie längst in den Städten des Staubes!«

»Vielleicht«, sagte ich.

»Ich – Vika – bin hier.«

»Ich weiß«, sagte ich und wandte mich ab.

Ich hörte sie an meiner Schulter. »Ich werde dafür sorgen, daß du sie vergißt.«

In ihrer Stimme schwang die grausame, eiskalte, selbstbewußte, leidenschaftliche Drohung einer trevischen Frau, die gewohnt war, alles zu bekommen, was sie sich wünschte, deren Wünsche nicht mißachtet wurden.

Wieder wandte ich mich zu Vika um, und ich sah vor mir nicht mehr irgendein Mädchen, sondern eine Frau aus Hoher Kaste, eine Frau aus dem Königreich Treve, die trotz ihres Kragens Befehle zu geben verstand.

Gelassen griff Vika an die Schnalle, die ihre Tunika zusammenhielt und ließ das Kleidungsstück zu Boden sinken. Sie trug ein Brandmal. »Küsse mich«, sagte sie.

»Nein«, sagte ich.

Sie lachte. »Du kannst mich nicht zurückweisen.«

»Warum nicht?«

»Weil ich das nicht zulassen werde. Du mußt wissen, Cabot, ich habe beschlossen, daß du mein Sklave sein sollst.«

Sie kam auf mich zu, und ich stieß sie zurück.

»Na gut!« rief sie mit blitzenden Augen. »Gut, Cabot, dann werde ich dich bezwingen!« Und sie nahm meinen Kopf in die Hände und drückte ihre Lippen auf meinen Mund.

In diesem Augenblick nahm ich erneut den leicht säuerlichen Geruch wahr, den ich schon einmal im Korridor gespürt hatte. Ich preßte meinen Mund auf den ihren, bis meine Zähne ihre Lippen ritzten und ich sie zurückgebeugt hatte, so daß schließlich nur noch mein Arm sie vor dem Sturz bewahrte. Ich hörte ihren überraschten Schrei und warf sie ärgerlich auf die Strohmatte am Fußende meines Bettes.

Es wollte mir scheinen, als durchschaute ich nun endlich das teuflische Spiel — aber sie waren zu früh gekommen! Vika hatte keine Gelegenheit gehabt, ihre Arbeit zu tun. Das mochte ihr zum Verderben werden, aber mir war es egal.

Noch immer wandte ich dem breiten Portal den Rücken zu, obwohl der Duft stärker geworden war.

Vika kauerte erschreckt auf der Sklavenmatte. »Was ist los?« fragte sie nervös.

»Du wolltest mich also für sie bezwingen?« fragte ich.

»Was meinst du?« stammelte sie.

»Du bist ein armseliges Werkzeug der Priesterkönige!«

»Nein«, jammerte sie, »nein!«

»Wie viele Männer hast du für die Priesterkönige schon weich gemacht?« fragte ich, griff in ihr Haar und zerrte grausam ihren Kopf in die Höhe. »Wie viele?« brüllte ich.

»Bitte!« weinte sie.

Ich fühlte mich in Versuchung, ihren Kopf gegen die Steinkante zu schlagen. Sie war eine grausame, bösartige Verräterin, die Kragen und Peitsche mehr als verdient hatte!

»Du verstehst mich nicht«, sagte sie. »Ich liebe dich!«

Angewidert stieß ich sie von mir. Noch immer drehte ich mich nicht um.

Vika lag mir zu Füßen, und Blut lief ihr über die Lippen, die noch die Spuren meines Kusses trugen. Sie schaute zu mir auf. Tränen standen in ihren Augen.

Der Duft war jetzt übermächtig. Ich wußte, daß der Priesterkönig ganz nahe sein mußte. Warum merkte das Mädchen nichts? Warum wußte sie nicht Bescheid? Gehörte das nicht zum großen Plan?

»Bitte!« sagte sie flehend. »Ich liebe dich.«

»Sei still, Sklavenmädchen!«

Sie senkte den Kopf und begann zu weinen.

Ich wußte nun, daß das Unbekannte uns erreicht hatte.

Auch Vika schien etwas zu spüren, denn ihr Kopf hob sich, und ihre Augen weiteten sich entsetzt, und sie fuhr auf, schlug die Hände vor das Gesicht, als wollte sie sich schützen, und sie schauderte und stieß plötzlich einen wilden, durchdringenden Angstschrei aus.

Ich zog mein Schwert und fuhr herum.

Es stand im Portal.

Auf seine Art war es sehr schön, goldgelb und groß, hochaufragend, von dem massigen Portal umrahmt. Es war vielleicht einen Meter breit, doch der Kopf berührte fast den Torbogen, so daß ich seine Höhe auf fast fünf Meter schätzte.

Das Wesen hatte sechs Beine und einen Kopf wie eine goldene Kugel, in der große Scheibenaugen leuchteten. Die beiden Vorderbeine, die wachsam erhoben schienen, vollführten zierliche Bewegungen. Die Kiefer öffneten sich einmal und gingen wieder zu.

Vom Kopf gingen zwei zerbrechlich wirkende, gelenkige Fühler aus, die mit kurzem goldschimmerndem Haar bewachsen waren. Diese beiden Fühler bewegten sich wie Augen hin und her und schienen sich schließlich auf mich zu richten. Sie krümmten sich wie zierliche goldene Kneifer in meine Richtung, und jedes einzelne winzige Goldhaar an ihnen richtete sich auf und zeigte wie eine zitternde Goldnadel auf mich.

Um den Hals trug das Wesen ein kleines rundes Gerät, eine Art Übersetzer, der den mir bekannten goreanischen Apparaten zu ähneln schien.

Ich spürte neue Gerüche, die offenbar von dem Wesen ausgingen. Fast sofort begann eine mechanisch erzeugte Stimme aus dem Übersetzer zu sprechen.

Sie gebrauchte die goreanische Sprache.

Ich wußte die Worte schon vorher.

»Lo Sardar«, sagte das Gerät. »Ich bin ein Priesterkönig.«

»Ich bin Tarl Cabot aus Ko-ro-ba«, entgegnete ich.

Kaum hatte ich gesprochen, als ich neue Düfte spürte, die aus dem kleinen Übersetzungsgerät kommen mochten.

Die beiden Fühler der Kreatur schienen diese Information aufzunehmen.

»Folge mir«, sagte die mechanische Stimme, und das Wesen drehte sich um.

Ich ging auf das Portal zu.

Das Wesen ging mit langen, zierlichen Schritten durch den Korridor.

Ich warf einen letzten Blick auf Vika, die den Kopf hob. »Geh nicht«, sagte sie.

Verächtlich wandte ich ihr den Rücken zu und folgte dem Wesen.

Hinter mir hörte ich ihr Weinen.

Laß sie doch klagen, sagte ich mir. Sie hat ihre Herren, die Priesterkönige, enttäuscht, und die Strafe wird nicht gering ausfallen.

Wäre ich nicht so in Eile gewesen, hätte ich sie selbst bestraft. Ich wollte doch sehen, wer hier wen bezwang!

Ich schüttelte diesen Gedanken jedoch ab und setzte meinen Weg fort. Ich mußte das gefährliche Mädchen vergessen. Es gab Wichtigeres zu tun.

Ich haßte Vika.

Ich folgte einem Priesterkönig.

10

Den Priesterkönigen haftet kein Geruch an, der für menschliche Nasen erspürbar wäre, obwohl es ein bestimmtes Duftspektrum gibt, an der sie einen Artgenossen erkennen, und eine Variante dieses Nestduftes, die eine Identifizierung einzelner Wesen möglich macht.

Was ich in den Korridoren für den Duft der Priesterkönige gehalten hatte, waren eigentlich nur die Überbleibsel von Duftsignalen, mit denen sich die Priesterkönige, ähnlich wie gewisse Insekten unseres Planeten, miteinander verständigen. Der leicht säuerliche Geruch ist dabei ein gemeinsamer Nenner all dieser Signale –

so wie auch die menschliche Stimme Gemeinsamkeiten hat, ob sie nun einem Engländer, einem Buschmann, einem Chinesen oder einem Goreaner gehört.

Die Priesterkönige haben auch Augen, die über viele Facetten verfügen – aber sie bedienen sich dieser Organe kaum. Sie gebrauchen ihre Augen als sekundäre Sinnesorgane, etwa wie wir Nase und Ohren einsetzen, wenn wir mit unserem Hauptsinn – dem Sehvermögen – nicht weiterkommen. Entsprechend sind die beiden beweglichen goldenen Fühler, die über den scheibengleichen Augen von ihrem kugelförmigen Kopf ausgehen, die wichtigsten Sinnesorgane der Priestergötter. Wie ich erfahren sollte, sind sie nicht nur geruchsempfindlich; gewisse Härchen können auch Schallwellen empfangen und in verständliche Signale umsetzen. So riechen sie mit diesen Ausläufern nicht nur, sondern vermögen in gewisser Weise auch damit zu hören. Allerdings scheint dieses Gehör – an der Menge der dafür geeigneten Härchen gemessen – von untergeordneter Bedeutung zu sein. Seltsamerweise haben mir viele Priesterkönige, die ich danach fragte, versichert, daß sie gar keinen klaren Unterschied zwischen Hören und Riechen machen. Ich finde das unglaublich, habe jedoch keinen Grund, die Angaben zu bezweifeln. Und wenn ich die Begriffe Hören und Riechen gebrauche, bin ich gar nicht sicher, ob sie im Falle der Priesterkönige auch wirklich zutreffend sind – empfindet ein Priesterkönig und ein Mensch dasselbe, wenn beide mit demselben Duft konfrontiert werden? Ich glaube nicht – denn zum Beispiel ist die Musik dieser Wesen, die aus Duftrhapsodien spezieller Instrumente besteht, für meine Nase kaum erträglich.

Die Verständigung durch Duftsignale kann sehr vorteilhaft sein. Zum Beispiel vermag ein Duft viel weiter zu tragen als der Ruf eines Mannes. Außerdem kann ein Priesterkönig seinen Artgenossen Nachrichten in Zimmern oder Korridoren hinterlassen, wenn darüber nicht zuviel Zeit vergeht. Der Nachteil ist hier natürlich, daß die Gerüche auch für Fremde zu deuten sind, und wenn man sich in den Tunnels miteinander unterhält, muß man sich vorsehen, denn die Worte halten sich in der Luft, bis sie schließlich nach längerer Zeit zu einem bedeutungslosen Duftrest verwischen.

Wenn die Priestergötter eine Nachricht für längere Zeit aufzeichnen wollen, bedienen sie sich mehrerer Methoden. Die einfachste und auch faszinierendste besteht in einem chemisch behandelten Streifen aus einer Art Tuch, das die Priesterkönige mit den Düften der Botschaften tränken. Das aufgerollte Band wahrt die Düfte, und wenn ein anderer Priesterkönig die Nachricht lesen will, rollt er die Faser langsam auf und tastet sie mit seinen Fühlern ab.

Wie zu erfahren ist, gibt es in der Sprache der Priesterkönige dreiundsiebzig Phoneme – oder jedenfalls Duft-Äquivalente – gegenüber etwa fünfzig gebräuchlichen Phonemen in der englischen Sprache. Die Morpheme ihrer Sprache – kleinste bedeutungstragende Informationsstücke – sind natürlich – wie im Englischen – außerordentlich zahlreich. Das normale Morphem – das ist bei den Priesterkönigen nicht anders als bei uns – besteht aus einer Folge von Phonemen. Ich weiß nicht, ob es mehr Morpheme in der Sprache der Priesterkönige oder im Englischen gibt. Beides sind lebendige Sprachen, bei denen also eine reine Morphemzählung nicht weiterhilft, weil viele Kombinationen möglich und gebräuchlich sind. Die Übersetzungsbänder sind übrigens etwa gleich lang, was jedoch nichts besagen will. Ein englischer Ausdruck, für den es in der anderen Sprache kein entsprechend klares Wort gibt, ist seltsamerweise das Wort ›Freundschaft‹ und alle Abteilungen. Dagegen gibt es einen Begriff, der sich etwa mit ›Nestvertrauen‹ übersetzen läßt und der etwa die Rolle einer Freundschaft zu spielen scheint.

Ich folgte dem Priesterkönig durch endlose Korridore.

Trotz seiner Größe bewegte er sich mit raubtierhafter Anmut. Er war ziemlich leicht oder sehr stark, vielleicht auch beides. Er bewegte sich mit einer gewissen Elastizität, sein Schritt war königlich und fast hüpfend, als wollte sich das Wesen durch die Berührung mit dem Fußboden so wenig wie möglich beschmutzen.

Es schritt auf vier äußerst langen, schlanken Beinen mit vier Gelenken und trug seine weitaus muskulöseren Greifbeine, oder Arme, ziemlich hoch, fast in gleicher Höhe mit dem Kiefer. Jeder dieser Arme endete in vier kleinen mit Haken versehenen einziehbaren Ausläufern, deren Spitzen sich normalerweise berührten. Ich sollte später erfahren, daß sich am Ende der Arme in zwei Ballen, aus denen die kleinen beweglichen Ausläufer hervorschießen, je ein gekrümmtes, messerscharfes Gebilde befindet, das jederzeit vorspringen kann – auf jeden Fall, wenn das Vorderbein im letzten Gelenk herabgebeugt wird – dadurch wird sofort die Hornklinge entblößt, und die vier beweglichen Ausläufer ziehen sich in die geschützten Ballen zurück.

Der Priesterkönig blieb vor einer fugenlosen Wand stehen.

Eine Wand glitt zur Seite, und der Priesterkönig trat in eine Art geschlossenen Raum.

Ich folgte ihm, und die Tür schloß sich wieder.

Im nächsten Augenblick fiel mir der Boden unter den Füßen fort, und ich griff nach meinem Schwert.

Der Priesterkönig schaute auf mich herab, und seine Fühler zitterten, als sei er neugierig.

Ich steckte meine Waffe wieder ein.

Ich befand mich in einem Fahrstuhl.

Nachdem wir etwa vier oder fünf Minuten gefahren waren, stoppte der Lift, und der Priesterkönig und ich traten ins Freie.

Der Priesterkönig lehnte sich auf seine beiden hinteren Beine und begann mit einem kleinen Haken, der sich am Ende des dritten Vorderbeingelenks befand, seine Fühler zu kämmen.

»Dies sind die Tunnels der Priesterkönige«, sagte das Wesen.

Ich sah mich um und fand mich auf einer hohen, von einem Geländer eingeschlossenen Plattform, von der aus man einen ausgedehnten Felsenkessel überschauen konnte, der von Brücken und Terrassen gesäumt war. Überall in diesem Kessel und auf den Terrassen an den Flanken erhoben sich unzählige Bauwerke – große geometrische Gebilde – Zylinder, Kegel, riesige Würfel, Kuppeln, Kugeln und dergleichen – Gebilde verschiedener Größen, Farben und Beleuchtung; viele hatten Fenster und erhoben sich über viele Stockwerke, einige ragten sogar bis zu der Plattform empor, auf der ich stand, manche sogar noch darüber.

Meine Hände schlossen sich um das Geländer. Ich war überwältigt!

Energielampen an den Wänden und an der Domkuppel, wo sie wie Sterne wirkten, warfen ein helles, gleißendes Licht über den ganzen Kessel.

»Dies«, sagte der Priesterkönig, der sich noch immer um die goldenen Haare seiner Tentakel kümmerte, »ist das Vorland unseres Reiches.«

Von hier oben waren zahlreiche Tunnels auszumachen, die auf verschiedenen Ebenen abgingen und vielleicht zu anderen solchen Riesenhöhlen führten, in denen es weitere Häusermeere geben mochte.

Ich fragte mich, welchen Zweck die Gebäude haben mochten, ob es wohl Baracken, Fabriken oder Lagerhäuser waren.

»Ich weise auf die Energielampen hin«, sagte der Priesterkönig. »Sie sind einzig und allein zum Wohle einer Rasse angebracht, die der deinen ähnelt. Priesterkönige brauchen kein Licht.«

»Dann gibt es hier also andere Wesen außer den Priesterkönigen«, sagte ich.

»Natürlich«, erwiderte das Wesen.

In diesem Augenblick näherte sich uns zu meinem Entsetzen ein etwa zweieinhalb Meter langes wurmartiges Wesen, das eine Höhe von einem Meter erreichte. Seine langen Stielaugen richteten sich auf uns.

»Es ist harmlos«, sagte der Priesterkönig.

Der seltsame Wurm blieb stehen, und die Augen beugten sich in unsere Richtung, und dann klickten die Greifwerkzeuge zweimal zusammen.

Ich griff nach meinem Schwert.

Ohne sich umzudrehen, huschte das Wesen rückwärts davon, und seine Schutzpanzer raschelten wie ein Plastikmantel.

»Jetzt hast du es erschreckt«, sagte der Priesterkönig.

Meine Finger ließen das Schwert los, und ich wischte mir den Schweiß von der Handfläche.

»Es sind schüchterne Wesen«, sagte der Priesterkönig, »und ich fürchte, sie haben sich nie richtig an den Anblick deiner Spezies gewöhnt.«

Die Fühler des Priesterkönigs erzitterten ein wenig, als sie mich musterten.

»Deine Spezies ist schrecklich häßlich«, sagte er.

Ich lachte – nicht wegen der Absurdität seiner Worte, sondern weil diese Meinung vom Standpunkt der Priesterkönige aus sogar stimmen konnte.

»Interessant«, sagte der Priesterkönig. »Was du eben gesagt hast, ist nicht übersetzt worden.«

»Ich habe gelacht.«

»Was ist das – ›gelacht‹?«

»Menschen lachen zuweilen, wenn sie belustigt sind.«

Das Wesen schien verwirrt zu sein.

Auch ich überlegte. Die Menschen hatten in den Tunnels der Priesterkönige wahrscheinlich keinen rechten Grund zum Lachen, so daß diese Wesen nicht daran gewöhnt waren. Doch ich hielt die Priesterkönige für intelligent und konnte mir kaum vorstellen, daß es eine völlig humorlose Rasse gab.

»Ich glaube, das verstehe ich«, sagte der Priesterkönig. »Das ist so etwas wie das Schütteln und Krümmen der Fühler!«

»Vielleicht«, sagte ich.

Zu meiner Verblüffung legte sich das Wesen auf seine Hinterbeine zurück und begann am ganzen Körper zu zittern; die Vibration setzte sich nach vorn bis zum Hals und Kopf fort, wo schließlich auch die Tentakel zu zittern und sich umeinander zu winden begannen.

Schließlich stand der Priesterkönig wieder still, seine Fühler lösten sich widerstrebend, wie mir scheinen wollte, und wieder ruhte es auf seinen vier Beinen und starrte mich an.

»Danke«, sagte er und kämmte seine Fühlerhaare, »daß du mich im Fahrstuhl nicht angegriffen hast.«

Ich war wie vor den Kopf geschlagen. »Oh, bitte sehr.«

»Ich hatte auch nicht angenommen, daß eine Narkose nötig sein würde.«

»Es wäre töricht gewesen, dich anzugreifen«, sagte ich.

»Unvernünftig«, stimmte mir der Priesterkönig zu. »Aber die niederen Spezies sind manchmal so. Jetzt kann ich in Ruhe der Wonne der Goldenen Käfer entgegensehen. Sarm hat gemeint, die Narkose wäre erforderlich.«

»Ist Sarm ein Priesterkönig?« fragte ich.

»Ja.«

»Dann kann sich ein Priesterkönig irren.« Dieser Umstand erschien mir bedeutsam – weitaus bedeutsamer als die einfache Tatsache, daß ein Priesterkönig das Lachen eines Menschen nicht begriff.

»Natürlich«, sagte das Wesen.

»Hätte ich dich töten können?« fragte ich.

»Möglich.«

Ich schaute über das Geländer und bestaunte die wundersame Welt, die sich unter uns ausbreitete.

»Aber darauf wäre es nicht angekommen«, sagte der Priesterkönig.

»Nein?«

»Nur das Nest ist wichtig.«

Mein Blick ruhte noch immer auf der Welt dort unten. Der Durchmesser der Kuppel mochte etwa zehn Pasang betragen.«

»Ist dies das Nest?« fragte ich.

»Der Anfang.«

»Wie heißt du?«

»Misk«, sagte das Wesen.

11

Ich wandte mich um und bemerkte eine große Rampe, die in großen Kehren zur Plattform emporstieg, auf der ich mich befand.

Ein zweiter Priesterkönig näherte sich auf einer flachen ovalen Scheibe, die über die Rampe zu gleiten schien.

Der neue Priesterkönig ähnelte Misk sehr — nur war er größer. Ich fragte mich, ob Menschen meiner Rasse die Priesterkönige voneinander unterscheiden konnten. Mir selbst fiel dies zuerst sehr schwer.

Die ovale Scheibe verhielt etwa zehn Meter vor uns, und das goldene Wesen stieg zierlich herab. Beim Näherkommen musterten mich seine Tentakel aufmerksam. Dann zog sich das Wesen etwa fünf Meter zurück.

Wie Misk trug es keinerlei Kleidung, und der einzige Schmuck bestand aus einem Übersetzungsgerät, das um seinen Hals hing.

Später sollte ich erfahren, daß der Priesterkönig seinen Rang und seine Kastenzeichen in Duftform am Körper trug — für andere Priesterkönige so klar zu erkennen wie auf der Erde etwa Uniformzeichen oder Berufskleidung.

»Warum ist es nicht narkotisiert?« fragte der zweite Priesterkönig und richtete seine Fühler auf Misk.

»Ich hielt es nicht für erforderlich«, sagte dieser.

»Ich hatte Narkose empfohlen«, sagte der Neuankömmling.

»Ich weiß«, entgegnete Misk.

»Diese Tatsache wird festgehalten.«

Misk schien die Achseln zu zucken. Er wandte den Kopf, seine Kiefer öffneten sich langsam, und die beiden Fühler zuckten kurz hin und her, als sei er ärgerlich. »Das Nest war nicht in Gefahr«, tönte es schließlich aus seinem Übersetzer.

Die Tentakel des Neuankömmlings begannen zu zittern, vielleicht vor Wut.

Es drehte einen Knopf an seinem Übersetzer, und im nächsten Augenblick war die Luft von schweren Düften erfüllt, die vielleicht einen Tadel darstellten. Ich hörte nichts, denn das Übersetzungsgerät war ausgeschaltet.

Auch Misk schaltete ab.

Ich beobachtete die Fühler und die Haltung der langen, anmutigen Körper.

Sie schritten umeinander herum, und ihre Bewegungen hatten etwas Peitschendes. Von Zeit zu Zeit, sicherlich aus Ärger oder Aufregung, neigten sich die Spitzen der Vorderbeine, und ich erhaschte einen Blick auf die scharfen Hornmesser, die in den Ballen verborgen waren.

Ich lernte später, an solchen Äußerlichkeiten Gefühle und Stimmungen der Priesterkönige abzulesen. Andere Anzeichen dieser Art waren weitaus weniger offensichtlich — etwa das Zittern der kleinen Härchen auf den Stützbeinen, als wollte das Wesen jeden

Augenblick davonrennen; oder eine gewisse Unaufmerksamkeit, eine Hin- und Herbewegung der kleinen Reinigungshaken am dritten Gelenk der Vorderbeine. Überhaupt schienen mir die Priesterkönige ungewöhnlich oft an ihre Sauberkeit zu denken. Wie ich später erfuhr, halten sie die Menschen für außerordentlich unsauber und beschränken ihren Auslauf in den Tunnel gewöhnlich auf gewisse Gebiete. Oft helfen sich die Priesterkönige gegenseitig bei der Wäsche, wobei sie Reinigungshaken, Kiefer und Zungen einsetzen.

Das Übersetzungsgerät hatte natürlich seine Grenzen; es beschränkte sich auf eine präzise Übertragung, ohne daß die mechanische Stimme Gefühlswerte oder sonstige Dinge mit übermitteln konnte. Zum Beispiel konnte das Übersetzungsgerät *sagen,* daß der Sprecher ärgerlich war, aber zeigen konnte es das nicht.

Nach kurzer Zeit gaben die Priesterkönige ihren Rundgang auf und wandten sich in meine Richtung. Wie einstudiert schalteten sie gleichzeitig ihre Übersetzungsgeräte ein.

»Du bist Tarl Cabot aus der Stadt Ko-ro-ba«, sagte der größere Priesterkönig.

»Ja.«

»Ich bin Sarm«, lautete die Antwort, »geliebtes Kind der Mutter und Erstgeborener.«

»Bist du der Anführer der Priesterkönige?« fragte ich.

»Ja«, sagte Sarm.

»Nein«, sagte Misk.

Sarms Tentakel zuckten in Misks Richtung.

»Die Größte im Nest ist die Mutter«, sagte Misk.

Sarms Tentakel erschlafften. »Das ist wahr«, sagte er.

»Ich habe viel mit den Priesterkönigen zu besprechen«, sagte ich. »Wenn das Wesen, das ihr die Mutter nennt, euer Anführer ist, möchte ich sie sehen.«

Sarm legte sich auf seine Hinterbeine zurück. Seine Tentakel berührten sich. »Niemand darf die Mutter sprechen — mit Ausnahme ihrer Kastenhelfer und der Hohen Priesterkönige«, sagte Sarm. »Das sind der Erstgeborene, der Zweitgeborene, der Drittgeborene, der Viertgeborene und der Fünftgeborene.«

»Außer an den drei großen Feiertagen«, sagte Misk.

Sarms Tentakel zuckten ärgerlich.

»Was sind das für Feiertage?« fragte ich.

»Die Nesttage«, sagte Misk. »Tola, Tolam und Tolama.«

»Und was bedeuten sie?« fragte ich.

»Sie erinnern an die Wiederkehr des Hochzeitsfluges«, sagte Misk, »des ersten Eies und der Ausbrütung des ersten Eies.«

»Stehen diese Feiertage bevor?« fragte ich.

»Ja«, sagte Misk.

»Aber«, schaltete sich Sarm ein, »selbst bei diesen Festen darf niemand aus den niedrigen Ständen die Mutter sehen – nur Priesterkönige.«

»Das stimmt«, sagte Misk.

Ärger stieg in mir auf. Sarm schien diese Veränderungen nicht zu bemerken, doch Misks Fühler rührten sich sofort. Vielleicht hatte er schon seine Erfahrungen mit Menschen machen müssen.

»Denke nicht schlecht von uns, Tarl Cabot«, sagte Misk, »denn an den Feiertagen brauchen die Wesen der niederen Stände nicht zu arbeiten – nicht einmal an den Funguströgen.«

»Die Priesterkönige sind großzügig«, sagte ich.

»Tun die Menschen im Schatten der Berge soviel für ihre Tiere?« fragte Misk.

»Nein«, sagte ich. »Aber Menschen sind keine Tiere.«

»Sind Menschen Priesterkönige?« fragte Sarm.

»Nein.«

»Dann sind sie Tiere«, sagte Sarm.

Ich zog mein Schwert und näherte mich Sarm. Ich hatte mich sehr schnell bewegt, und das Wesen schien überrascht zu sein. Es sprang mit fast unglaublicher Geschwindigkeit zurück und hatte im Nu eine Entfernung von fünfzehn Metern zwischen uns gelegt.

»Wenn ich nicht mit dem Wesen sprechen darf, das ihr Mutter nennt«, sagte ich, »kann ich vielleicht mit *dir* sprechen!«

Ich trat einen Schritt vor.

Sarm zuckte wütend zurück, und seine Fühler fuhren aufgeregt hin und her. Wir starrten uns an.

Ich bemerkte, daß Sarm seine gebogenen Hornklingen entblößt hatte.

Hinter mir ertönte die mechanische Stimme Misks: »Aber sie ist die Mutter, und wir im Nest sind ihre Kinder.«

Ich lächelte.

Sarm merkte, daß ich nicht weiter vorrücken wollte, und beruhigte sich etwas.

In diesem Augenblick stellte ich auch fest, wie die Priesterkönige atmen; wahrscheinlich war Sarms Atmung durch die Aufregung beschleunigt. Am Unterleib finden Muskelkontraktionen statt, die an jeder Seite des Unterleibs durch vier kleine Löcher Luft in den Körper saugen; die gleichen Löcher dienen zum Ausstoßen der verbrauchten Luft. Normalerweise ist dieser Atemvorgang nicht zu hören, doch jetzt vernahm ich deutlich das pfeifende Entweichen der Luft.

Sarm beruhigte sich schließlich. Er hatte seine Hornklingen verschwinden lassen und legte nun die beiden Vorderbeine zusammen. Seine Antennen rührten sich nicht.

Er musterte mich reglos.

Plötzlich zeigte ein Tentakel in Misks Richtung. »Du hättest es narkotisieren sollen. Es ist gefährlich!«

»Vielleicht hast du recht«, sagte Misk.

Ich bedauerte nun, daß ich Misks Vertrauen enttäuscht hatte. Ich hatte mich unvernünftig verhalten.

»Es tut mir leid«, sagte ich und steckte mein Schwert ein.

»Komm mit auf die Scheibe, Tarl Cabot aus Ko-ro-ba«, sagte Misk und deutete mit einem Vorderbein auf das flache Oval, das Sarm benutzt hatte.

Ich zögerte.

»Es hat Angst«, sagte Sarm.

»Es hat auch Grund dazu.«

Ich trat auf die Scheibe, und die beiden Priesterkönige folgten. Sie stellten sich links und rechts ein wenig hinter mich. Kaum war dies geschehen, als die Scheibe lautlos auf die Rampe glitt, die in den Kessel hinabführte.

Die Scheibe bewegte sich sehr schnell, und ich hielt mich nur mit Mühe auf den Beinen, stemmte mich nach vorn in den Wind. Zu meinem Ärger schienen die Priesterkönige keine Schwierigkeiten dieser Art zu haben. Ihre Vorderbeine ragten in die Höhe, ihre Fühler wehten im Wind nach hinten.

12

Mitten in dem riesigen, hellerleuchteten Amphitheater kam die Scheibe auf einem Marmorplatz zum Stillstand. Ringsum erstreckte sich die fantastische Architektur des Nests der Priesterkönige. Der Platz war belebt. Ich sah nicht nur Priesterkönige, sondern auch zahlreiche andere Wesen verschiedener Form und Art. Auch viele Männer und Frauen gingen barfuß und mit geschorenem Kopf über den Platz.

»Sind das Sklaven?« fragte ich. »Sie tragen keine Kragen.«

»Es ist nicht erforderlich, einen Unterschied zwischen freien Menschen und Sklaven zu machen«, sagte Misk, »denn im Nest sind alle Menschen Sklaven.«

»Warum sind sie kahlköpfig?«

»Das ist sauberer.«

»Wir müssen uns beeilen«, drängte Sarm. Ich erfuhr später, daß seine Unruhe auf die Angst zurückzuführen war, sich auf diesem öffentlichen Platz zu beschmutzen. Hier gab es Menschen!

»Soll ich auch geschoren und in purpurne Sklavenkleidung gesteckt werden?« Ich legte die Hand auf den Schwertgriff.

»Vielleicht nicht«, sagte Sarm. »Es mag sein, daß er vernichtet wird. Ich muß zuerst die Duftbänder überprüfen.«

»Er darf nicht sofort vernichtet werden«, sagte Misk. »Auch wird er nicht geschoren und wie ein Sklave gekleidet – das ist der Wunsch der Mutter.«

»Was hat sie damit zu tun?« wollte Sarm wissen.

»Viel«, sagte Misk.

Sarm schien ratlos zu sein. Seine Fühler zuckten nervös. »Ist er aus bestimmtem Grund in die Tunnel geholt worden?«

»Ich bin von allein gekommen«, schaltete ich mich ein.

»Unsinn«, sagte Misk.

»Was soll er hier in den Tunnels?« fragte Sarm.

»Das weiß nur die Mutter«, sagte Misk.

»Ich bin der Erstgeborene«, sagte Sarm.

»Sie ist die Mutter«, entgegnete Misk.

»Na gut«, sagte Sarm und wandte sich ab. Ich spürte, daß er ziemlich aufgebracht war. »Beeilen wir uns!«

»Dein Schwert«, sagte Misk und streckte mir ein Vorderbein entgegen.

Obwohl ich mich zuerst weigern wollte, löste ich schließlich doch den Schwertgürtel und reichte Misk die Waffe.

Sarm, der in dem langen Raum auf einer Art Podest stand, wandte sich zufrieden ab.

Er trat an eine Wand, an der zahlreiche winzige Knöpfe zu sehen waren. Einige zog er heraus. Sie schienen an schmalen Schnüren befestigt zu sein, die er zusammen mit den Knöpfen aus der Wand zog und zwischen seinen Fühlern hindurchführte.

Eine Ahn verging. Unruhig schritt ich auf und ab. Misk verharrte unbeweglich.

»Die Duftbänder verraten nichts«, sagte Sarm schließlich.

»Natürlich nicht. Zunächst ist es der Wunsch der Mutter, daß dieses Wesen als Matok leben soll.«

»Was ist das?« fragte ich.

»Ein Wesen, das im Nest lebt, aber nicht zum Nest gehört«, erklärte Misk.

»Wie das Wurmwesen«, sagte ich leise.

»Wenn es nach mir ginge, käme er ins Vivarium oder in die Vernichtungskammer.«

»Aber das ist nicht der Wunsch der Mutter. Die Mutter ist das Nest, und das Nest ist die Mutter«, sagte Misk.

»Ja«, erwiderte Sarm, und die beiden Priesterkönige traten aufeinander zu und führten sanft ihre Antennen zusammen.

Als sie sich voneinander lösten, wandte sich Sarm an mich. »Trotzdem werde ich mit der Mutter über diese Angelegenheit sprechen. Man hätte mich fragen müssen, denn ich bin der Erstgeborene.«

»Ja«, sagte Misk.

»Das Ding ist gefährlich«, sagte Sarm. »Es muß vernichtet werden.«

Dann wandte er sich ab und drückte auf einen Knopf.

Im nächsten Augenblick glitt eine Tür auf, und zwei gutaussehende junge Männer, die sich wie ein Ei dem anderen glichen, traten ein und stellten sich vor der Empore auf. Sie hatten geschorene Köpfe und trugen die purpurne Sklaventunika.

Auf ein Zeichen Sarms warfen sie sich vor ihm zu Boden und standen wieder auf.

»Ich bin Tarl Cabot aus Ko-ro-ba«, sagte ich zu den beiden und streckte meine Hand aus.

Aber sie schienen sie nicht einmal zu bemerken. Ich hielt sie für eineiige Zwillinge. Sie hatten gut geformte Köpfe, breite Körper und strahlten Kraft und Selbstsicherheit aus.

»Ihr dürft sprechen«, sagte Sarm.

»Ich bin Mul-Al-Ka«, sagte der eine, »unwürdiger Sklave der ruhmreichen Priesterkönige.«

»Ich bin Mul-Ba Ta«, sagte der andere, »unwürdiger Sklave der ruhmreichen Priesterkönige.«

»Im Nest wird das Wort ›Mul‹ verwendet, wenn von einem menschlichen Sklaven die Rede ist«, erklärte Misk.

Ich nickte. Die Begriffe »Al-Ka« und »Ba-Ta« stehen für die beiden ersten Buchstaben des goreanischen Alphabets, so daß die beiden Sklaven keine Namen hatten, sondern nur A und B genannt wurden.

Ich wandte mich an Sarm. »Wahrscheinlich gibt es doch mehr als achtundzwanzig menschliche Sklaven.« Das goreanische Alphabet hatte achtundzwanzig Buchstaben.

»Andere tragen Zahlen«, erwiderte der Priesterkönig. »Wenn einer stirbt, wird die Nummer neu vergeben.«

»Und warum tragen die Sklaven keine Nummer?« wollte ich wissen.

»Weil sie etwas Besonderes sind. Kannst du raten, welcher der beiden synthetisiert worden ist?«

Ich muß ziemlich erschrocken zusammengefahren sein.

Sarms Tentakel kicherten.

»Ja«, sagte Sarm. »Einer ist synthetisiert – zunächst aus der Synthese von Proteinmolekülen, woraufhin sich dann ein Molekül auf das andere formte. Es ist ein künstlich konstruierter Mensch. Kusk, ein Priesterkönig, hat zweihundert Jahre dazu gebraucht – für ihn kein Problem, eine Erholung von seinen ernsthaften biologischen Forschungsarbeiten.«

Ich erschauerte. »Was ist mit dem anderen?« fragte ich.

»Auch der ist eine interessante Arbeit Kusks«, sagte Sarm. »Das Produkt genetischer Manipulation. Und von nicht geringer Bedeutung ist die Übereinstimmung der beiden.«

Ich begann zu schwitzen. Es stimmte, ich hätte die Männer – wenn es wirklich Männer waren – nicht auseinanderhalten können.

»Kusk ist wirklich ein Meister seines Faches, einer der Großen des Nestes.«

Sarms Fühler wickelten sich umeinander. Er schien sich sehr zu amüsieren.

»Es ist spät«, sagte Misk. »Wenn der Matok im Nest bleiben soll, muß er behandelt werden.«

»Ja«, sagte Sarm, aber er schien es nicht wirklich eilig zu haben. »Sieh sie dir ehrfürchtig an, Matok«, sagte er und deutete auf die beiden Muls. »Sie sind das Produkt der Priesterkönige und die vollkommensten Exemplare deiner Rasse, die es je gegeben hat.«

Ich fragte mich, was Misk mit seiner ›Behandlung‹ meinte, aber Sarms Worte ärgerten mich, und ich sagte deshalb: »Das glaube ich nicht.«

»Sie sind symmetrisch geformt«, erläuterte Sarm. »Außerdem sind sie intelligent, kräftig und bei bester Gesundheit.« Sarm schien auf eine Antwort zu warten, doch ich schwieg. »Außerdem leben sie von Fungus und Wasser und waschen sich zwölfmal am Tag.«

Ich lachte. »Bei den Priesterkönigen!« rief ich, ehe ich den gebräuchlichen goreanischen Ausruf zurückhalten konnte, der hier etwas fehl am Platze war.

»Warum bist du erheitert?« fragte Sarm.

»Du nennst sie vollkommene Menschen?« fragte ich und deutete auf die beiden Sklaven.

»Natürlich«, sagte Sarm.

»Natürlich«, sagte Misk.

»Vollkommene Sklaven!« rief ich.

»Der vollkommenste Mensch ist natürlich der vollkommenste Sklave.«

»Der vollkommenste Mensch«, erwiderte ich, »ist frei.«

Die beiden Sklaven schienen mich verwundert anzusehen.

»Sie haben nicht den Wunsch, frei zu sein«, sagte Misk und wandte sich an die beiden Männer. »Was ist eure größte Freude, Muls?« fragte er.

»Sklaven der Priesterkönige zu sein«, antworteten sie wie aus einem Munde.

»Siehst du?« fragte Misk.

»Ja«, sagte ich. »Ich sehe jetzt, daß sie keine Menschen sind. Warum laßt ihr euren Kusk nicht einmal einen Priesterkönig synthetisieren?«

Sarm schien vor Wut zu zittern.

Misk hatte sich nicht bewegt. »Das wäre unmoralisch«, sagte er.

Sarm wandte sich an Misk. »Hätte die Mutter etwas dagegen, wenn dieses Wesen gestraft würde?«

»Ja, aber nur, wenn es dabei zu Schaden käme.«

»Gut«, sagte Sarm und befahl den beiden Sklaven: »Straft den Matok, aber verletzt ihn nicht.«

Kaum waren diese Worte ausgesprochen, als die beiden Sklaven auch schon auf mich losgingen.

Ich reagierte sofort und begann meinerseits einen Angriff. Einen der Männer stieß ich mit meinem linken Arm zur Seite und schlug dem anderen eine Rechte ins Gesicht. Der Kopf schnappte zurück, und seine Knie wurden ihm weich. Ehe der andere sein Gleichgewicht zurückerlangen konnte, sprang ich ihn an, hob ihn über meinen Kopf und schmetterte ihn zu Boden. Er rollte sofort auf den Bauch. Ich hätte ihm nun mühelos das Genick brechen können, aber ich wollte den beiden nicht schaden.

Ich fand, daß die Sklaven sehr kampfunerfahren sein mußten.

Ich drehte mich zu Sarm und Misk um, die den Kampf reglos verfolgt haten.

»Tu ihnen nicht weh«, sagte Misk. »Vielleicht hat der Matok recht«, wandte er sich dann an Sarm. »Vielleicht sind sie keine vollkommenen Menschen.«

»Vielleicht«, sagte Sarm.

Einer der Sklaven hob schwach die Hand. In seinen Augen standen Tränen. »Bitte«, sagte er, »laß uns in die Vernichtungskammer gehen.«

Ich war wie vor den Kopf geschlagen.

Inzwischen hatte auch der andere das Bewußtsein wiedererlangt und wiederholte die Bitte seines Bruders.

»Sie haben das Gefühl, daß sie die Priesterkönige verraten haben, und möchten sterben«, erklärte Misk, der meine Verblüffung zu bemerken schien.

Sarm sagte zu den beiden Sklaven: »Ich will gnädig sein. Ihr dürft in die Vernichtungskammer gehen.«

Zu meinem Erstaunen sahen ihn die beiden Sklaven dankbar an und machten Anstalten, den Raum zu verlassen.

»Halt!« rief ich.

Die Männer blieben stehen und sahen mich an.

»Ihr könnt die beiden nicht in den Tod schicken«, sagte ich zu den Priesterkönigen.

Ich erhielt keine Antwort.

Verzweifelt suchte ich nach einer plausiblen Begründung. »Kusk wäre sicherlich ärgerlich über die Vernichtung seiner Geschöpfe«, sagte ich.

Sarm und Misk faßten sich bei den Fühlern.

»Der Matok hat recht«, sagte Misk.

»Es stimmt«, sagte Sarm.

Ich atmete auf.

Sarm wandte sich an die beiden Sklaven. »Ihr dürft nicht in die Vernichtungskammer gehen.«

Gelassen verschränkten die beiden Männer die Arme und blieben stehen. Es schien nichts geschehen zu sein, außer daß einer ein wenig schneller atmete und das Gesicht des anderen blutig war.

Ich war natürlich recht durcheinander. Die Reaktionen der beiden Sklaven waren mir unverständlich.

»Du mußt verstehen, Tarl Cabot aus Ko-ro-ba«, sagte Misk, »daß es den Muls größte Freude bereitet, den Priesterkönigen zu dienen. Wenn es der Wunsch eines Priesterkönigs ist, daß sie sterben, gehen sie freudig in den Tod. Wenn ihnen das Leben geschenkt wird, sind sie gleichermaßen erfreut.«

Ich stellte fest, daß die beiden Sklaven keine besondere Freude zu empfinden schienen.

»Und doch sagt ihr, daß sie Menschen sind?« fragte ich.

»Natürlich«, erwiderte Sarm.

Zu meiner Überraschung sah mich nun einer der Sklaven an und sagte: »Wir sind Menschen.«

Ich trat vor und reichte ihm die Hand. »Ich hoffe, ich habe dir nicht weh getan.«

Ungeschickt nahm er meine Hand. Offensichtlich war er mit der Sitte des Händeschüttelns nicht vertraut.

»Ich bin auch ein Mensch«, sagte der andere, sah mich an und hielt mir die Hand hin.

Ich nahm sie.

»Ich habe Gefühle«, sagte der erste Mann.

»Ich auch«, bemerkte der zweite.

»Wir alle haben Gefühle«, sagte ich.

»Natürlich«, sagte der erste Mann, »denn wir sind doch Menschen.«

Ich sah sie aufmerksam an. »Wer von euch ist synthetisiert?«

»Wir wissen es nicht«, sagte der erste Mann.

»Nein«, bemerkte der zweite Mann. »Man hat es uns nie gesagt.«

Die beiden Priesterkönige hatten unser Gespräch interessiert verfolgt, doch jetzt wurde Sarm unruhig. »Es wird spät«, sagte er. »Der Matok muß behandelt werden.«

»Folge mir«, sagte der erste Sklave, wandte sich um und verließ das Zimmer. Der zweite Sklave hielt sich neben mir.

13

Ich folgte Mul-Al-Ka und Mul-Ba-Ta durch mehrere Räume in einen langen Korridor.

»Dies ist der Behandlungssaal«, sagte einer der beiden.

Wir passierten mehrere hohe Stahlportale, an denen sich in etwa sechs Metern Höhe – in Reichweite der Priesterkönige – seltsame Punkte befanden. Wie ich später erfuhr, handelte es sich um Duftpunkte.

Wenn die Priesterkönige von Duftpunkten umgeben sind, könnte man sich vorstellen, daß sie damit einer Vielzahl von Eindrücken ausgesetzt sind – etwa wie es bei uns der Fall wäre, wenn wir Dutzende von laut gestellten Radios und Fernsehgeräten im Zimmer hätten – aber das ist anscheinend nicht der Fall; der beste Vergleich läßt sich vielleicht damit ziehen, daß die Duftpunkte wie gemalte Schilder sind, auf die sich unsere Aufmerksamkeit ganz nach Belieben richten kann.

In unserem Sinne gibt es bei den Priesterkönigen keinen Unterschied zwischen dem gesprochenen und dem geschriebenen Wort, da beispielsweise die gespeicherten Signale eines Duftbandes ebenso aufgenommen werden wie unmittelbar ausgeschickte Verständigungssignale.

»Die Behandlung wird dir nicht gefallen«, sagte einer meiner Führer.

»Aber sie wird dir guttun«, bemerkte der andere.

»Warum muß ich behandelt werden?« wollte ich wissen.

»Damit das Nest nicht verseucht wird«, sagte der erste.

Düfte lassen natürlich mit der Zeit nach, doch die besonders behandelten synthetischen Produkte der Priesterkönige halten Tausende von Jahren und werden auf lange Sicht bestimmt unsere verblassenden Druckwerke, das sich auflösende Zelluloid unserer Filme und vielleicht sogar die Ruinen unserer geschichtlichen Bauwerke überdauern.

Duftpunkte werden übrigens in Reihen angeordnet, die ein geometrisches Quadrat bilden; sie werden in der obersten Zeile von links nach rechts und dann von rechts nach links und so weiter gelesen.

Unter den Duftpunkten an den hohen Türen befanden sich – vielleicht als Lesehilfe für Menschen oder andere Wesen gedacht – die vereinfachten Umrißbilder verschiedener Lebensformen.

Die Gestalt eines Menschen hatte ich bisher noch nicht gesehen.

Durch den Korridor kam uns jetzt mit gleichmäßigem Schritt ein junges Mädchen entgegengelaufen. Sie war vielleicht achtzehn Jahre alt. Ihr Kopf war kahlgeschoren, und sie trug die kurze Tunika eines Mul.

»Gib ihr den Weg frei«, sagte einer meiner Führer.

Ich trat zur Seite.

Das Mädchen hielt zwei Duftbänder umklammert und lief, ohne Notiz von uns zu nehmen, vorbei.

Sie hatte braune Augen, und trotz ihres kahlen Kopfes fand ich sie attraktiv.

Keiner meiner Begleiter nahm das geringste Interesse an ihr.

Irgendwie ärgerte mich das. Ich blickte ihr nach, lauschte auf das Patschen ihrer nackten Füße auf dem Steinboden.

»Wer war denn das?« fragte ich.

»Ein Mul«, sagte einer der Sklaven.

»Natürlich ist sie ein Mul«, sagte ich.

»Warum hast du dann gefragt?«

Ich wußte nicht, was ich sagen sollte.

»Sie hat Botendienst«, sagte der andere. »Die trägt Duftbänder hin und her.«

»Oh«, sagte der erste Sklave, »für solche Dinge interessiert er sich.«

»Er ist neu in den Tunnels.«

Ich war neugierig und sah den ersten Sklaven an. »Sie hatte hübsche Beine, nicht wahr?« fragte ich.

Er schien verwirrt zu sein. »Ja«, sagte er, »sehr kräftig.«

»Sie war attraktiv«, sagte ich zu dem anderen.

»Attraktiv?«

»Ja.«

»Ja, sie ist gesund.«

»Vielleicht ist sie die Gefährtin eines Mannes.«

»Nein«, sagte der erste Sklave.

»Woher weißt du das?«

»Sie ist nicht in den Brutkästen«, sagte der Mann.

Irgendwie brachten mich diese lakonischen Antworten und die ergebene Hinnahme der beiden in Wut.

»Ich würde gern wissen, wie sie sich anfühlt, wenn man sie im Arm hat«, sagte ich.

Die beiden Männer sahen sich an und starrten dann auf mich.

»Darüber darf man nicht nachdenken«, sagte einer.

»Warum nicht?« wollte ich wissen.

»Das ist verboten.«

»Aber bestimmt habt ihr euch doch schon damit beschäftigt!«

Einer der Männer lächelte mich an. »Ja«, sagte er, »manchmal habe ich mich damit beschäftigt.«

»Ich auch«, sagte der andere.

Dann wandten wir uns alle drei um und beobachteten das Mädchen, das im Schein der Energielampen des Korridors nur noch ein bläulicher Fleck war.

»Warum läuft sie so?« fragte ich.

»Die Entfernungen zwischen den einzelnen Portalen sind genau bemessen«, sagte der erste Sklave. »Wenn sie bummelt, bekommt sie einen Tadel.«

»Ja«, sagte der andere, »fünf Tadel – und sie wird vernichtet.«

»Ein Tadel – ist das eine Eintragung in euren Unterlagen?«

»Ja«, sagte der erste Sklave, »er wird auf unserem Duftband vermerkt und auch als Duft auf unserer Tunika angebracht.«

»Die Tunika«, sagte der andere, »enthält überhaupt viele Informationen. Durch die Tunika erkennen uns die Priesterkönige überhaupt erst.«

»Ja«, fuhr der erste Sklave fort, »ohne Duftsignale würden wir den Priesterkönigen ziemlich ähnlich vorkommen.«

Ich merkte mir diese Tatsache, die mir noch einmal nützlich werden konnte.

»Also«, sagte ich und blickte den Korridor entlang, »ich hätte gedacht, daß die Priesterkönige eine schnellere Methode der Duftbandbeförderung finden könnten.«

»Aber es gibt keine bessere Methode. Muls sind sehr billig und lassen sich leicht ersetzen.«

Wir starrten hinter dem Mädchen her, das jedoch inzwischen nicht mehr zu sehen war.

»Ja, sie ist ein gesunder Mul«, sagte einer der Sklaven.

»Ja«, sagte der andere, »und sie hat kräftige Beine.«

Ich lachte und schlug beiden auf die Schultern, und Arm in Arm setzten wir unseren Weg fort.

Nach kurzer Zeit erreichten wir ein langes wurmähnliches Tier, das sich blind im Korridor bewegte. Meine beiden Begleiter kümmerten sich nicht darum.

Auch ich begann mich an das Vorhandensein seltsamer Wesen im Nest der Priesterkönige zu gewöhnen.

»Was ist das?« fragte ich.

»Ein Matok«, sagte einer der Sklaven.

»Ja«, fügte der andere hinzu. »Er ist im Nest, gehört aber nicht dazu.«

»Aber ich dachte, *ich* wäre ein Matok«, sagte ich.

»Bist du auch.«

»Wie wird das Wesen genannt?«

»Oh, es ist ein Schleimwurm.«

»Was tut es hier unten?«

»Vor langer Zeit einmal hatte es seine Funktion im Nest«, erfuhr ich, »und zwar als eine Art Abfallverwerter. Aber diese Arbeit verrichtet es schon seit vielen tausend Jahren nicht mehr.«

»Aber trotzdem bleibt es im Nest?«

»Natürlich«, sagte einer der Sklaven. »Die Priesterkönige sind tolerant.«

»Ja«, sagte der andere. »Der Schleimwurm hat seinen Platz im Nest verdient.«

»Wovon lebt er?«

»Er ernährt sich von der Beute des Goldenen Käfers«, sagte der erste Sklave.

»Und was erbeutet der Goldene Käfer?«

»Priesterkönige«, erwiderte der zweite Sklave.

Ich hätte gern weitergefragt, aber in diesem Augenblick erreichten wir ein großes Stahlportal.

Ich schaute auf und sah unter dem Quadrat aus Duftpunkten die Umrisse eines Menschen.

»Wir sind am Ziel«, sagte einer meiner Begleiter. »Hier wirst du behandelt.«

»Wir warten auf dich«, sagte der andere.

14

Die Arme der Maschine griffen nach mir, und plötzlich hing ich hilflos einige Meter über dem Boden.

Der Raum war ziemlich groß, düster und mit Plastik ausgekleidet. Er schien leer zu sein; an einer Wand schimmerten mehrere Metallscheiben, und weiter oben befand sich ein Fenster. Durch dieses Fenster starrte mich das Gesicht eines Priesterkönigs an.

»Du sollst im Schleim eines Schleimwurms baden!« rief ich. Ich hoffte, der Bursche hatte ein Übersetzungsgerät.

Zwei lange Metallarme griffen nach mir. Der Priesterkönig hinter der Trennwand schien auf meine Bemerkung nicht zu reagieren.

Während ich hilflos in der Luft hing, machten sich verschiedene andere Vorrichtungen an mir zu schaffen. Eine Anlage schnitt mir säuberlich die Kleidung vom Körper, schnipste sogar die Schnürsenkel meiner Sandalen durch. Ein zweites Gerät stieß mir mit geschickten Bewegungen eine Kapsel in den Hals, die ich schlucken mußte.

Angesichts der Größe eines Priesterkönigs und des vergleichsweise kleinen Maßstabs dieser Vorgänge mußte die technische Ausrüstung vorzüglich sein. Wie ich später erfahren sollte, enthielt die Stirnwand praktisch einen riesigen Duftdetektor. Aber im Augenblick war ich nicht in der Stimmung, die technischen Talente meiner Eroberer zu bewundern.

»Deine Tentakel mögen vor Fett triefen!« brüllte ich.

Der Priesterkönig erstarrte, und ich frohlockte. Doch im nächsten Augenblick schwangen mich die Metallarme über einen Käfig mit doppeltem Boden; der obere bestand aus Gitterstangen, der untere aus einer breiten Plastikwanne.

Ich wurde fallen gelassen. Ich wollte an den Gitterstäben wieder hochklettern, doch da überkam mich Übelkeit, und ich sank zusammen. Die Kapsel tat ihre Wirkung, und ich denke nur ungern an die nächsten drei Minuten zurück.

Schließlich glitt die Plastikwanne unter dem Käfig fort und verschwand in einer Wandöffnung.

Ich hatte kaum Zeit zum Atemholen, als sich der ganze Käfig in Bewegung setzte und ebenfalls in den Nebenraum wanderte. Auf der nun folgenden Reise wurde der Käfig nacheinander mehreren Duschen verschiedener Färbung und Temperatur ausgesetzt – eine Prozedur, die ich teilnahmslos über mich ergehen ließ, da mir alles andere als wohl zumute war. Nachdem ich schließlich mehrfach abgebraust und gereinigt und trockengerieben worden war, setzte sich der Käfig wieder in Bewegung und rückte zwischen zwei Öffnungen, die heiße Luft verströmten, um schließlich zwischen einigen summenden Erhöhungen zu landen, die eine Vielzahl von Strahlungen über mich ausschütteten – Strahlungen, die zum größten Teil unsichtbar waren, sich aber auch rot, gelb und grün dem Auge darboten.

Ich erfuhr später, daß die harmlose Bestrahlung verschiedenen Organismen galt, die für Priesterkönige schädlich sind.

Noch ziemlich mitgenommen, schlüpfte ich in eine rote Plastiktunika und kehrte zu meinen Begleitern zurück, die vor dem Portal auf mich warteten.

»Du siehst viel besser aus«, sagte einer.

»Sie haben die Fadenwüchse auf deinem Kopf gelassen«, sagte der andere.

»Haar«, berichtigte ich und lehnte mich gegen das Tor.

»Seltsam«, sagte einer der Sklaven. »Die einzigen Fibernwüchse, die Muls gestattet werden, sind die Augenlider.«

Das hatte sicher mit dem Schutz der Augen vor Partikeln zu tun, und ich fragte mich, ob es hier überhaupt Partikel geben konnte.

»Aber er ist ein Matok«, sagte ein Sklave.

»Stimmt«, erwiderte der andere.

Ich war froh, daß meine Tunika nicht purpurn war, was mich hier unten zu einem Sklaven der Priesterkönige stempelte.

»Wenn du dich sehr anstrengst, wirst du vielleicht noch ein richtiger Mul«, sagte ein Sklave.

»Ja, dann bist du nicht nur im Nest, sondern gehörst auch dazu.«

Ich antwortete nicht, sondern atmete nur mehrmals tief ein.

»Du hast ein Quartier bekommen«, sagte einer der Sklaven, »eine Höhle im Gemach von Misk. Wir bringen dich hin.«

Ich öffnete die Augen. »Eine Höhle?« fragte ich.

»Er fühlt sich nicht wohl«, sagte einer der Sklaven.

»Es ist ganz bequem dort«, sagte der andere, »mit Fungus und Wasser.«

Wieder schüttelte ich den Kopf, aber die beiden nahmen mich an den Armen. Man gewöhnt sich schnell an den Mul-Fungus, der fast geschmacklos ist – ein weißlicher, faseriger, gemüseähnlicher Stoff. Ich kenne keinen, der sich durch den Fungus-Geschmack abgestoßen fühlt oder ihn vorzüglich findet. Sogar die Muls, von denen viele schon im Nest geboren sind, begegnen ihrer Nahrung gleichgültig. Der Fungus wird etwa so achtlos gegessen, wie wir die Luft unseres Planeten atmen.

Muls essen viermal am Tag, verschiedene Gerichte aus Fungus, bei denen Salz eine besondere Rolle spielt. Wie mir Misk erzählte, haben sich Muls wegen einer Handvoll Salz schon gegenseitig umgebracht.

Der Mul-Fungus unterscheidet sich meinem Gefühl nach nur wenig von den Funguskulturen, die für die Priesterkönige selbst bestimmt sind. Misk war wütend, als ich ihm sagte, daß ich den Unterschied nicht riechen könnte, und bis heute fällt es mir schwer, die beiden Nahrungsarten auseinanderzuhalten.

Trotzdem stellte ich fest, daß mein Geruchssinn mit der Zeit ausgeprägter wurde und ich erfahren mußte, daß ich von den reichhaltigen Aromen meiner Umwelt bisher ziemlich wenig mitbekommen hatte. Misk gab mir ein Übersetzungsgerät, und ich sagte gorenanische Worte, woraufhin dann in bestimmten Duftpaletten die Übersetzung erfolgte. Nach einiger Zeit lernte ich auf diese Weise gewisse wichtige Gerüche zu erkennen – zuerst Misks Namen, ein Duft, der übrigens mit seinem Körperduft übereinstimmte.

Auch führte ich den Übersetzer an meiner Plastiktunika entlang, um zu erfahren, welche Informationen darauf festgehalten waren. Doch es fanden sich nur mein Name, meine Heimatstadt und die Angabe, daß ich als Matok unter der Aufsicht von Misk stand, daß ich keine Tadel hatte und vielleicht gefährlich war.

Dieser letzte Hinweis belustigte mich.

Ich hatte nicht einmal ein Schwert und wäre leichte Beute für jeden Priesterkönig gewesen, der mich mit seinen kräftigen Kauwerkzeugen oder seinen Hornklingen angegriffen hätte.

Die Höhle, die ich in Misks Unterkunft bewohnen sollte, war erträglich. Sie kam mir sogar luxuriöser vor als Misks Zimmer, das bis auf den Nahrungstrog und zahlreiche Instrumente, Hebel und Steckdosen leer und kahl zu sein schien. Die Priesterkönige essen und schlafen im Stehen und legen sich niemals hin – außer vielleicht um zu sterben.

Die Kahlheit des Zimmers war natürlich darauf zurückzuführen, daß ich ein visuelles Wesen war und den reichlichen Duftschmuck an den Wänden nicht wahrzunehmen vermochte. Misk sagte mir, seine Wandornamente wären von einem der größten Künstler des Nestes gestaltet worden.

Meine ›Höhle‹ war ein durchsichtiger Plastikwürfel von vielleicht zweieinhalb Metern Kantenlänge, mit Ventilationsöffnungen und einer Schiebetür aus Plastik. Es gab keine Schlösser, und ich durfte kommen und gehen, wann ich wollte.

Im Würfel fand ich Kanister mit Mul-Fungus, eine Schale, eine Kelle, ein hölzernes Fungus-Messer, eine Röhre mit Fungus-Tabletten, einem Vitaminzusatz für die Grundnahrung, und einen großen Wasserkrug, an dem eine kleine Schale befestigt war, die stets gefüllt blieb.

In einer Ecke der Höhle befand sich ein großes rundes Kissen aus einer rötlichen Moosart, ein sehr bequemes Lager. Das Moos wurde jeden Tag gewechselt.

An diese Kabine schlossen sich eine Toilette und eine Waschzelle an.

Die Waschzelle erinnerte mich sehr an die Duschen, die ich von der Erde her kannte – nur ließ sich der Wasserstrahl nicht regulieren. Wenn man die kleine Zelle betritt, beginnt das Wasser zu fließen, und Wassermenge und Temperatur werden automatisch kontrolliert. Ich hatte natürlich angenommen, daß reines Wasser aus der Leitung kam, und hatte einmal versucht, meine Schale für die Morgenmahlzeit dort zu füllen. Mit brennendem Mund spuckte ich die Flüssigkeit sofort wieder aus.

»Dein Glück, daß du nichts geschluckt hast«, sagte Misk. »Das Wasser enthält eine Reinigungsflüssigkeit, die für den menschlichen Organismus schädlich ist.«

Nach einigen kleinen Reibereien kamen Misk und ich gut miteinander aus – vor allem ging es zunächst um die Salzrationen und die Anzahl der Waschungen, die ich am Tag vorzunehmen hatte. Als Mul hätte ich einen Tadel bekommen, wenn ich nicht jeden Tag zwölfmal die Waschzelle benutzt hätte. Duschen finden sich überhaupt in allen Mul-Höhlen und überall im Tunnelsystem, auf Plätzen, in Rasierläden, Pillenstellen und bei Fungusausteilern. Da ich ein Matok war, bestand ich darauf, von der Pflicht der Zwölf Freuden – wie das Waschen genannt wurde – entbunden zu werden. Zunächst hielt ich eine Dusche am Tag für ausreichend, doch der arme Misk geriet derart außer sich, daß ich mein Angebot auf zwei erhöhte. Das brachte uns jedoch nicht weiter, da Misk darauf bestehen wollte, daß ich mindestens zehnmal am Tag unter die Dusche trat. Wir einigten uns schließlich auf sechs Waschungen täglich, was mir zusätzlich zwei Salzpäckchen einbrachte. Er selbst benutzte natürlich keine Dusche, sondern kämmte und säuberte sich auf die überlieferte Art der Priesterkönige – mit Säuberungshaken und Kiefer.

Ich begann mich sehr an Misk zu gewöhnen.

»Wußtest du«, fragte er mich einmal, »daß die Menschen zu den intelligentesten der niederen Rassen gehören?«

»Das freut mich zu hören.«

Misk schwieg, und seine Fühler zitterten sentimental.

»Ich hatte einmal ein kleines Mul-Haustier«, sagte er.

»Was wurde aus ihm?« fragte ich.

»Es war ein kleines Weibchen«, sagte Misk. »Sarm hat sie umgebracht.«

Ich spürte die Anspannung in den Vorderbeinen Misks, als stählte er sich zum Kampf.

»Warum?«

Misk schwieg lange Zeit. Dann sagte er. »Es war meine Schuld. Sie wollte ihre Fadengewächse auf dem Kopf wachsen lassen; sie war nicht im Nest geboren.« Tonlos klang die Stimme aus dem Übersetzungsgerät, doch ich wußte, daß Misk die Worte sehr schwer fielen. »Ich habe sie gewähren lassen – und damit besiegelte ich ihren Tod. Ich bin daran schuld!«

»Das glaube ich nicht«, sagte ich. »Du wolltest nur nett zu ihr sein.«

»Und es geschah ausgerechnet an dem Tag, da sie mir das Leben rettete«, sagte Misk.

»Erzähl.«

»Ich war für Sarm unterwegs«, begann Misk, »und kam in einen wenig begangenen Tunnel. Dabei nahm ich das Mädchen mit. Wir stießen auf einen Goldenen Käfer, obwohl in dieser Gegend noch nie einer gesehen worden war, und ich wollte zu dem Käfer gehen und neigte den Kopf und ging los, aber das Mädchen nahm meine Antenne und zerrte mich fort. Der Schmerz war natürlich schlimm, aber ich mußte ihr folgen, obwohl es mich zu dem Käfer zog, aber nach einer Ahn ließ das Gefühl nach, und ich wußte, daß sie mir das Leben gerettet hatte. Am gleichen Tag ordnete Sarm an, daß sie wegen ihres Kopfbewuchses fünf Tadel bekommen und vernichtet werden müßte.«

»Gibt es dafür immer gleich fünf Tadel?« fragte ich.

»Nein«, sagte Misk. »Ich weiß nicht, warum Sarm so streng war.«

»Dann solltest du dir ihren Tod nicht vorwerfen. Sarm ist der Schuldige.«

»Nein«, sagte Misk. »Ich war zu großzügig.«

»Ist es nicht möglich, daß Sarm deinen Tod durch den Goldenen Käfer gewollt hat?«

»Natürlich«, sagte Misk, »natürlich war das seine Absicht.«

Ich fragte mich, warum Sarm an Misks Beseitigung gelegen war. Zweifellos bestand eine Art Rivalität zwischen ihnen. Für mich als Mensch war die Tatsache, daß Sarm womöglich Misks Tod vorbereitet hatte, nichts Ungewöhnliches. Erst später wurde mir bewußt, daß eine solche Vorstellung zwischen Priesterkönigen gänzlich unmöglich ist und daß Misk – obwohl er die Tatsache vor Augen hatte – doch nicht recht daran glauben konnte. Waren denn nicht er und Sarm Angehörige des Nestes? Wäre eine solche Handlung nicht ein Verstoß gegen das Nestvertrauen?

»Sarm ist der Erstgeborene«, sagte Misk, »während ich nur der Fünftgeborene bin. Die ersten fünf Kinder der Mutter bilden den Hohen Rat des Nestes. Der Zweit-, Dritt- und Viertgeborene sind bereits der Wonne des Goldenen Käfers erlegen. Von den Fünf sind nur noch Sarm und ich am Leben.«

»Er will deinen Tod«, sagte ich, »damit er das einzige Mitglied des Rates ist und die absolute Macht gewinnt.«

»Die Mutter ist größer als er«, sagte Misk.

»Trotzdem wäre seine Macht erheblich ausgeweitet.«

Misk starrte mich an, und seine Antennen wirkten schlaff. Ihre goldenen Härchen schienen an Glanz eingebüßt zu haben.

»Du bist traurig«, sagte ich.

Misk beugte sich in meine Richtung. Er legte mir sanft die Fühler auf die Schultern.

»Du darfst diese Dinge nicht mit deinen Augen sehen«, sagte Misk. »Hier ist alles anders.«

»Kommt mir nicht so vor.«

»Nein«, sagte Misk. »Du verstehst die Lage nicht. Aber du wirst sie verstehen.«

Der Priesterkönig richtete sich auf und trat an meine Höhle. Mit seinen zwei Vorderbeinen hob er den Würfel mühelos zur Seite. Darunter kam ein flacher Stein mit eingelassenem Ring zum Vorschein. Misk hob den Ring an.

»Ich habe diese Kammer selbst ausgehöhlt«, sagte er, »und im Laufe von Lebensspannen haben zahlreiche Muls kleine Felsstücke und Aushub mitgenommen und ihn irgendwo im Tunnelsystem verstreut. Die Anlage ist primitiv – die Tür bewegt sich nur mechanisch.«

Er trat an eine Wandvertiefung und nahm einen schwarzen Stab heraus. Er brach das Ende ab, das mit bläulichem Schein zu brennen begann.

»Das ist eine Mul-Fackel«, sagte der Priesterkönig. »Sie wird unten in den verdunkelten Funguskolonien verwendet.«

Ich wußte, daß der Priesterkönig kein Licht brauchte.

»Bitte«, sagte Misk und deutete auf die Öffnung.

15

Ich hielt die Fackel über meinen Kopf und starrte in die Höhle, die sich unter Muls Unterkunft auftat.

»Die Arbeiter bei den Fungus-Trögen«, sagte Misk, »brechen beide Enden der Fackel ab und nehmen sie in den Mund.«

Ich sah mich um. An einem Ring hing ein mit Knoten versehenes Seil. Ich nahm die Fackel zwischen die Zähne und begann hinabzuklettern. Es wurde schnell kühler, und Feuchtigkeit bildete Tropfen auf meiner Plastiktunika. Als ich das Ende des Seils erreichte, etwa zwölf Meter unter Misks Gemach, fand ich mich in einer einfachen Felskammer.

Ich schaute nach oben und sah Misk, der sich unter Mißachtung des Seils durch die Öffnung in der Decke beugte, sich zierlichen Schrittes kopfüber an der Decke entlangbewegte, an der Wand herabkam und nach wenigen Sekunden neben mir stand.

»Du darfst niemand erzählen, was du hier siehst«, sagte Misk.

Ich schwieg.

»Es sei Nestvertrauen zwischen uns«, sagte ich dann.

»Aber du gehörst dem Nest nicht an.«

»Trotzdem soll Nestvertrauen zwischen uns sein.«

»Gut«, sagte Misk.

Ich steckte die Fackel in eine Felsspalte und reckte die Arme hoch.

Sanft berührten die Fühler meine Handflächen.

Misk richtete sich auf. »Irgendwo dort unten, ohne Duft und in der Nähe des Fußbodens, damit ein Priesterkönig ihn nicht findet, ist ein Knopf, der fast wie ein Kieselstein aussieht. Du mußt ihn suchen und drehen.«

Es bereitete mir keine Mühe, den angegebenen Knopf zu finden. Ich drehte ihn, woraufhin ein Teil der Wand zurückschwang.

»Tritt ein«, sagte Misk, und ich gehorchte.

Wir waren kaum über die Schwelle getreten, als der Priesterkönig einen versteckten Mechanismus auslöste, der die Tür lautlos hinter uns schloß.

Ich sah mich verblüfft um. Der Raum schien groß zu sein, denn er verlor sich in fast allen Richtungen im Dunkel. Die wenigen Objekte, die ich erkennen konnte, waren Schaltschränke, Duftanzeiger, Meßgeräte, Kabelstränge und Kupferplatten. An einem Ende des Raumes sah ich Spulen mit Duftbändern, von denen sich einige langsam drehten und ihre Bänder durch langsam rotierende schimmernde Kugeln schickten. Die Kugeln waren ihrerseits durch dünne verwobene Drähte mit großen, schweren Geräten verbunden, die offensichtlich aus Stahl bestanden. An der Frontseite der Geräte schnappten dünne Metallscheiben hoch, Lichter blitzten auf, während eine unbekannte Energieübertragung ablief, dann schnappte die Scheibe zur Seite und wurde sofort durch eine neue ersetzt. Acht Drähte führten zum Körper eines Priesterkönigs, der reglos in der Mitte eines moosbedeckten Steinlagers lag.

Ich hielt die Fackel in die Höhe und besah mir den Priesterkönig, der mir mit seinen drei Metern Länge ziemlich klein vorkam. Am meisten verblüffte mich jedoch die Tatsache, daß er Flügel hatte, lange, herrlich goldene, durchsichtige Flügel, die auf seinem Rücken zusammengefaltet waren.

Das Wesen schien bewußtlos zu sein.

»Ich mußte die ganze Anlage selbst entwerfen und bauen«, sagte Misk, »und deswegen ist sie unentschuldbar primitiv, aber es gab in diesem Falle keine andere Möglichkeit.«

Ich verstand nicht, was er meinte.

»Ich mußte sogar eigene mnemonische Scheiben herstellen und einen Umwandler zum Ablesen der Duftbänder, die es zum Glück in ausreichender Menge gibt.«

»Ich begreife das alles nicht«, sagte ich.

»Natürlich nicht«, sagte Misk, »du bist ja auch nur ein Mensch.«

»Ist das eine Mutation?« fragte ich.

»Nein – es ist ein Männchen«, erwiderte Misk und schwieg einen Augenblick. »Der erste männliche Priesterkönig, der seit achttausend Jahren im Nest geboren wurde.«

»Bist du denn nicht männlich?« wollte ich wissen.

»Nein, ebensowenig wie die anderen.«

»Und bist du weiblich?«

»Nein«, sagte Misk, »im Nest ist nur die Mutter weiblich.«

»Aber es muß doch andere weibliche Wesen geben.«

»Von Zeit zu Zeit gab es weibliche Eier, doch die hat Sarm vernichten lassen. Ich wüßte nicht, daß es im Nest ein weibliches Ei gibt.«

»Wie lange lebt ein Priesterkönig?«

»Vor langer Zeit entdeckten die Priesterkönige das Geheimnis der Zellenerneuerung, so daß wir, wenn wir nicht durch einen Unfall sterben, nur durch den Goldenen Käfer ums Leben kommen.«

»Wie alt bist du?« fragte ich.

Ich selbst bin zu einem Zeitpunkt ausgeschlüpft, als unsere Welt noch gar nicht in deinem Sonnensystem war — also vor über zwei Millionen Jahren.«

»Dann stirbt das Nest niemals aus.«

»Aber es stirbt aus«, wandte Misk ein. »Einer nach dem anderen gehen wir an den Wonnen des Goldenen Käfers ein. Wir werden alt, wir haben keine Interessen mehr.«

»Warum wendet ihr euch nicht gegen die Goldenen Käfer?«

»Weil das nicht richtig wäre.«

»Würde Sarm diesen männlichen Priesterkönig umbringen, wenn er von seiner Existenz wüßte?«

»Ja — weil er nicht sterben will.«

Ich beobachtete die Maschine, die Drähte, die an acht Stellen am Körper des jungen Priesterkönigs endeten. »Was geht hier vor?« fragte ich.

»Ich lehre ihn — Wissen und Erleben sind Ladungen und Spannungen im Nervengewebe, die im Verlauf des Erlebens und Assimilierens von Sensorimpulsen ausgehen. Die Anlage bewirkt dies künstlich, ohne daß eine zeitraubende äußere Stimulation erforderlich wäre.«

Ich beobachtete das kurze Aufzucken des Lichts, das rasche, wirksame Vorschnellen der Scheiben, die sofort zurückgezogen wurden. Ringsum schien der Raum nur aus Geräten und Instrumententafeln zu bestehen.

»Dann veränderst du also sein Gehirn«, sagte ich leise.

»Er ist ein Priesterkönig und hat acht Gehirne, Modifikationen des Gangliennetzes, wohingegen Wesen wie du, durch das Rückgrat beschränkt, stets nur ein Gehirn entwickeln.«

»Seltsam.«

»Natürlich unterweisen die unteren Ordnungen ihre Jungen anders, vermögen ihnen nur einen Bruchteil des Wissens einzugeben.«

»Und wer entscheidet, was er lernt?«

»Normalerweise gibt es dafür standardisierte mnemonische Platten. Doch die Leitung der Traditionswahrer obliegt Sarm, so daß ich keine Platten bekommen konnte und eigene herstellen mußte.«

»Mir gefällt nicht, daß sein Gehirn geändert wird«, sagte ich.

»Sei kein Narr. Alle Wesen, die ihren Nachkommen etwas beibringen, ändern deren Gehirne. Wie sonst kann man etwas lehren? Dieses Wesen ist ein Priesterkönig, mit naturgegebener Vernunft und gesegnet mit bestimmten Kritik- und Wahrnehmungsfähigkeiten, die auch durch eine mechanische Unterweisung nicht ausgeschaltet werden können.«

»Aber wird er nicht eine Art Maschine sein, die . . .«

»Wir alle sind Maschinen«, bemerkte Misk. »Wir tun, was wir tun müssen — eine schwierige Sache. Wir Priesterkönige sind physisch jung, aber psychisch überaltert, und man denkt immer öfter an die Wonnen der Goldenen Käfer.«

»Glauben die Priesterkönige an ein Leben nach dem Tod?«

»Natürlich«, sagte Misk, »denn nach dem Tod besteht das Nest fort.«

»Nein«, sagte ich, »ich meine das Leben des Individuums.«

»Das Bewußtsein«, sagte Misk, »scheint eine Funktion des Gangliennetzes zu sein. Ich habe gelebt, nun sind andere an der Reihe.«

Wieder betrachtete ich den jungen Priesterkönig auf der Steinplattform.

»Wird er sich erinnern, daß er diese Dinge gelernt hat?« fragte ich.

»Nein. Zwar werden seine äußeren Sensoren im Augenblick umgangen, aber er wird glauben, seine Erfahrungen und Erkenntnisse auf natürlichem Wege gewonnen zu haben — so sind die Lernscheiben eingerichtet.«

»Was wird ihn gelehrt?« fragte ich.

»Grundinformationen in bezug auf Sprache, Mathematik und Wissenschaften, ebenso wie Geschichte und Literatur der Priesterkönige, Nestsitten, gesellschaftliche Angewohnheiten, technische, landwirtschaftliche und geschlechtliche Kenntnisse und andere Informationen.«

»Aber lernt er später weiter?«

»Natürlich — zunächst hat er ohne großen Zeitverlust die Erfahrungen seiner Vorfahren aufgenommen und hat nun Muße, sich neuen Informationen zuzuwenden.«

»Aber wenn die mnemonischen Scheiben nun falsche Daten enthalten?«

»Zweifellos kommt das vor«, sagte Misk, »aber sie werden ständig auf dem laufenden gehalten, um die Fehlermöglichkeiten auf ein Minimum zu beschränken.«

16

Ich wandte mich an Misk. »Ich muß dir sagen, daß ich in das Sardargebirge gekommen bin, um die Priesterkönige zu töten – aus Rache für die Vernichtung meiner Stadt und ihrer Einwohner.«

Ich hielt es nur für fair, Misk über meine Absichten aufzuklären.

»Nein«, entgegnete Misk, »du bist ins Sardargebirge gekommen, um die Rasse der Priesterkönige zu retten.«

Ich starrte ihn verblüfft an.

»Ich bin aber aus eigenem Willen gekommen! Weil meine Stadt vernichtet wurde.«

»Deshalb wurde sie ja vernichtet.«

Ich wandte mich ab. Tränen brannten mir in den Augen. »Wenn ich mein Schwert bei mir hätte«, sagte ich schließlich, »würde ich deinen jungen Schüler umbringen.«

»Nein«, sagte Misk, »und eben aus diesem Grunde bist du in dieses Gebirge geholt worden.«

Ich eilte an das Kopfende der Steinplattform und hob meine Fackel, als wollte ich damit zuschlagen. Aber ich brachte es nicht fertig.

»Du wirst ihm keinen Schaden zufügen, denn er ist unschuldig«, sagte Misk. »Ich kenne dich.«

»Woher?«

»Weil du zu den Cabots gehörst, und diese Familie ist uns gut bekannt – schon seit über vierhundert Jahren.«

»Ihr habt meinen Vater umgebracht!« rief ich.

»Nein – er lebt, ebenso wie viele andere Einwohner Ko-ro-bas – aber sie sind überall auf Gor verstreut.«

»Und Talena?«

»Soweit ich weiß, ist sie noch am Leben«, sagte Misk, »aber wir können nicht nach ihr oder anderen Landsleuten von dir forschen, ohne den Verdacht zu erwecken, daß wir dich bevorzugen.«

»Warum habt ihr mich nicht einfach geholt – warum mußtet ihr erst eine Stadt vernichten?«

»Um unsere Motive vor Sarm geheimzuhalten.«

»Das verstehe ich nicht.«

»Von Zeit zu Zeit vernichten wir eine Stadt, die wir mit einem Zufallswähler bestimmen. Dadurch werden die niederen Schichten an die Macht der Priesterkönige erinnert.«

»Aber wenn die Stadt nichts Unrechtes getan hat?«

»Um so besser! Dann fürchten uns die Menschen im Schatten der Berge noch mehr. Außerdem kommen uns die Wissenden zu Hilfe. Sie erfinden eine Begründung für die Zerstörung der Stadt – in deinem Falle schoben sie dir die Schuld zu.«

»Und was sollte die Episode vor sieben Jahren – die Belagerung Ars, das Imperium von Marlenus?«

»Damit wurdest du getestet«, sagte Misk. »Sarm hielt dich für den richtigen Mann, den Eroberungsdrang Ars einzudämmen. Wir halten es für besser, wenn sich die Menschen in getrennten Gemeinschaften entwickeln – besser auch vom wissenschaftlichen Standpunkt, und es ist sicherer für sie und für uns, wenn sie in Uneinigkeit leben.«

»Deshalb also auch die Beschränkungen in der Technologie und Waffenkunde?«

»Natürlich – allerdings haben wir den Fortschritt auf manchen Gebieten – etwa in der Medizin – nicht gebremst. Du wirst bemerkt haben, daß du seit deinem ersten Besuch auf der Gegenerde nicht mehr sichtlich gealtert bist. Natürlich sind die Seren der Menschen nicht ganz so wirksam wie die unseren; ihre Wirkung läßt oft schon nach einigen hundert Jahren nach.«

»Wie angenehm.«

»Im großen und ganzen«, sagte Misk und starrte auf mich herab, »mischen sich die Priesterkönige in die Angelegenheiten der Menschen nicht ein. Sie dürfen nach eigenem Ermessen lieben oder töten – was sie anscheinend am liebsten tun.«

»Aber die Akquisitionsreisen?«

»Wir bleiben in Kontakt mit der Erde – denn dieser Planet mag eines Tages zur Gefahr für uns werden. Wenn dies geschieht, müssen wir ihn bremsen, vernichten oder das System verlassen.«

»Und was werdet ihr tun?«

»Wahrscheinlich nichts. Nach unseren Berechnungen, die natürlich nicht stimmen müssen, werden sich die Lebewesen auf der Erde in den nächsten tausend Jahren selbst vernichten.«

Ich schüttelte traurig den Kopf.

»Wie ich schon sagte, ist der Mensch kein rationales Wesen. Was wäre, wenn wir ihm die Straße der Technik nicht versperrten?«

Ich konnte mir gut vorstellen, welche Gefahr die Priesterkönige sahen – ebensogut hätte man Gorillas oder Schimpansen automatische Schnellfeuerwaffen geben können.

»Trotzdem brachten wir den Menschen auf die Gegenerde, denn

er ist eine interessante Spezies, um die es schade wäre. Wir haben auch andere Rassen hier angesiedelt.«

»Vielleicht auch das Spinnenvolk?« fragte ich.

»Ja.«

»Es heißt im Schatten der Berge, daß die Priesterkönige alles wissen, was auf dem Planeten vorgeht.«

»Unsinn«, sagte Misk. »Vielleicht zeige ich dir eines Tages den Beobachtungsraum. Dort sitzen ständig vierhundert Priesterkönige an Beobachtungsgeräten — entsprechend gut informiert sind wir. Wenn zum Beispiel gegen unser Waffengesetz verstoßen wird, entdecken wir das früher oder später, und nachdem wir die Koordinaten bestimmt haben, wird der Flammentod-Mechanismus aktiviert.«

Ich hatte einmal mitbekommen, wie ein Mann den Flammentod starb — der Höchste Wissende von Ar, auf dem Dach des Justizzylinders seiner Stadt.

»Ja«, sagte ich schaudernd. »Ich würde gern den Beobachtungsraum sehen.«

»Viele Informationen erhalten wir auch von den Eingepflanzten«, sagte Misk. »Wir versehen Menschen mit einem Kontrollnetz, das mit einem Sender verbunden ist. Die Linsen ihrer Augen werden so angepaßt, daß alle Wahrnehmungen über Umwandler auf Duftschirmen im Beobachtungsraum erscheinen. Wir können auch durch diese Wesen sprechen und handeln, wenn das Kontrollnetz vom Sardargebirge aus aktiviert ist.«

»Sehen die Augen dann anders aus?« fragte ich.

»Manchmal.«

»Ist Parp ein Eingepflanzter?«

»Ja«, erwiderte Misk, »ebenso wie der Mann aus Ar, der dir in der Nähe Ko-ro-bas auf der Straße begegnete.«

»Aber dieser Mann wehrte sich gegen das Netz.«

»Vielleicht war die Anlage fehlerhaft.«

»Und wenn nicht?«

»Dann war er ein bemerkenswerter Mann.«

»Du hast gesagt, du kennst die Cabots schon vierhundert Jahre.«

»Ja — dein Vater, der ein ehrenwerter Mann ist, hat uns gelegentlich geholfen, obwohl er es ohne sein Wissen nur mit Eingepflanzten zu tun hatte. Er ist vor über sechshundert Jahren nach Gor gekommen.«

»Unmöglich!« rief ich.

»Mit dem Stabilisierungsserum ist das nicht unmöglich.«

Die Information erschütterte mich. Ich begann zu schwitzen, und die Fackel zitterte in meiner Hand.

»Ich arbeite seit Jahrtausenden gegen Sarm und die anderen«, sagte Misk, »und vor über dreihundert Jahren brachte ich endlich das Ei in meinen Besitz, aus dem dieser männliche Priesterkönig hervorging. Mit Hilfe eines Eingepflanzten — der sich an den Vorgang später nicht erinnerte — ließ ich dann deinen Vater den Brief schreiben, den du in deiner Heimatwelt fandest.«

»Aber damals war ich noch gar nicht geboren!« rief ich verwirrt.

»Dein Vater hatte die Anweisung, dich Tarl zu nennen — und damit er dir nichts von der Gegenerde verriet oder dich von unseren Zielen abzubringen versuchte, wurde er nach Gor zurückgeholt, ehe du größer wurdest.«

»Ich dachte, er hätte meine Mutter im Stich gelassen«, sagte ich.

»Sie wußte Bescheid, denn sie war zuvor auf Gor gewesen.«

»Davon hat sie aber nie etwas gesagt.«

»Matthew Cabot war eine Geisel, die ihr den Mund versiegelte.«

»Aber meine Mutter starb, als ich noch sehr jung war . . .«

»Ja, wegen eines unangenehmen Bazillus, in eurer verseuchten Atmosphäre!«

Mir taten die Augen weh, wahrscheinlich wegen des Rauchs von der Fackel. Ich dachte an die schöne, einsame Frau, die ich kurz in meiner Kindheit gekannt hatte.

»Warum ist sie nicht auf Gor geblieben?« wollte ich wissen.

»Sie fürchtete sich hier, und dein Vater bat darum, daß sie zur Erde zurückkehren dürfte.«

»Aber ich fand den Brief in den Bergen doch nur zufällig — am Ort meines Nachtlagers.«

Als uns deine Lagerstelle klar wurde, legten wir den Brief dort ab«, sagte Misk.

»Und der Umschlag vernichtete sich selbst . . .«

»Du warst gewarnt.«

»Und die Kompaßnadel?«

»Es bereitet keine Schwierigkeit, ein Magnetfeld durcheinanderzubringen.«

»Aber ich kehrte an den Ort zurück, von wo ich geflohen war.«

»Ein erschreckter Mensch neigt dazu, im Kreise zu laufen. Aber es wäre auch egal gewesen. Ich hätte dich überall auflesen können. Ich glaube, du selbst hattest das Gefühl, daß es keinen Ausweg geben konnte, und bist vielleicht aus einem gewissen Stolz an den Ort deines Fundes zurückgekehrt.«

»Ich hatte nur Angst. Als ich dann das Schiff betrat, wurde ich ohnmächtig.«

»Du warst narkotisiert«, sagte Misk.

»Wurde das Schiff vom Sardargebirge aus gesteuert?«

»Es wäre technisch möglich gewesen«, sagte Misk, »aber das Risiko konnte ich nicht eingehen.«

»Dann war es also bemannt.«

»Ja.«

Ich sah den Priesterkönig an.

»Ja – ich habe es gesteuert.« Er schaute auf mich herab. »Es ist spät. Du mußt müde sein.«

Ich schüttelte den Kopf. »Es wurde also nichts dem Zufall überlassen.«

»Es gibt keine Zufälle – nur Ignoranz.«

»Das kann man nie wissen.«

»Nein«, sagte Misk und neigte seine Antennen in meine Richtung. »Du mußt dich jetzt ausruhen.«

»Und was sollte das Zwischenspiel in Vikas Raum?«

»Sarm ist sehr mißtrauisch, und er hat für deine Unterbringung gesorgt. Er wollte, daß du Vikas Charme erliegst, daß sie dich erobert, dich zum Sklaven ihrer Schönheit macht – wie schon viele vor dir.«

»Ist das möglich?«

»Hundert Männer, stolze Krieger, ließen sich von ihr betören.«

Wieder spürte ich meinen Haß auf dieses Mädchen, und ich ballte die Fäuste. »Was wurde aus ihnen?« fragte ich.

»Sie kamen als Muls zum Einsatz.«

»Ich bin froh, daß ich ihr widerstanden habe.«

»Als du den Beobachtungsapparat in ihrem Zimmer zerstörtest, mußte ich schnell handeln.«

Ich lachte. »Dann dachtest du also, du würdest mich retten?«

»Jedenfalls wollten wir das Risiko nicht länger tragen.«

»Du sprichst in der Mehrzahl?«

»Ja.«

»Und wer ist der andere?«

»Das größte Wesen im Nest.«

»Die Mutter?«

»Natürlich.«

Misk berührte mich sanft mit seinen Fühlern. »Komm jetzt«, sagte er. »Kehren wir in unsere Unterkunft zurück.«

»Warum wurde ich nach der Belagerung Ars zur Erde zurückgeschickt?«

»Um dich mit Haß auf die Priesterkönige zu erfüllen«, erwiderte Misk. »Um dir den Wunsch einzupflanzen, in das Sardargebirge vorzudringen.«

»Aber warum sieben Jahre?« Es waren grausame, einsame Jahre gewesen.

»Wir warteten.«

»Aber worauf?«

»Daß es ein weibliches Ei gab.«

»Gibt es das jetzt?«

»Ja«, sagte Misk, »aber ich weiß nicht, wo es ist.«

»Wer weiß es denn?«

»Die Mutter.«

»Aber was habe ich mit all dem zu tun?«

»Du gehörst nicht zum Nest, also kannst du das Erforderliche tun.«

»Und was ist das Erforderliche?«

»Sarm muß sterben.«

»Ich möchte Sarm nicht töten.«

»Na gut.«

Ich wunderte mich über den Verlauf des Gesprächs und schaute zu Misk auf. Ich hob sogar meine Fackel, um den großen Kopf mit den breiten schimmernden Augen besser auszumachen.

»Warum ist ein Ei so wichtig?« wollte ich wissen. »Ihr habt die Stabilisationsseren. Gewiß wird es noch viele Eier geben, von denen viele weiblich sind.«

»Aber es ist das letzte Ei.«

»Warum?«

»Die Mutter schlüpfte aus und vollführte ihren Hochzeitsflug, als die Stabilisationsseren noch gar nicht erfunden waren«, sagte Misk. »Wir haben ihr Altern immer wieder hinauszögern können, aber mit den Jahrtausenden schlugen unsere Bemühungen immer weniger an, und jetzt kann es keine neuen Eier mehr geben — die Mutter stirbt.«

Ich schwieg, und das einzige Geräusch in dem klammen Metalllabor war das Zischen meiner Fackel.

»Ja«, sagte Misk schließlich, »das Ende des Nests scheint gekommen.«

Ich schüttelte den Kopf. »Das geht mich nichts an.«

»Richtig«, sagte Misk.

Wir starrten uns an. »Also«, fragte ich, »willst du mich bedrohen?«

»Nein.«

»Willst du nicht meinen Vater oder meine Freie Gefährtin fangen lassen und sie umbringen, wenn ich dir nicht diene?«

»Nein, nein.«

»Warum nicht? Bist du kein Priesterkönig?«

»Weil ich Priesterkönig bin. Nicht alle Priesterkönige sind wie Sarm«, sagte er und starrte auf mich herab. »Komm, es ist spät, und du bist müde. Wir legen uns oben schlafen.«

Misk verließ den Raum, und ich folgte ihm mit der Fackel.

17

Obwohl das Moos in meiner Kabine weich war, konnte ich an diesem Abend kaum einschlafen. Die Enthüllungen Misks machten mir sehr zu schaffen. Ich vermochte das geflügelte Wesen auf dem Steintisch nicht zu vergessen, ebensowenig wie Misks Plan und die Drohung, die über dem Nest der Priesterkönige schwebte.

»Du bist wach«, sagte die Stimme eines Übersetzungsgerätes plötzlich.

Ich fuhr zusammen und richtete mich auf. Vorsichtig öffnete ich die Tür meiner Kabine und trat in Misks Gemach.

»Sei gegrüßt, Edler Sarm«, sagte ich.

»Begrüßung, Matok«, erwiderte dieser.

»Wo ist Misk?«

»Er hat Pflichten – an einem anderen Ort. Das Fest von Tola ist nahe, und die Priesterkönige sind allen Lebewesen freundlich gesonnen.«

»Das freut mich zu hören«, erwiderte ich. »Welche Pflichten haben Misk denn so früh abberufen?«

»Er bewahrt Gur für die Mutter.«

»Wie bitte?«

Sarm blickte sich in Misks Unterkunft um. »Ein schöner Raum«, sagte er und untersuchte die kahlen Wände mit seinen Antennen, bewunderte die Geruchsmuster, die als Wandschmuck dienten.

»Was willst du?« fragte ich.

»Ich möchte dein Freund sein.«

Dieser Ausspruch verwunderte mich, denn ich wußte, daß es in der Geruchssprache der Priesterkönige eigentlich keinen Ausdruck für dieses Wort gab. Ich behielt mein Erstaunen jedoch für mich; vielleicht waren die Übersetzungsbänder kürzlich geändert worden.

»Ich fühle mich geehrt«, sagte ich.

Sarm betrachtete meine Kabine. »Du hast der Kaste der Krieger angehört«, sagte er. »Vielleicht möchtest du einen weiblichen Mul zur Gesellschaft?«

»Nein.«

»Du kannst auch mehr als einen haben, wenn du möchtest. Vielleicht auch seltene Metalle und Steine?«

»Nein.«

»Vielleicht möchtest du Mul-Vorarbeiter in einem Lagerhaus oder einer Fungus-Farm werden?«

»Eine große Ehre — aber nein.«

»Was möchtest du dann?«

»Meine Freiheit. Ich möchte, daß die Stadt Ko-ro-ba wiederersteht, daß die Sicherheit ihrer Einwohner gewährleistet wird. Ich möchte meinen Vater wiedersehen, meine Freunde und meine Freie Gefährtin.«

»Vielleicht lassen sich diese Dinge arrangieren«, sagte Sarm.

»Was muß ich dafür tun?«

»Sag mir, warum du in das Nest gebracht wurdest«, sagte Sarm, und plötzlich schlugen seine Fühler wie Peitschen in meine Richtung, und in ihrer Erstarrung schienen sie wie Waffen auf mich gerichtet.

»Ich habe nicht die geringste Ahnung«, sagte ich.

Die Fühler zuckten kurz vor Ärger, und die harten Klingen an der Spitze seiner Vorderbeine schnappten vor und zurück, doch dann entspannte sich Sarm und legte seine Greifwerkzeuge zusammen. »So, so«, tönte es aus dem Übersetzungsgerät.

»Möchtest du ein Stück Fungus?« fragte ich.

»Misk hat ausgiebig mit dir sprechen können. Was hat er dir gesagt?«

»Es besteht Nestvertrauen zwischen uns«, sagte ich.

»Nestvertrauen mit einem Menschen? Eine interessante Vorstellung.«

»Entschuldigst du mich, während ich mich wasche?«

»Natürlich.«

Ich blieb einige Zeit in der Waschkabine und bereitete mir anschließend ausgiebig einen Fungusbrei, den ich dann umständlich verzehrte.

Wenn ich geglaubt hatte, Sarm durch diese Taktik nervös oder unruhig zu machen, sah ich mich getäuscht. Die ganze Zeit über verweilte er reglos mitten im Zimmer, und nur seine Antennen bewegten sich ab und zu.

Endlich verließ ich meine Kabine.

»Ich möchte dein Freund sein«, sagte Sarm.

Ich schwieg.

»Vielleicht möchtest du das Nest sehen?«

»Ja«, sagte ich, »gern.«

»Gut.«

Ich fragte nicht nach der Mutter, denn ich wußte, daß kein Mensch sie zu Gesicht bekommen durfte; doch ansonsten war Sarm ein aufmerksamer und freundlicher Führer, der auf meine Fragen einging und interessante Besichtigungspunkte vorschlug. Wir bestiegen eine Transportscheibe, in deren Bedienung mich Sarm unterwies. Die Scheibe schwebt auf Gas und wird durch ein besonderes schwerkraftabstoßendes Metall leichter gemacht, von dem noch die Rede sein soll. Die Geschwindigkeit wird durch einen kleinen Doppelstreifen gesteuert, auf den man seine Füße stellen muß; die Richtung wird durch den Fahrgast bestimmt, der sich — ähnlich wie bei den altbekannten Rollschuhen oder Rollbrettern — zur Seite neigen muß. Nimmt man die Fußspitze von der Beschleunigungszelle, bremst die Scheibe ab — mehr oder weniger sanft, je nach dem vorhandenen Platz. Dieses Steuersystem wird durch eine automatische Abtastzelle geleitet, die die Bremsgeschwindigkeit bestimmt; sie ist allerdings nur aktiviert, wenn die Scheibe nicht gerade beschleunigt wird.

Auf meine Bitte führte mich Sarm in den Beobachtungsraum, von wo die goreanische Welt unter Kontrolle gehalten wird.

Ein Netzwerk kleiner Schiffe, vom Boden aus nicht zu sehen und durch Fernsteuerung gelenkt, tragen die Linsen und Empfänger, die ihre Informationen ins Sardargebirge abstrahlen. Ich sagte Sarm, daß Satelliten doch weitaus weniger teuer wären, doch dem widersprach er. Damals wußte ich noch nicht, daß sich die Priesterkönige auch die Schwerkraft zunutze machen konnten.

»Der Grund für diese Art atmosphärischer Beobachtung liegt darin, daß das Signal weitaus definitiver ist, wenn man sich näher am Beobachtungspunkt befindet. Vom Weltall aus brauchten wir weitaus präzisere Geräte.«

Die Empfänger der Überwachungsschiffe nahmen Lichtmuster, Gerüche und Geräusche auf, die selektiv gesammelt und verstärkt ins Sardargebirge abgestrahlt und dort überwacht und analysiert wurden. In großen Beobachtungszellen nachvollzogen, wurden diese Informationen von Priesterkönigen abgelesen. Überflüssig zu erwähnen, daß eingehende Signale natürlich auch aufgezeichnet werden konnten.

»Wir wenden ein zufälliges System an, das auf lange Sicht wirksamer ist als ein genau vorher festgelegter Beobachtungsplan. Natürlich suchen wir uns auch bestimmte Koordinaten heraus und beobachten durchgehend, wenn wir auf etwas Wichtiges oder Ungewöhnliches gestoßen sind.«

»Wurde die Vernichtung der Stadt Ko-ro-ba aufgezeichnet?«

»Nein«, erwiderte Sarm, »das war für uns ziemlich nebensächlich.«

»Ich habe einmal einen Mann den Flammentod sterben sehen. Befindet sich dieser Apparat ebenfalls hier?«

»Ja«, sagte Sarm und deutete mit einem Vorderbein auf einen Metallschrank an einer Wand. Mehrere Knöpfe und Anzeigetafeln schimmerten daran. »Die Projektionspunkte für den Flammentod befinden sich in den Überwachungsschiffen, aber die Koordinaten werden hier bestimmt, und das Feuersignal wird aus diesem Raum gegeben.«

Ich sah mich um. Der Raum war sehr lang, in vier Ebenen gehalten, die sich fast wie Stufen übereinander auftürmten. Auf diesen Ebenen erstreckten sich Beobachtungswürfel aus durchsichtigem Material, von denen es nach Sarms Angaben vierhundert gab. In jedem dieser Räume saß ein Priesterkönig, groß, wachsam, reglos. Ich wanderte an einigen Beobachtungswürfeln entlang und starrte hinein. In den meisten zeichnete sich die langsam dahinwandernde Landschaft Gors ab; einmal sah ich auch eine Stadt, die ich aber nicht erkannte.

»Das interessiert dich vielleicht«, sagte Sarm und deutete auf einen bestimmten Beobachtungsstand. Hier wurde die Szene nicht von oben gesehen, sondern die Beobachtungslinse schien senkrecht zu stehen. Zu sehen war eine Straße, die von einigen Bäumen gesäumt war.

»Hier sehen wir mit den Augen eines Eingepflanzten«, sagte Sarm.

Ich hielt den Atem an.

Sarms Fühler krümmten sich. »Ja«, sagte er, »seine Pupillen sind durch Linsen und ein Kontrollnetz ersetzt, und ein Sender ist mit seinem Gehirngewebe verschmolzen. Er selbst ist bewußtlos, wenn das Netz aktiviert ist. Später gewähren wir ihm Ruhe, und er kann dann wieder sehen und hören und denken.«

Ich mußte an Parp denken und an den Mann, durch dessen Augen ich jetzt sah. Wer war dieser unbekannte Eingepflanzte, der da auf Weisung der Priesterkönige die Straße entlangschritt — ohne eigenen Willen?

»Kann er sich ungehorsam verhalten?« fragte ich.

»Manchmal versucht ein Mann sich dem Netz zu widersetzen.«

»Kann er die Macht des Netzes abwerfen?«

»Nur wenn die Anlage fehlerhaft ist – und dann . . .«

»Und dann bringt ihr den Betreffenden um?«

»Ja, wir überladen das Netz – er ist ja nur ein Mensch.«

»Und das geschah auch damals auf der Straße nach Ko-ro-ba – bei einem Mann, der sich im Namen der Priesterkönige an mich wandte.«

»Natürlich«, sagte Sarm.

»Du bist ein Mörder!«

»Nein«, erwiderte Sarm, »ich bin Priesterkönig.«

Plötzlich verharrte die Linse eines Beobachtungsstandes auf einer Szene. Auf einer Wiese tauchte plötzlich ein Mann in der Kleidung der Kaste der Hausbauer auf. Er schien aus einem Erdloch zu kommen. Vorsichtig sah er sich um, bückte sich dann und holte eine lange Röhre aus der Vertiefung.

Mit untergeschlagenen Beinen ließ er sich nieder, nahm aus seinem Gürtelbeutel einen zylindrisch goreanischen Feueranzünder, berührte mit der flackernden Spitze einen Zündfaden, der aus der langen Röhre hing. Dann stand er auf und richtete die Röhre mit beiden Händen auf einen nahegelegenen Felsen. Ein plötzliches Irrlichtern, gefolgt von einem lauten Knall, und irgendein Projektil schlug gegen den Felsen. Die Aufschlagstelle war schwärzlich verfärbt, und ein Gesteinssplitter war davongewirbelt. Ein Armbrustpfeil hätte mehr Schaden angerichtet.

»Eine verbotene Waffe«, sagte Sarm.

Der Priesterkönig im Beobachtungsstand drückte auf einen Knopf. Noch ehe ich protestieren konnte, schien der Mann plötzlich in einem Aufflackern blauen Feuers unterzugehen. Dann war er verschwunden. Ein zweiter Blitz vernichtete seine primitive Waffenröhre.

»Ihr habt den Mann umgebracht!« sagte ich bedrückt.

»Vielleicht führte er seine verbotenen Experimente schon jahrelang durch«, sagte Sarm. »Daß wir ihn erwischt haben, war reines Glück. Manchmal müssen wir warten, bis andere die neuen Waffen im Krieg einsetzen, und dann kostet es viel mehr Menschenleben. So ist es wirtschaftlicher.«

»Was für ein Recht habt ihr, den Menschen eure Gesetze aufzuerlegen?«

»Das Recht aller Wesen höherer Ordnung, Wesen niederer Ordnung zu beherrschen«, sagte Sarm. »Das Recht, das ihr euch nehmt, den Bosk, den Tabuk und den Tarsk zu töten, um Fleisch zu gewinnen.«

»Aber das ist etwas anderes. Diese Wesen sind nicht intelligent.«

»Aber ihr könntet Fungi und anderes Gemüse essen«, sagte Sarm.

Ich schwieg.

»Der Mensch ist ein gefährliches Raubtierwesen.«

»Aber er ist vernunftbegabt.«

»Dem möchte ich widersprechen«, sagte Sarm. »Nur die Priesterkönige sind wirklich intelligent. Und vergiß nicht, daß du auf eigenen Wunsch bei uns bist. Ich wollte dich nicht unglücklich machen. Denke nicht schlecht von den Priesterkönigen. Ich möchte, daß du mein Freund bist.«

18

In den folgenden Tagen, sobald ich einmal Sarms Aufmerksamkeit entfliehen konnte, der mancherlei andere Pflichten und Verantwortungen hatte, erkundete ich auf eigene Faust das Nest — auf einer Transportscheibe, die er mir zur Verfügung gestellt hatte. Ich suchte nach Misk, fand jedoch keine Spur von ihm. Ich wußte nur, daß es ihm eine Freude gewesen war, Gur zu bewahren, wie sich Sarm ausgedrückt hatte.

Niemand wollte mir die Bedeutung dieser Worte erklären; ganz besonders die Muls waren schweigsam — obwohl sie mir durchaus gesonnen schienen —, weil sie einfach nicht wußten, was damit gemeint war, trotz der Tatsache, daß einige von ihnen im Nest geboren waren, in Brutkästen, in sogenannten Vivarien. Ich versuchte das Thema sogar bei Priesterkönigen anzuschneiden, die mir zwar ihre Aufmerksamkeit widmeten — da ich ja ein Matok und nicht ein Mul war —, die mir aber die gewünschte Information auch nicht geben konnten.

»Es hat mit dem Fest von Tola zu tun«, sagten sie, »und das geht die Menschen nichts an.«

Manchmal begleiteten mich Mul-Al-Ka und Mul-Ba-Ta auf meinen Ausflügen. Beim erstenmal besorgte ich mir einen Markierstift, wie er von Mul-Helfern in verschiedenen Sammelstellen und Lagerhäusern benutzt wurde, und brachte damit die Lettern ihres Namens auf ihren Tuniken an. So konnte ich sie optisch auseinanderhalten — durch Zeichen, die von den Priesterkönigen sicherlich nicht bemerkt wurden.

Eines Nachmittags — die Zeit schätzte ich nach den Essenszeiten, denn im Nest der Priesterkönige werden die Energielampen nicht verdunkelt – schwebten Mul-Al-Ka und Mul-Ba-Ta und ich auf meiner Transportscheibe durch einen Tunnel.

»Eine angenehme Reise, Cabot«, sagte Mul-Al-Ka.

»Ja, sehr angenehm«, sagte Mul-Ba-Ta.

»Ihr sprecht immer das gleiche«, sagte ich.

»Wir sind uns auch gleich«, wies mich Mul-Al-Ka zurecht.

»Seid ihr die Muls des Biologen Kusk?«

»Nein«, erwiderte Mul-Al-Ka. »Kusk hat uns Sarm geschenkt.«

Ich erstarrte und lenkte die Transportscheibe fast gegen eine Wand. Ein Mul war erschreckt zur Seite gesprungen und starrte uns nun faustschüttelnd nach. Ich lächelte. Der Mann war bestimmt nicht im Nest geboren worden.

»Dann spioniert ihr also für Sarm hinter mir her«, sagte ich langsam.

»Ja«, erwiderte Mul-Al-Ka.

»Das ist unsere Pflicht«, bemerkte Mul-Ba-Ta.

»Aber«, fügte Mul-Al-Ka hinzu, »solltest du etwas tun wollen, das Sarm nicht erfahren darf, dann sage uns Bescheid, und wir wenden die Augen ab.«

»Ja«, sagte Mul-Ba-Ta, »oder halte die Scheibe an, und wir steigen ab und warten auf dich. Du kannst uns dann auf dem Rückweg wieder abholen.«

»Das klingt fair«, sagte ich.

»Gut«, bemerkte Mul-Al-Ka.

»Ist es menschlich, fair zu sein?« wollte Mul-Ba-Ta wissen.

»Manchmal.«

»Gut«, sagte Mul-Al-Ka.

»Ja«, sagte Mul-Ba-Ta, »wir möchten nämlich wie die Menschen sein.«

»Vielleicht kannst du uns eines Tages beibringen, wie Menschen zu sein?« fragte Mul-Al-Ka.

Die Transportscheibe sirrte dahin, und wir schwiegen einige Minuten lang.

»Ich bin manchmal nicht sicher, ob ich das selber weiß«, sagte ich.

»Es muß sehr schwierig sein«, sagte Mul-Al-Ka.

»Ja«, erwiderte ich, »es ist sehr schwer.«

»Muß es ein Priesterkönig lernen, Priesterkönig zu sein?« fragte Mul-Ba-Ta.

»Ja«, sagte ich.

»Das ist bestimmt noch schwieriger«, bemerkte Mul-Al-Ka.

»Möglich – ich weiß es nicht.«

Ich ließ die Transportscheibe auf einer Seite hinüberschwingen, um nicht mit einem krabbenähnlichen Wesen zusammenzustoßen, und vollführte anschließend ein entgegengesetztes Ausweichmanöver, da uns nun ein Priesterkönig entgegenkam.

»Das Wesen, das nicht ein Priesterkönig war«, sagte Mul-Al-Ka hastig, »war ein Matok und wird Toos genannt. Es ernährt sich von überflüssigen Fungussporen.«

»Wir wissen, daß du dich für solche Sachen interessierst«, fügte Mul-Ba-Ta hinzu.

»Ja, das tue ich. Vielen Dank.«

»Bitte sehr«, sagte Mul-Al-Ka.

»Ja«, fügte Mul-Ba-Ta hinzu.

Eine Zeitlang setzten wir unseren Weg stumm fort.

»Aber du wirst uns beibringen, menschlich zu sein, ja?« fragte Mul-Al-Ka.

»Ich weiß nicht allzuviel darüber.«

»Aber sicher mehr als wir«, bemerkte Mul-Ba-Ta.

Ich zuckte die Achseln.

Die Scheibe schwebte den Tunnel hinab.

Ich überlegte, ob ein bestimmtes Manöver möglich sei.

»Paßt auf!« sagte ich, drehte mich um und schwang die Transportscheibe damit in eine abrupte Totalkehre, schlug einen Kreis und setzte unsere Reise in die frühere Richtung fort.

Wir alle verloren dabei fast die Balance.

»Herrlich!« rief Mul-Al-Ka.

»Du bist sehr geschickt«, sagte Mul-Ba-Ta.

»Das habe ich sogar einen Priesterkönig noch nicht machen sehen«, sagte Mul-Al-Ka, und in seiner Stimme schwang so etwas wie Ehrfurcht.

Ich war recht zufrieden mit mir, obwohl mir erst jetzt aufging, welches Risiko ich eingegangen war.

»Möchtet ihr die Transportscheibe lenken?« fragte ich.

»Sehr gern«, sagte Mul-Al-Ka, »aber willst du uns zuerst nicht zeigen, menschlich zu sein?«

»Aber du bist ein Narr!« schalt ihn sein Bruder. »Er zeigt es uns doch schon! Hast du schon einmal einen Priesterkönig so töricht mit seiner Transportscheibe umgehen sehen?«

Ich errötete.

»Lehre uns mehr!«

»Bei Gelegenheit gern«, sagte ich.

»Das ist fair«, sagte Mul-Al-Ka.

»Ja«, bemerkte Mul-Ba-Ta.

»Inzwischen«, sagte Mul-Al-Ka und starrte fasziniert auf die Beschleunigungsstreifen der Scheibe, »konzentrieren wir uns auf die Transportscheibe.«

Andererseits hatte ich keine Einwände, daß sich Sarm oft um mich kümmerte – denn so lernte ich viel über das Nest der Priesterkönige und wurde in Gegenden geführt, die Menschen normalerweise verschlossen sind. Hierzu gehörte auch die Energiequelle der Priesterkönige, die gewaltige Anlage, die die Grundenergie für ihre zahlreichen Werke und Maschinen hervorbringt.

»Manchmal wird das hier der Heimstein von ganz Gor genannt«, sagte Sarm, als wir den langen eisernen Wandelgang erklommen, der sich an einer riesigen durchsichtigen blauen Kuppel entlangzog. In dieser Kuppel befand sich eine gewaltige, kristallin wirkende Halbkugel, die grell flackerte und glühte und einen bläulichen Schein ausstrahlte.

»Der Vergleich stimmt natürlich nicht, denn wir kennen den Heimstein nicht, diesen Auswuchs barbarischer Kultansätze.«

Mich ärgerte diese Einschätzung der goreanischen Heimsteine, die in der äußeren Welt sehr ernst genommen wurden.

»Dir ist die Liebe eines Mannes für seinen Heimstein natürlich unverständlich«, sagte ich, da ihr nichts Vergleichbares kennt. Aber dafür habt ihr die Mutter«, fügte ich unschuldig hinzu.

Sarm verhielt auf dem schmalen Gang. Mit einer Bewegung seiner Vorderbeine hätte er mich in die Tiefe stürzen können. Seine Fühler zuckten, kurz erschienen seine gekrümmten Klingen, dann richtete er sich wieder auf.

»Das ist etwas anderes«, sagte er.

»Ja«, sagte ich leise.

Endlich erreichten wir den Scheitelpunkt der riesigen blauen Kuppel. Über uns befand sich ein größerer konzentrischer Dom aus zahlreichen Galeriegängen voller Instrumente und Kontrollstationen. Ich hielt die ganze Anlage für eine Art Reaktor.

»Dies ist also die Quelle der Macht der Priesterkönige«, sagte ich.

»Nein«, antwortete Sarm, der sich mit seinen Vorderbeinen an je vier Stellen am Hals und hinter der Brust berührte. »Hier«, sagte er, »liegt der wahre Quell unserer Macht.«

Ich machte mir klar, daß er mir die Stellen gezeigt hatte, an denen bei dem jungen Priesterkönig in Misks Laboratorium die Zuleitungen endeten – Sarm hatte auf seine acht Gehirne gedeutet.

»Ja«, sagte ich, »du hast recht.«

»Das ist gut«, sagte Sarm, »ich möchte, daß du von den Priesterkönigen lernst.«

»In den letzten Tagen habt ihr mir schon viel beigebracht.«

»Und doch gibt es Wesen, die all dies vernichten möchten«, sagte Sarm und machte eine Fühlerbewegung, die die großartige Anlage ringsum erfaßte.

Ich überlegte, ob ich den Priesterkönig mit einem Satz von der schmalen Plattform stoßen konnte.

»Ich weiß, warum du in das Nest geholt wurdest«, sagte Sarm.

»Dann weißt du mehr als ich.«

»Du sollst mich umbringen«, bemerkte Sarm leise und starrte nach unten.

Ich fuhr zusammen.

»Es gibt Wesen«, fuhr er fort, »die das Nest nicht lieben, die seine Vernichtung herbeisehnen.«

Ich schwieg.

»Das Nest ist ewig«, fuhr Sarm fort. »Es kann nicht sterben. Ich werde das nicht zulassen.«

»Ich verstehe dich nicht.«

»Du verstehst mich schon, Tarl Cabot«, sagte Sarm. »Lüge mich nicht an.«

Er wandte sich um, und seine Fühler streckten sich in meine Richtung, und die winzigen goldenen Haare darauf oszillierten sichtlich. »Du möchtest doch nicht, daß all die Schönheit und Macht aus unserer gemeinsamen Welt verschwinden?« fragte er.

Ich studierte den unglaublichen Komplex, der mich umgab. »Ich weiß nicht«, sagte ich, »wenn ich Priesterkönig wäre, würde ich sicher so denken wie du.«

»Genau«, sagte Sarm, »und doch gibt es unter uns einen, der unglaublicherweise auch ein Priesterkönig ist und der seine eigene Rasse verraten könnte, der absichtlich danach strebt, unsere großartige Welt zu vernichten.«

»Weißt du auch seinen Namen?« fragte ich.

»Natürlich«, sagte Sarm. »Wir beide kennen ihn. Es ist Misk.«

»Von all dem weiß ich nichts.«

»Ich verstehe.« Sarm schwieg einen Augenblick. »Misk glaubt, daß er dich zur Durchführung seiner Pläne in das Nest geholt hat, und ich habe ihn in diesem Glauben belassen. Ich habe ihm auch den Eindruck vermittelt, daß ich einen bestimmten Verdacht hätte – ohne allerdings Beweise zu besitzen –, denn ich ließ ihn in die

Kammer Vikas bringen, und dort verriet er seine ganze Schuld, indem er dir zu Hilfe eilte, um dich zu beschützen.«

»Und wenn er nicht gekommen wäre?«

»Vika aus Treve hat noch nie versagt.«

Meine Fäuste ballten sich um das schmale Geländer. Ein bitterer Geschmack erfüllte meinen Mund, und der alte Haß auf das Mädchen aus Treve loderte wieder auf.

»Was hätte ich dir als Sklave nützen können?« fragte ich.

»Vielleicht hätte ich dich dazu bringen können, mir einen Wunsch zu erfüllen«, sagte Sarm.

»Und der wäre?«

»Misk umzubringen.«

»Warum tust du es nicht selbst?«

»Das wäre Mord«, sagte Sarm. »Trotz all seines Verrats, trotz seiner finsteren Pläne ist er immer noch ein Priesterkönig.«

»Es besteht Nestvertrauen zwischen mir und Misk«, sagte ich.

»Zwischen einem Priesterkönig und einem Menschen kann es das nicht geben.«

»Ich verstehe«, erwiderte ich. »Und wenn ich nun auf deine Pläne eingegangen wäre — was hätte ich dafür bekommen?«

»Vika aus Treve«, sagte Sarm.

Ich dachte an den Haß, den ich für dieses Mädchen empfand.

»Möchtest du immer noch, daß ich Misk umbringe?«

»Ja«, sagte Sarm. »Deswegen habe ich dich überhaupt in das Nest gelassen.«

»Dann gib mir mein Schwert«, sagte ich, »und bring mich zu ihm.«

»Gut«, sagte Sarm. Und wir begannen unseren Abstieg rings um die gewaltige bläuliche Kuppel, die die Energiequelle der Priesterkönige umgab.

19

Nun sollte ich also mein Schwert wiederbekommen und hatte endlich eine Möglichkeit, Misk zu finden, um dessen Sicherheit ich fürchtete. Allerdings ließ sich Sarm Zeit mit der Durchführung unseres Plans.

Am nächsten Morgen kam er endlich ins Misks Unterkunft, wo ich schon auf ihn wartete. Zu meiner Überraschung war sein Kopf mit einem aromatischen Kranz aus grünen Blättern geschmückt — dem ersten Grün, das ich hier unten im Nest bemerkte. Neben dem bekannten Übersetzungsgerät hing an seinem Hals eine Vielzahl kleiner Metallstücke, die verschieden geformt waren. Zudem war

Sarm von Kopf bis Fuß von ungewöhnlich durchdringenden Düften umgeben.

»Das Fest von Tola ist angebrochen«, sagte er, »das Fest des Hochzeitsfluges! Der rechte Zeitpunkt für deine Arbeit.«

Er trat an einen der hohen Schränke in Misks Unterkunft, berührte einen bestimmten Punkt an der Oberfläche, woraufhin eine lange schmale Tür aufsprang. Aus der Öffnung nahm Sarm meinen Schwertgürtel, die Scheide und die kurze, scharfe Klinge aus goreanischen Stahl, die ich auf Misks Bitte zuvor abgeliefert hatte.

Es war ein gutes Gefühl, die Waffe wieder in der Hand zu halten.

Zu meiner Überraschung begann sich Sarm an der Schranktür zu schaffen zu machen, begann sie herabzuzerren und zu verbiegen.

»Was soll das?«

»Ich möchte sichergehen«, sagte Sarm, »daß deine Waffe hier nicht wieder verschlossen werden kann.« Als fiele es ihm erst jetzt ein, fügte er hinzu: »Ich bin dein Freund.«

»Es ist wirklich ein Glück für mich, einen solchen Freund zu haben«, antwortete ich. Für mich war klar, daß Sarms Vorgehen den Eindruck erwecken sollte, als wäre der Schrank gewaltsam geöffnet worden.

»Woher hast du die grünen Blätter?« fragte ich.

»Wir züchten sie in besonderen Räumen unter Lampen«, antwortete Sarm. »Sie werden von allen Priesterkönigen getragen im Angedenken an den Hochzeitsflug, der stets im Freien stattfindet — wo es viel grüne Dinge gibt.«

Sarms Vorderbeine berührten die Metallstücke an seinem Halsband. »Auch diese Dinge haben ihre Bedeutung.«

»Es sind Schmuckstücke zum Fest von Tola«, sagte ich.

»Nicht nur«, erwiderte Sarm, »schau sie dir genau an.«

Ich näherte mich dem Priesterkönig und betrachtete die Metallstücke. Einige erinnerten mich an Schaber, andere an Ahlen, andere wieder an Messer.

»Es sind Werkzeuge!« sagte ich überrascht.

»Vor langer Zeit, in Nestern, die längst vergangen sind, hat mein Volk mit diesen Werkzeugen die Reise begonnen, die letztlich zum Status der Priesterkönige führte.«

»Aber was ist mit den Modifikationen des Gangliennetzes?« fragte ich.

»Ah, Misk hat dir schon davon erzählt, nicht wahr?« erwiderte Sarm. »Aber diese Werkzeuge sind vielleicht schon älter als die Modifikationen des Netzes. Es ist denkbar, daß es ohne sie und ohne die Veränderungen, die sie vor Urzeiten bewirkten, keine Modifikationen gegeben hätte, da diese dann ohne praktischen Nutzen gewesen wären.«

»Dann will mir also scheinen, als stecke in diesen Metallwerkzeugen die eigentliche Macht der Priesterkönige«, sagte ich.

»Das ist unklar«, sagte Sarm und zuckte irritiert mit seinen Fühlern.

»Also gut«, sagte ich.

Es freute mich, daß sich Sarm nur mühsam zu beherrschen vermochte. Sein ganzer Körper schien zu zittern. Er drückte seine Vorderbeine zusammen, um das instinktive Auslösen der Knochenklingen zu verhindern.

»Übrigens«, sagte ich und maß instinktiv die Entfernung zu Sarm, »wie bringt man einen Priesterkönig um?«

Sarm entspannte sich. »Mit deiner winzigen Waffe wird das nicht einfach sein, »aber Misk wird dir nicht widerstehen können, also kannst du dir Zeit lassen.«

»Du meinst, ich soll ihn abschlachten?«

»Schlag auf die Gehirnkuppeln an Hals und Brust«, sagte Sarm. »Dazu brauchst du wahrscheinlich nur etwa fünfzig Hiebe.«

Der Mut wollte mich verlassen. Es hatte nun fast den Anschein, als könnte ich den Priesterkönigen mit meiner Klinge nichts anhaben, wenn ich sie auch zu verletzen vermochte. Ich überlegte, daß es doch einen lebenswichtigen Punkt geben mußte, von dem Sarm noch nicht gesprochen hatte, vermutlich ein wichtiges Organ oder eine Organgruppe zur Bewegung der Körperflüssigkeiten der Priesterkönige, ein Organ, das der Funktion nach unserem Herzen entsprach. Natürlich würde er mir das nicht verraten, denn er zog es bestimmt vor, daß ich auf Misk herumhackte, als wäre er eine gefühllose Fungusmasse. Selbst wenn ich Misk nicht wohlgesonnen gewesen wäre, hätte ich das nicht getan; denn so tötet ein ausgebildeter Krieger nicht. Ich wäre auf einen schnellen Tod ausgewesen.

»Wirst du mich begleiten, wenn ich Misk umbringe?« fragte ich.

»Nein, denn es ist Tola, und ich muß der Mutter Gur geben.«

»Was bedeutet das?«

»Das geht Menschen nichts an.«

»Also gut.«

»Draußen findest du eine Transportscheibe und die beiden Muls Mul-Al-Ka und Mul-Ba-Ta. Sie bringen dich zu Misk und werden dir später bei der Beseitigung der Leiche helfen.«

»Kann ich mich auf sie verlassen?«

»Natürlich, sie sind mir treu ergeben.«

»Und das Mädchen?«

»Mul-Al-Ka und Mul-Ba-Ta werden dir sagen, wo du sie findest.«

»Aber brauche ich die beiden Muls? Es wüßten zu viele von der Tat.«

»Keine Sorge. Ich habe ihnen befohlen, sich in der Vernichtungskammer zu melden, wenn alles vorüber ist.« Sarm schwieg einen Augenblick und kam dann meinem Einwand zuvor: »Sicher, Kusk wird sich eine Zeitlang ärgern, aber daran kann ich nichts ändern. Und er kann ja immer neue Muls schaffen, wenn es ihm Spaß macht.«

»Ich verstehe«, sagte ich.

»Außerdem hat er sie mir geschenkt, und ich kann damit machen, was ich will.«

»Also gut«, sagte ich.

»Ich wünsche dir Glück bei deinem Unternehmen«, fuhr Sarm fort. »Damit tust du dem Nest und den Priesterkönigen einen großen Dienst und wirst großen Ruhm gewinnen und ein Leben in Ehre und Reichtum. Sarm ist dein Freund.«

Als ich mich zum Gehen wandte, sah ich, wie Sarm sein Übersetzungsgerät abschaltete. Er winkte mir kurz nach — anscheinend eine wohlwollende Geste des Abschieds.

Doch meine Nase, die nun schon auf die Geruchssignale der Priesterkönige eingestimmt und durch meine Übungen mit Misks Übersetzungsgerät trainiert war, entzifferte die Geruchsbotschaft, die er mir nachschickte und die natürlich nicht mehr übersetzt wurde: »Stirb, Tarl Cabot!«

Ich lächelte und verließ die Unterkunft.

20

Draußen traf ich Mul-Al-Ka und Mul-Ba-Ta, die aus gutem Grund nicht sehr guter Stimmung zu sein schienen.

»Wir haben Anweisung«, sagte Mul-Al-Ka, »dich zum Priesterkönig Misk zu bringen, den du töten wirst.«

»Anschließend sollen wir dir bei der Beseitigung der Leiche helfen«, fügte Mul-Ba-Ta hinzu.

Ich lächelte und betrat die Transportscheibe, auf der die beiden Muls standen. Sie wandten mir ostentativ den Rücken zu. Mul-Al-Ka betätigte den Beschleunigungsstreifen und lenkte die Scheibe in einen breiten Tunnel.

»Eure Anweisungen seid ihr nun losgeworden«, sagte ich nach

kurzem Schweigen und schlug den beiden auf die Schultern. »Jetzt sagt mir, was ihr wirklich wollt.«

»Du merkst bestimmt, wir haben uns so hingestellt, daß du uns mühelos von der Scheibe stoßen kannst.«

»Die Absicht habe ich nicht.«

»Oh«, sagte Mul-Al-Ka.

»Es schien uns eine gute Idee zu sein«, bemerkte Mul-Ba-Ta.

»Warum wollt ihr von der Scheibe gestoßen werden?« fragte ich.

»Damit du Zeit zur Flucht hast und dich verstecken kannst«, sagte Mul-Ba-Ta.

»Aber ich soll doch mit Ehren und Reichtümern belohnt werden.«

Die beiden Muls schwiegen. Eine seltsame Traurigkeit schien sich ihrer bemächtigt zu haben, eine Stimmung, die ich eigentlich rührend fand, die jedoch auch etwas Komisches hatte, da beide gleichermaßen davon befallen waren.

»Schau, Tarl Cabot«, sagte Mul-Al-Ka plötzlich, »wir möchten dir etwas zeigen.«

Mit diesen Worten schwang er die Transportscheibe ruckartig herum und raste in einen Seitentunnel. Eine Zeitlang schossen wir mit Höchstgeschwindigkeit dahin, bis wir elegant vor einem großen Stahlportal zum Stillstand kamen.

»Was soll das?« fragte ich.

»Wir haben Anweisung, nicht mit dir zu sprechen«, sagte Mul-Al-Ka.

»Habt ihr Anweisung, mich hierher zu bringen?«

»Nein«, sagte Mul-Ba-Ta. »Es hat mit den Ehren und den Reichtümern und den Priesterkönigen zu tun.«

Der Saal, in dem wir uns nun befanden, war leer und unterschied sich eigentlich nicht von der Anlage, in der ich ›behandelt‹ worden war. Allerdings gab es keine Beobachtungsschirme sondern nur eine schwere kugelförmige Apparatur hoch über unseren Köpfen. Die Kugel war an gegliederten Halterungen befestigt, die aus der Decke kamen. Zahlreiche Drähte, von der Kugel ausgehend, verschwanden in der Decke.

Ich hatte das Gefühl, von diesem Gerät schon einmal gehört zu haben.

Eine Tür öffnete sich, und zwei plastikbekleidete Muls schoben eine auf Gas schwebende Scheibe herein. Sie plazierten sie unmittelbar unter dem Kugelgerät an der Decke. Auf der Scheibe befand sich eine Art Plastikblock und darin ein Mädchen, in die traditionelle Robe der Verhüllung gekleidet. Nur ihr Kopf war frei, so daß sie atmen konnte.

»Seid gegrüßt, ehrenwerte Muls«, sagte einer der beiden Wächter.

»Seid gegrüßt«, erwiderte Mul-Al-Ka.

»Wer ist dieser Mann?« fragte der andere.

»Ein Freund von oben«, sagte Mul-Al-Ka.

»Aber Freundschaft zwischen Muls ist verboten.«

»Das wissen wir«, sagte Mul-Al-Ka, »aber wir gehen sowieso in die Vernichtungskammern.«

»Das tut mir leid.«

»Uns auch«, sagte Mul-Ba-Ta.

Ich starrte meine Begleiter verblüfft an.

»Was war euer Vergehen?« fragte der erste Wärter.

»Wir wissen es nicht«, sagte Mul-Al-Ka.

»Das ist immer unangenehm.«

»Ja«, bemerkte Mul-Ba-Ta, »aber nicht wichtig angesichts des Wunsches der Priesterkönige.«

Die Wärter machten sich nun an ihre Arbeit. Einer kletterte neben dem Plastikzylinder auf eine Scheibe, während der andere zu einer Kontrolltafel an einer Wand des Raumes ging.

Das Mädchen tat mir leid, das sicherlich keine Ahnung hatte, daß nun eine Aufzeichnung ihrer Gehirnströme gemacht werden sollte, durch die die Sensoren am Ausgang ihres künftigen Quartiers aktiviert wurden.

Das Kugelgerät schwebte von der Decke herab und begann summend zu flackern, und einer der Wärter plazierte die Kugel über dem Kopf des Mädchens. Nach kurzer Zeit schwebte die Apparatur wieder nach oben, während sich die beiden Wärter mit geübten Bewegungen daran machten, das Mädchen unter der Plastik zu entkleiden und ihr die blaue Sklaventunika anzulegen.

Schluchzend schüttelte sie den Kopf. »Ich bin ein Geschenk der Wissenden von Ar an die Priesterkönige!« wimmerte sie.

Der Wärter neben ihr griff wortlos nach einem schlanken Metallkragen.

»Nein, nein — ihr versteht mich nicht!« sagte das Mädchen. Sie versuchte sich aus ihrer Plastikliege zu befreien. »Ich bin nicht in das Sardargebirge gekommen, um eine Sklavin zu sein!«

Der Kragen klickte, als er sich um ihren Hals schloß.

»Du bist ein Sklavenmädchen«, sagte der Mann leise.

»Bringt sie fort«, sagte sein Begleiter.

Gehorsam schob der andere die Scheibe mit dem Mädchen aus dem Saal.

Meine Hand krampfte sich um das Schwert.

»Du kannst doch nichts tun«, sagte Mul-Al-Ka warnend.

Wahrscheinlich hatten sie recht. »Warum habt ihr mich hergebracht?« fragte ich aufgebracht.

»Na, hast du ihren Kragen nicht gesehen?« fragte Mul-Al-Ka verblüfft.

»Hast du die Gravierung nicht gelesen?« fragte Mul-Ba-Ta.

»Nein!« sagte ich wütend.

»Sie zeigte die Ziffer ›708‹«, sagte Mul-Al-Ka.

Ich erschrak. 708 war die Nummer auf Vikas Kragen gewesen. Was sollte das bedeuten?

»Das war die Nummer Vikas aus Treve!« sagte ich.

»Genau – das Mädchen, das dir Sarm als einen Teil deiner Belohnung versprochen hat, wenn du Misk umbringst.«

»Wie du siehst«, sagte Mul-Ba-Ta, »ist die Nummer neu vergeben!«

»Vielleicht hat sie einen neuen Kragen bekommen«, sagte ich verwirrt.

»Und das heißt«, fuhr Mul-Al-Ka fort, »daß Vika aus Treve nicht mehr existiert.«

»Dann ist sie tot?« fragte ich.

»Nein.«

»So gut wie tot.«

»Was soll das heißen?«

»Sie ist in die Tunnel des Goldenen Käfers geschickt worden.«

»Aber warum?«

»Sie hatte ihren Zweck als Dienerin der Priesterkönige erfüllt«, sagte Mul-Ba-Ta.

»Ich glaube, jetzt haben wir genug gesagt«, schaltete sich Mul-Al-Ka ein.

»Das stimmt«, sagte Mul-Ba-Ta. »Vielleicht hätten wir dir gar nicht soviel enthüllen dürfen, Tarl Cabot.«

Ich legte meine Hände auf die Schultern der beiden Muls.

»Ich danke euch, meine Freunde«, sagte ich. »Ich verstehe jetzt eure Motive. Ihr habt mir gezeigt, daß Sarm sein Versprechen nicht einhalten will.«

»Denk daran«, sagte Mul-Al-Ka, »gesagt haben wir dir das nicht.«

»Das stimmt, aber ihr habt es mir gezeigt.«

»Wir haben Sarm nur versprochen, daß wir es dir nicht sagen würden.«

Ich lächelte die beiden Muls an, die meine Freunde waren.

»Wenn ich mit Misk fertig bin – sollt ihr mich dann umbringen?« fragte ich.

»Nein«, erwiderte Mul-Al-Ka, »wir sollen dir nur sagen, daß Vika aus Treve dich in den Tunnels des Goldenen Käfers erwartet.«

»Und das ist die schwache Stelle in Sarms Plan«, sagte Mul-Ba-Ta, »denn du würdest nie wegen eines weiblichen Mul in die Tunnels des Goldenen Käfers gehen!«

»Ja«, sagte Mul-Al-Ka, »das ist der erste Fehler, den Sarm je gemacht hat. Denn ein Vorstoß in diese Tunnels bedeutet den Tod.«

»Aber ich *werde* gehen«, sagte ich.

Die beiden Muls sahen sich traurig an und schüttelten die Köpfe.

»Sarm ist klüger als wir«, sagte Mul-Al-Ka.

»Sieh, wie er mit den Instinkten der Menschen spielt«, sagte Mul-Ba-Ta.

Ich lächelte, denn ich fand es selbst kaum verständlich, daß ich ohne Zögern daran dachte, mein Leben für das hinterlistige Mädchen Vika aus Treve einzusetzen.

»Ich dachte, du haßt sie«, sagte Mul-Al-Ka.

»Aber ja«, erwiderte ich.

»Ist es menschlich, so zu handeln?« wollte Mul-Ba-Ta wissen.

»Ja«, sagte ich. »Es gehört zum Wesen eines Mannes, eine Frau seiner Art zu beschützen, wer immer sie auch sein mag.«

»Genügt es, daß sie nur eine Frau ist?« fragte Mul-Ba-Ta.

»Ja.«

»Auch wenn sie nur ein weiblicher Mul ist?«

»Ja.«

»Interessant«, bemerkte Mul-Ba-Ta. »Dann sollten wir dich begleiten, denn wir möchten ja lernen, wie Menschen zu sein.«

»Nein«, sagte ich, »ihr dürft mich nicht begleiten.«

»Ach«, sagte Mul-Al-Ka bitter, »du hältst uns noch nicht wirklich für Menschen.«

»Aber ja«, sagte ich. »Das habt ihr mir längst bewiesen, indem ihr mir Sarms Absichten verrietet.«

»Dann dürfen wir dich begleiten?«

»Nein«, sagte ich, »denn ich meine, daß ihr mir auf andere Art helfen könnt.«

»Das wäre schön«, sagte Mul-Al-Ka.

»Aber wir haben nicht viel Zeit«, bemerkte Mul-Ba-Ta.

»Das stimmt«, sagte Mul-Al-Ka, »wir müssen uns bald in den Vernichtungskammern melden.«

Die beiden Muls sahen mich bedrückt an.

Ich überlegte einen Augenblick, zuckte schließlich die Achseln und sah sie mit einem Blick an, in den ich tiefe Enttäuschung zu legen versuchte.

»Ihr könnt natürlich gehen, wann ihr wollt«, sagte ich, »aber das wäre wirklich nicht sehr menschlich.«

»Nein?« fragte Mul-Al-Ka, der sichtlich aufmerkte.

»Nein?« wolle auch Mul-Ba-Ta interessiert wissen.

»Nein«, sagte ich, »ganz entschieden nicht.«

»Bist du sicher?«

»Ganz sicher?«

»Ich bin mir nicht ganz sicher«, sagte ich. »Es entspricht einfach nicht dem Wesen eines Menschen, loszugehen und sich in den Vernichtungskammern zu melden.«

Die beiden Muls starrten mich lange an, musterten sich gegenseitig und schienen schließlich zu einer Art Entschluß zu kommen.

»Also gut«, sagte Mul-Al-Ka, »dann melden wir uns eben nicht.«

»Nein«, sagte Mul-Ba-Ta entschlossen.

»Gut«, sagte ich.

»Was wirst du nun tun, Tarl Cabot?« fragte Mul-Al-Ka.

»Bringt mich zu Misk.«

21

Ich folgte Mul-Al-Ka und Mul-Ba-Ta in eine feuchte, hohe Höhle, in der keinerlei Energielampen brannten. Die Wände bestanden aus einer groben zementartigen Substanz, in der zahlreiche Steine verschiedener Größen und Formen schimmerten.

Am Eingang nahm Mul-Al-Ka eine Mul-Fackel von einem Ständer und brach ein Ende ab. Er hielt sie über den Kopf und versuchte die Höhle auszuleuchten.

»Dies muß ein sehr alter Teil des Nestes sein«, sagte er.

»Misk ist hier irgendwo«, bemerkte Mul-Ba-Ta. »Sarm hat es uns gesagt.«

So weit der Fackelschein reichte, schien der Raum leer zu sein. Ungeduldig fingerte ich an dem Übersetzungsgerät herum, das ich mir von den beiden Muls noch hatte besorgen lassen. Wenn wir wirklich auf Misk stießen, wollte ich mich mit ihm verständigen können.

Mein Blick glitt in die Höhe – und blieb an etwas hängen.

»Dort oben«, flüsterte ich und ergriff Mul-Ba-Ta am Arm.

Mul-Al-Ka hob die Fackel.

An der Decke der Höhle machte ich zahlreiche lange, verformte Schatten aus, bei denen es sich offensichtlich um Priesterkönige handelte. Allerdings waren ihre Unterleiber grotesk angeschwollen. Sie bewegten sich nicht.

Ich schaltete das Übersetzungsgerät ein und sagte: »Misk.« Sofort spürte ich den vertrauten Geruch.

Zwar fühlte ich eine Bewegung zwischen den dunklen an der Decke hängenden Gestalten, doch eine Antwort blieb aus.

»Er ist nicht hier«, sagte Mul-Al-Ka.

»Vielleicht nicht«, sagte Mul-Ba-Ta, »denn unser Übersetzer hätte seine Antwort bestimmt aufgefangen.«

»Gib mir die Fackel«, sagte ich.

Ich nahm das Licht und ging an den Wänden des Raumes entlang. Neben der Tür entdeckte ich eine Reihe kurzer Streben, die aus der Wand hervorragten und nach der Art einer Leiter in die Höhe führten. Doch ehe ich sie erklimmen konnte, verharrte ich.

»Hört mal«, sagte ich.

Wir lauschten, und aus einiger Ferne glaubten wir den klagenden Gesang menschlicher Stimmen wahrzunehmen, der langsam näher kam.

»Wir sollten uns verstecken«, sagte Mul-Ba-Ta.

Ich ließ die Leiterstreben los und führte die beiden Muls an das andere Ende der Höhle. Dort gingen wir hinter einigen Haufen des lockeren Wandgesteins in Deckung, das sich dort angesammelt hatte, löschten die Fackel und beobachteten den Eingang.

Der Gesang wurde lauter. Es war ein trauriges, fast feierliches Lied, dessen Worte ich kaum verstehen konnte, da sie der altgoreanischen Sprache entlehnt waren. Dem Sinne nach ging es um das rätselhafte Gur, das die Singenden am Tage des Festes von Tola nun in freudiger Erwartung holen kamen.

Die Türen schwangen auf, und wir machten zwei Reihen seltsamer Wesen aus, die in langsamer Prozession hereinmarschiert kamen; in der einen Hand trugen sie eine Mul-Fackel, in der anderen ein Gebilde, das wie eine leere Weinhaut aus goldenem Leder aussah.

Die lange Kette nahm kein Ende; es mochte sich um Menschen handeln oder auch nicht. Sie waren glattrasiert und trugen eine Plastiktunika wie alle Muls, doch ihr Körper wirkte kleiner und runder als der Körper eines Menschen, und im Vergleich zu ihrer

Größe schienen sie ungewöhnlich lange Arme und Beine zu haben und dazu ausgesprochen breite Füße und Hände. Die Füße hatten keine Zehen, sondern waren seltsam scheibenähnlich – fleischige Kissen, auf denen sie lautlos dahinstapften –, und entsprechend schienen die Handflächen aus einer fleischigen Scheibe zu bestehen, die im blauen Licht der Mul-Fackeln schimmerte. Am seltsamsten war vielleicht die Form und Größe der Augen – ungewöhnlich große Scheiben, vielleicht sieben Zentimeter im Durchmesser, rund und dunkel und schimmernd wie die Augen von Nachttieren.

Ich fragte mich, was für Wesen das sein mochten.

Als die Prozession länger wurde und die zahlreichen Fackeln den seltsamen Raum immer besser ausleuchteten, warnte ich meine Begleiter, sich ganz ruhig zu verhalten.

Ich vermochte nun deutlich die Priesterkönige auszumachen, die kopfunter an der Decke hingen und deren Köpfe und Hälse neben ihren angeschwollenen Unterleibern fast winzig wirkten.

Zu meiner Verblüffung begannen die seltsamen Wesen nun nacheinander an den fast senkrechten Wänden der Höhle hinaufzusteigen; dabei kümmerten sie sich nicht um die vorhandenen Leitersprossen. Ihre fleischigen Füße hinterließen eine Art Schleimspur. Eine Anzahl von Wesen blieb auf dem Boden zurück und setzte den feierlichen Gesang fort, und das Durcheinander der Fackeln warf unruhige Schatten überall in die Ecken der Höhle. Die hinaufgestiegenen Wesen machten sich daran, ihre goldenen Behältnisse aus den Mündern der Priesterkönige zu füllen. Mehrere Beutel mußten einem Priesterkönig vorgehalten werden, der den Inhalt seines Unterleibs langsam darin entleerte.

Es waren vielleicht hundert Priesterkönige, um die sich ein Mehrfaches an Muls kümmerte. Die seltsame Prozession, die die Wände hinauf- und hinabführte, dauerte über eine Stunde lang, in welcher Zeit das unheimliche Lied keinen Augenblick abriß.

Ich vermutete, daß es sich bei der Ausscheidung, die den Priesterkönigen abgenommen wurde, um Gur handelte und daß ich nun wußte, was ›Gur bewahren‹ bedeutete.

Schließlich war der letzte der ungewöhnlichen Muls auf den Steinboden zurückgekehrt.

Die ganze Zeit über hatte niemand in unsere Richtung geschaut, so sehr hatte man sich auf die anstehende Arbeit konzentriert. Wer gerade nicht aktiv am Gur-Sammeln beteiligt war, hatte die runden dunklen Augen zu den Priesterkönigen erhoben, die hoch oben an der Decke hingen.

Endlich setzte sich einer der Priesterkönige in Bewegung und kletterte langsam an der Wand herab. Sein entleerter Unterleib hatte nun wieder den normalen Umfang, und er stolzierte feierlich zur Tür, umgeben von mehreren Muls mit ihren Behältern, in denen eine helle, milchige Substanz schwappte. Langsam bewegte sich der Priesterkönig aus der Höhle, gefolgt von einem zweiten und einem dritten Nestwesen, bis schließlich alle Priesterköinge die Höhle verlassen hatten – alle bis auf einen. Im Licht der letzten Fackeln sah ich einen Priesterkönig, dem man das Gur abgenommen hatte, der jedoch weiter an der Decke hing. Eine schwere Kette, mit einem Ring an der Decke befestigt, führte zu einem dicken Metallband, das sich um seine schmale Hüfte zwischen Brustkorb und Unterleib legte.

Es war Misk.

Ich brach das andere Ende der Mul-Fackel ab, die sofort aufflammte, und trat in die Mitte der Höhle.

»Willkommen, Tarl Cabot«, tönte es aus meinem Übersetzungsgerät. »Ich bin zum Sterben bereit.«

22

Ich legte mir das Übersetzungsgerät um den Hals und begann die Metallsprossen zu erklimmen. Sie schienen jedoch ziemlich alt zu sein, denn einige brachen mir unter den Fingern ab, so daß ich fast wieder zu Boden gestürzt wäre. Als ich endlich die Decke erreichte, sah ich, daß weitere Streben in Richtung Misk führten und daß jede eine kleine nach unten gebogene Rundung bildete, durch die ich mich fortzubewegen vermochte.

Ich nahm die Fackel in den Mund und setzte meinen Weg fort. Plötzlich brach eine der Streben unter mir, und im Herabstürzen griff ich hastig nach der nächsten, die ich im letzten Augenblick zu fassen bekam. Tief unter mir polterte die losgerissene Metallstrebe zu Boden.

Im nächsten Augenblick begann sich auch die Sprosse zu lösen, an der ich hing.

Langsam ließ ich mich hin und her schwingen, wartete einen günstigen Augenblick ab und ließ dann los, nur um im nächsten Sekundenbruchteil die folgende Sprosse zu ergreifen. Diese Strebe schien nun einigermaßen festzusitzen, und erleichtert zog ich mich hoch und hangelte mich vorsichtig zur nächsten. Wenige Augenblicke später hatte ich Misk erreicht.

Ich nahm die Mul-Fackel aus dem Mund. Misk musterte mich ruhig.

»Sei gegrüßt«, sagte ich.

»Sei gegrüßt, Tarl Cabot. Sarm hätte die Sprossen überprüfen müssen.«

»Ja, aber es ist schwierig, an alles zu denken.«

»Mach dich ans Werk und bring mich um.«

»Ich weiß nicht einmal, wie ich das anstellen soll.«

»Ja«, erwiderte Misk, »das wird nicht leicht sein, aber wenn du dir Mühe gibst, schaffst du es vielleicht.«

»Gibt es irgendein wichtiges Organ, auf das ich zielen könnte? Zum Beispiel ein Herz?«

»Da hätte ich nichts anzubieten«, sagte Misk. »Aber andererseits hast du bestimmt die nötige Zeit.«

»Das ist wohl richtig.«

Mein Blick fiel auf ein Metallobjekt, einen viereckigen Stab mit Vorsprüngen an einem Ende. Das Objekt hing einige Zentimeter außerhalb von Misks Reichweite an einem Haken.

»Was ist das?« fragte ich.

»Der Schlüssel zu meiner Kette.«

»Gut«, sagte ich, bewegte mich einige Sprossen vor, holte den Schlüssel und kehrte zu Misk zurück. Nach einigen Versuchen vermochte ich den Schlüssel in das Schloß seines Fesselringes zu stecken.

»Offen gesagt, ich würde empfehlen, daß du mich zuerst tötest und mich dann erst loskettest, um meinen Körper zu beseitigen; andernfalls könnte ich in Versuchung kommen, mich zu verteidigen.«

Ich drehte den Schlüssel im Schloß, und die Fessel sprang auf.

»Aber ich bin nicht hier, um dich zu töten«, sagte ich.

»Aber hat Sarm dich nicht geschickt?«

»Doch«, sagte ich.

»Warum willst du mich dann nicht töten?«

»Ich möchte dich nicht töten«, sagte ich. »Außerdem besteht Nestvertrauen zwischen uns.«

»Das ist wahr«, sagte Misk und entfernte mit den Vorderbeinen die Fessel von seinem Leib und ließ sie an der Kette baumeln. »Doch wirst du jetzt von Sarm getötet werden.«

»Das wäre wohl auf jeden Fall geschehen.«

Misk schien einen Augenblick zu überlegen. »Ja«, sagte er. »Zweifellos.« Dann schaute er auf Mul-Al-Ka und Mul-Ba-Ta hinab. »Und die beiden muß er auch beseitigen.«

»Er hat ihnen bereits den Befehl gegeben, sich in den Vernichtungskammern zu melden. Aber sie haben sich wie richtige Menschen entschlossen, nicht hinzugehen.«

»Bemerkenswert«, sagte Misk. Mit fast zärtlich anmutender Bewegung streckte er ein Vorderbein aus, umfing mich und drückte mich gegen seinen Leib. »So ist es weitaus sicherer«, sagte er und setzte sich in Bewegung, wanderte an der Decke entlang, die Wand herab und blieb vor den beiden Muls stehen. Dort setzte er mich vorsichtig ab.

Ich wandte mich an den Priesterkönig und sagte: »Du mußt dich verstecken.«

»Ja«, schaltete sich Mul-Al-Ka ein, »du mußt dir ein Versteck suchen und dort bleiben, bis Sarm eines Tages den Wonnen des Goldenen Käfers erliegt und du gefahrlos wieder auftauchen kannst.«

»Wir bringen dir zu essen und zu trinken«, sagte Mul-Ba-Ta.

»Das ist sehr freundlich von euch«, sagte Misk und starrte auf uns herab. »Aber das ist natürlich unmöglich.«

»Warum nicht?« fragte ich verwirrt.

Misk richtete sich auf. »Weil das Fest von Tola begonnen hat und ich der Mutter Gur geben muß.«

»Aber du wirst entdeckt und dann von Sarm ermordet werden!«

»Natürlich.«

Ich spürte, daß Misk nicht mit sich reden lassen würde; sein Entschluß stand fest.

»Mich hat nur traurig gestimmt, daß ich vielleicht nicht in der Lage sein könnte, vor die Mutter zu treten und ihr Gur zu geben«, sagte der Priesterkönig. »Und dafür stehe ich ewig in eurer Schuld.« Er wandte sich an die beiden Muls. »Möge Nestvertrauen sein zwischen einem Priesterkönig und zwei Muls«, sagte er.

»Das ist unmöglich!« sagte Mul-Ba-Ta.

»Dann zwischen einem Priesterkönig und zwei Menschen.«

Langsam, verängstigt, hoben Mul-Al-Ka und Mul-Ba-Ta die Hände, und Misk berührte sie mit seinen Fühlern.

»Ich werde für dich sterben«, sagte Mul-Al-Ka.

»Und ich ebenfalls«, fügte Mul-Ba-Ta hinzu.

»Nein«, sagte Misk, »ihr müßt euch verstecken und am Leben bleiben.«

Die Muls sahen mich an, und ich nickte. »Ja, geht und versteckt euch und lehrt die anderen Menschen, menschlich zu sein. Was das bedeutet, müßt ihr von Fall zu Fall selbst entscheiden.«

»Wir kommen lieber mit dir, Tarl Cabot«, sagte Mul-Al-Ka, »und kämpfen gegen den Goldenen Käfer.«

»Was soll das?« wollte Misk wissen.

»Das Mädchen Vika aus Treve liegt in den Tunnels des Goldenen Käfers. Ich will sie befreien.«

»Dazu kommst du zu spät, denn die Käfer schlüpfen bald aus. Geh nicht, Tarl Cabot, denn es bedeutet deinen Tod.«

»Aber ich muß gehen«, sagte ich.

»Ich verstehe«, sagte Misk, »es ist wie das Gurgeben an die Mutter.«

»Vielleicht«, erwiderte ich. »Ich weiß es nicht.«

»Wir gehen mit dir«, sagte Mul-Al-Ka.

»Nein«, erwiderte ich, »ihr geht zu den Menschen, zu allen Menschen hier im Nest, zu den niedrigsten und zu den höchsten.«

»Auch zu den Gur-Trägern?« fragte Mul-Ba-Ta schaudernd.

»Auch zu ihnen«, sagte ich.

»Es sind Mutationen«, schaltete sich Misk ein, »vor langer Zeit für den Dienst in dunklen Tunnels gezüchtet und jetzt zeremoniellen Zwecken vorbehalten.«

»Wo immer sich Menschen oder ihre Abkömmlinge im Nest finden, müßt ihr eure Lehre verbreiten«, sagte ich.

»Ich verstehe«, sagten Mul-Al-Ka und Mul-Ba-Ta wie aus einem Munde.

»Gut«, sagte ich.

Mit einem letzten Handschlag wandten sich die beiden Männer um und verschwanden durch den Ausgang.

Misk und ich blieben allein zurück.

»Das bringt Probleme«, sagte Misk, »für die du verantwortlich bist.«

»Aber die Entscheidung liegt letztlich bei den Priesterkönigen und den Menschen hier.« Ich blickte ihn an. »Es ist töricht, daß du zur Mutter gehen willst.«

»Es ist töricht, daß du die Tunnels des Goldenen Käfers aufsuchst.«

Ich zog mein Schwert, balancierte die geölte Klinge kurz in der Hand und steckte sie befriedigt wieder fort.

»Wo liegen die Tunnels des Goldenen Käfers?« fragte ich.

»Du brauchst nur zu fragen«, antwortete Misk. »Sie sind im Nest wohlbekannt.«

»Ist ein Goldener Käfer einfacher umzubringen, als ein Priesterkönig?«

»Ich weiß es nicht«, sagte Misk. »Wir haben noch nie einen Goldenen Käfer getötet oder uns mit seiner Art beschäftigt.«

»Warum nicht?«

»Weil es sich nicht gehört. Es wäre ein großes Verbrechen, einen Käfer zu töten.«

»Ich verstehe«, sagte ich und überlegte einen Augenblick. »Könntest du mit deinen Hornklingen einen Priesterkönig töten?«

Misk neigte seine Vorderbeine und betrachtete die scharfen Kanten. »Ja«, sagte er schließlich. »Aber das ist seit über einer Million Jahren nicht mehr vorgekommen.«

Ich hob meinen Arm. »Ich wünsche dir alles Gute«, verabschiedete ich mich auf die traditionelle goreanische Art.

Misk hob grüßend ein Vorderbein. Seine Fühler neigten sich in meine Richtung, und die winzigen goldenen Haare schienen sich mir entgegenzurecken. »Und ich wünsche dir alles Gute, Tarl Cabot«, sagte der Priesterkönig.

Und dann wandten wir uns um und gingen unserer Wege.

23

Ich machte mir klar, daß ich zu spät gekommen war. Tief in den Tunnels des Goldenen Käfers fand ich Vikas Körper.

Ich hielt die Mul-Fackel über meinen Kopf und durchsuchte die übelriechende Höhle, in der sie auf einem Bett aus halbverfaultem Moos lag.

Sie war in Lumpen gekleidet, die Überreste ihres einstmals langen und schönen Kleides, zerrissen und fleckig von der entsetzlichen Flucht, durch die dunklen Felsentunnels stolpernd, schreiend, in unsagbarer Angst vor den Zangen des Goldenen Käfers.

Zu meiner Freude war ihr Hals ohne Sklavenkragen.

War sie vielleicht freigelassen worden, ehe man sie in die gefährlichen Tunnels entlassen hatte? Ich erinnerte mich an eine Bemerkung Misks, daß in Ehrerbietung vor dem Goldenen Käfer nur freie Frauen in die Tunnels geschickt wurden.

Es roch nach den Ausscheidungen des Goldenen Käfers, und im Gegensatz zu den peinlich sauberen Tunnels der Priesterkönige war hier der Unrat und Gestank um so abstoßender. In einer Ecke lagen Knochen und ein menschlicher Schädel. Die Knochen waren zersplittert und ausgesaugt.

Wie lange Vika schon tot war, wußte ich nicht zu sagen; es mochten einige Stunden sein. Allerdings war sie nicht so kalt, wie ich erwartet hatte. Sie regte sich nicht, und ihre Augen schienen mit dem Entsetzen ihrer letzten Lebenssekunde auf mich gerichtet, in der sich die Zangen des Goldenen Käfers um sie geschlossen hatten. Ich hoffte fast, daß sie ihren Angreifer nicht mehr zu Gesicht bekommen hatte.

Ihre Haut fühlte sich seltsam trocken an und enthielt noch einen Hauch von Wärme, so daß ich lange Zeit auf einen Herzschlag lauschte. Doch es war nichts festzustellen. Ebenso verspürte ich keinen Pulsschlag an ihrem Handgelenk.

Obwohl ich Vika gehaßt hatte, hatte ich ihr dieses Schicksal nicht gewünscht. Als ich sie so anschaute, war mir seltsam traurig zumute, und die Bitterkeit, mit der ich zuvor an sie gedacht hatte, war völlig verschwunden. In meinen Augen war sie nur noch ein junges Mädchen, gewiß zu unschuldig für einen solchen Tod, ein Mädchen, das dem Goldenen Käfer entgegengetreten war und in der Folge einen der entsetzlichsten Tode gestorben war, den diese Welt kannte. Sie war ein Mensch, und welche Fehler sie auch gehabt haben mochte, sie hatte etwas anderes verdient.

»Es tut mir leid, Vika aus Treve«, sagte ich leise.

Seltsamerweise schien ihr Körper keinerlei Wunden aufzuweisen.

Ich fragte mich, ob sie etwa aus Angst gestorben war.

Es waren keine Kratzer oder Prellungen zu sehen. Ihr Körper war völlig intakt.

Ich fand keinen Hinweis auf die Art ihres Todes — bis auf einen kleinen Einstich an ihrer linken Flanke, durch den eine Art Gift hatte injiziert werden können. Dieser Eindruck wurde verstärkt durch fünf runde Schwellungen, die sich von ihrem Schenkel an ihrer Seite entlangzogen. Diese Schwellungen, hart und rund, schienen unter der Haut zu liegen, möglicherweise eine Reaktion auf das Gift, das ihr anscheinend eingespritzt worden war.

Ich fuhr mir mit dem Arm über die Stirn.

Ich konnte nichts für sie tun, außer vielleicht den Goldenen Käfer zu jagen.

Ich fragte mich, ob ich sie irgendwo vergraben sollte, aber das erschien mir angesichts der Felstunnels ein unmögliches Unterfangen. Ich konnte sie aus der unschönen Höhle tragen, aber solange das Ungeheuer nicht vernichtet war, gab es keine Sicherheit für die Tote.

Ich wandte ihr den Rücken und machte mich daran, die Tunnels nach dem Goldenen Käfer abzusuchen, der jedoch verschwunden zu sein schien.

Das Schwert in der Rechten, die Mul-Fackel in der Linken, so stolperte ich durch die Gänge. Es war eine lange, unheimliche Suche, während der mein Haß auf den Goldenen Käfer gegen mein

Mitleid mit Vika kämpfte – bis ich mich schließlich von solchen störenden Gefühlen freimachte, und ganz in meiner Aufgabe aufging.

Doch meine Gedanken kehrten immer wieder zu dem Mädchen zurück. Ich hatte sie seit einigen Wochen nicht mehr gesehen. Wieso war sie erst jetzt in diese Tunnels gebracht worden? Wie hatte sie so lange überleben können? Und wieso hatte der Goldene Käfer sie nicht aufgefressen?

Und ich wunderte mich über die fünf seltsamen Schwellungen an ihrem Körper.

Misk hatte mir gesagt, ich würde zu spät kommen, denn der Goldene Käfer würde bald ausschlüpfen.

Ein Entsetzensschrei kam über meine Lippen, und ich wandte mich um und rannte zurück, so schnell mich meine Beine trugen.

Immer wieder stieß ich gegen Felsvorsprünge, verletzte mir Schultern und Beine an scharfen Kanten, doch ich verlangsamte meinen Schritt nicht. Ich brauchte nicht einmal auf die winzigen Zeichen zu achten, die ich zur Orientierung an die Tunnelwände gekratzt hatte, denn ich schien jede Kurve und Biegung aus dem Gedächtnis zu kennen.

Ich stürzte in die Höhle des Goldenen Käfers und hielt die Fackel in die Höhe. »Verzeih mir, Vika!« rief ich.

Ich fiel neben ihr auf die Knie und stieß die Mul-Fackel in einen Felsspalt.

Aus ihrem Fleisch blickten mich an einer Stelle die schimmernden Augen eines Organismus an, goldenfarbig und etwa so groß wie eine junge Schildkröte, ein Wesen, das sich aus einer ledrigen Hülle zu befreien versuchte. Mit dem Schwert löste ich das Ei und zerdrückte es und das Wesen unter meiner Sandale.

Vorsichtig entfernte ich das zweite Ei auf gleiche Weise und zertrat es, ebenso wie die anderen drei Eier.

Dann nahm ich mein Schwert, wischte auf einer Seite das schützende Öl ab und hielt den schimmernden Stahl vor den Mund des Mädchens. Als ich die Klinge anhob, stieß ich einen Freudenschrei aus, denn ein Stück Metall war beschlagen.

Ich nahm Vika in die Arme und drückte sie an mich.

»Mein Mädchen!« sagte ich. »Du lebst!«

24

In diesem Augenblick hörte ich ein leises Geräusch. Als ich aufblickte, entdeckte ich zwei flackernde Augen, die mich von einem der Tunnelausgänge her anstarrten.

Der Goldene Käfer war nicht ganz so groß wie ein Priesterkönig, doch entschieden gewichtiger. Er hatte etwa den Umfang eines irdischen Nashorns, und als erstes fielen mir zwei hohle, große Zangen auf, mit mehrfachen Spitzen versehen, die etwa einen Meter vor dem Körper zusammentrafen. Es schien sich um eine Art Mutation der Kieferwerkzeuge eines Käfers zu handeln. Die Sensorenantennen waren im Gegensatz zu denen der Priesterkönige nur sehr kurz. Sie bogen sich zur Seite und endeten in Quasten aus goldenem Haar. Ganz seltsam muteten mehrere Stränge goldenen Haares an, eine Art Mähne, die sich vom Kopf des Wesens über seinen gewölbten goldenen Rücken zogen und hinten fast bis zum Boden reichten. Der Rücken selbst schien in zwei Hälften geteilt, bei denen es sich vor Urzeiten um Hornflügel gehandelt haben mochte, doch nun waren die beiden Teile an den Berührungsstellen zusammengewachsen und bildeten einen einheitlichen starren goldenen Panzer. Der Kopf des Wesens war unter den Panzer gezogen, doch die Augen waren deutlich zu sehen, und natürlich die Kieferwerkzeuge.

Ich wußte, daß das Wesen Priesterkönige töten konnte.

Am meisten belastete mich die Sorge um die Sicherheit Vikas. Mit gezogenem Schwert machte ich mich zum Kampf bereit.

Das Wesen schien verwirrt zu sein und machte keine Anstalten, anzugreifen. Zweifellos war ihm in seinem langen Leben Ähnliches noch nicht vorgekommen. Es wich ein Stück zurück und zog den Kopf noch tiefer unter den Panzer. Es hob die langen, röhrenförmigen Zangen vor die Augen, als wollte es sie vor dem Licht schützen.

Da fiel mir ein, daß das Licht der Mul-Fackel das Wesen vielleicht geblendet hatte. Vielleicht wirkte auch der Geruch des flackernden Lichts auf den empfindlichen Geruchssinn des Goldenen Käfers ein, so daß er sich vorübergehend nicht zurechtfand.

Offensichtlich begriff das Wesen noch nicht, was sich in seiner Höhle abgespielt hatte.

Ich ergriff die Mul-Fackel und schwenkte sie in Richtung Käfer, in der Erwartung, daß sich das Tier hastig zurückziehen würde, aber es geschah nichts, außer daß er die kneiferartigen Arme hob. Das kam mir sehr unnatürlich vor, als sei das Wesen blind, oder eine blinde, fleischfressende Pflanzenwucherung. Eins wurde mir klar: Der Käfer fürchtete mich oder die Flamme nicht.

Ich zog mich einen Schritt zurück, und das Wesen rückte auf sechs kurzen Beinen vor.

Ich überlegte, daß ich dem Wesen wahrscheinlich kaum zu schaden vermochte, besonders wenn es seinen Kopf unter den Panzer gezogen hatte. Dies bewirkte natürlich auch, wie ich hoffte, eine Einengung seiner Sinneswahrnehmungen — weniger das Sehvermögen, auf das sich die Priesterkönige und dieses Höhlenwesen wahrscheinlich ohnehin nicht verließen, sondern eher der Geruchssinn der kurzen Fühler, die ebenfalls ein Stück unter dem hornigen Panzerrand verschwunden waren.

Ich steckte das Schwert in die Scheide und kniete neben Vika nieder, ohne den Blick von dem Wesen zu nehmen, das etwa vier Meter vor mir verhielt.

Ich tastete auf Vikas Gesicht herum und schloß ihre Augen, damit sie nicht länger blind ins Leere starrte.

Ihr Körper war noch starr von dem Gift, das die Lähmung hervorgerufen hatte, aber schon kam sie mir wärmer und weniger steif und reglos vor — wahrscheinlich begann sich bereits auszuwirken, daß ich die Eier entfernt hatte.

Als ich das Mädchen berührte, kam der Käfer einen weiteren Schritt näher.

Er begann zu zischen.

Dieses Geräusch schockierte mich einen Augenblick, denn ich war an das unheimliche Schweigen der Priesterkönige gewöhnt.

Jetzt begann das Insekt, seinen Kopf unter dem goldenen Panzer hervorzustrecken, und die mit Goldhaaren besetzten Antennen wanden sich hin und her und erkundeten die Höhle.

Mit dem rechten Arm hob ich Vika über meine Schulter und stand auf.

Das Zischen wurde lauter.

Offensichtlich wollte der Käfer nicht, daß ich Vika aus der Höhle trug.

Meine Last auf der Schulter, die Mul-Fackel in einer Hand, so ging ich langsam rückwärts auf einen Tunnelausgang zu.

Das Wesen folgte mir, verharrte jedoch, als es das Mooslager erreichte und zwischen den Überresten der zertretenen Eier herumzusuchen begann.

Ich hatte keine Vorstellung, wie schnell der Käfer zustoßen konnte; trotzdem machte ich kehrt und eilte durch den Gang, so schnell ich konnte. In Anbetracht seines Gewichts und seiner dünnen Beine hoffte ich, daß das Insekt nicht allzu beweglich war.

Etwa eine Ehn später hörte ich aus der Höhle einen der seltsamsten und entsetzlichsten Laute, der mir je in den Ohren geklungen hatte – ein langer, wilder, verzweifelter Hauch, mehr ein Ausatmen, fast ein Zischen, fast auch ein Schmerzensschrei, ein Laut des Erkennens und der Qual. Ich blieb stehen und lauschte.

Nun hörte ich deutlich, daß der Goldene Käfer die Verfolgung aufgenommen hatte.

Ich rückte Vika auf meiner Schulter zurecht und setzte meine Flucht fort.

Nach wenigen Ehn blieb ich wieder stehen. Offensichtlich traf meine Vermutung zu: der Käfer kam nur langsam voran. Und doch wußte ich, daß er sich dort hinten irgendwo bewegte, daß er seine Rache nicht so schnell vergessen würde. Langsam kam er, geduldig, unaufhaltsam wie der Anbruch des Winters.

Ich setzte Vika ab und lehnte die Mul-Fackel an die Felswand der Höhle.

Der Gedanke, daß der Käfer seine Beute in diesen Tunnels stundenlang, vielleicht über Tage hin verfolgte, erschien mir unwahrscheinlich, ein Rätsel der Natur. Aber ich hatte seinen Körper gesehen und wußte, daß dieses Insekt sich nicht längere Zeit mit großer Schnelligkeit bewegen konnte. Wie war es dann möglich, daß ein schwerfälliges Wesen, wie fürchterlich seine Kampfkraft aus der Nähe auch sein mochte, an eine so wachsame und schnelle Intelligenz wie die Priesterkönige herankam?

Ich bewegte Vikas Arme und Beine und rieb ihre Hände, um ihren Blutkreislauf anzuregen. Dann beugte ich mich über ihr Herz und stellte zu meiner Freude ein leises Pochen fest. Auch am Handgelenk spürte ich nun einen leichten Puls.

Die Luft in den Tunnels des Goldenen Käfers war schlecht. Wahrscheinlich waren sie nicht so gut gelüftet wie das Nest der Priesterkönige. Plötzlich wurde mir der Sauerstoffmangel bewußt, und ich merkte, wie erschöpft und hungrig ich war. Ich setzte mich, um ein wenig auszuruhen; der Käfer war weit zurück. Jedenfalls hatte ich Zeit, kurz die Augen zu schließen.

Ich schreckte aus dem Halbschlaf. Der entsetzliche Geruch umgab mich. Ich sah die schimmernden Augen. Die goldenen Haare auf dem Rücken standen hoch und zitterten, und von ihnen ging der Geruch aus.

Ich schrie auf, als ich die Berührung zweier langer, gebogener Objekte spürte.

Meine Hände umfaßten die schmalen, hohlen Zangen des Goldenen Käfers und versuchten sie auseinanderzubiegen. Doch der Druck nahm weiter zu. Die Spitzen waren mir schon unter die Haut gedrungen, und zu meinem Entsetzen spürte ich ein seltsames Ziehen und begriff, daß das Wesen zu saugen begonnen hatte. Aber ich war Mensch und nicht Priesterkönig, und ich begann mich zu wehren. Ich hieb gegen die grausigen Saugzangen, stemmte sie unter Aufbietung meiner ganzen Kräfte auseinander. Das Wesen zischte, als ich die beiden gebogenen Kiefernspitzen immer weiter auswärts drängte, bis sie plötzlich mit lautem Schnappen abbrachen und zu Boden fielen.

Das Zischen hörte auf.

Der Käfer taumelte, sein goldener Panzer erzitterte, und der Kopf verschwand unter dem Schutzrand. Das Tier wich vor mir zurück. Ich folgte ihm, legte beide Hände unter den Rückenpanzer und hievte es langsam auf den Rücken. Als es dann hilflos vor mir lag, mit ohnmächtig wirbelnden Beinen, zog ich mein Schwert und stach wieder und wieder in den schutzlosen weichen Bauch, bis das Ding sich nicht mehr rührte.

Mich schauderte. Der Geruch des Goldenen Käfers war übermächtig, und ich beschloß, mich davonzumachen.

In diesem Augenblick begann die Mul-Fackel zu zischen.

Ich fragte mich, wie viele andere Goldene Käfer in der Nähe lauerten.

Dann überlegte ich, wo ich mein Schwert reinigen konnte.

Mein Blick fiel auf Vika, die noch nichts zum Kampf beigetragen hatte. Ich riß ein Stück Stoff aus ihrem Rock und reinigte damit Hände und Klinge.

Ich lächelte, als ich daran dachte, daß dieses Mädchen nach den goreanischen Gesetzen jetzt mir gehörte – ihre Freiheit war also nur kurz gewesen. Ich konnte mir ihre Wut vorstellen, wenn ihr die Wahrheit dämmerte.

Aber jetzt kam es darauf an, aus dem Tunnelsystem herauszukommen und einen Zufluchtsort für das Mädchen zu finden, wo es sich von dem Angriff des Goldenen Käfers erholen konnte.

Wo war ein solches Versteck zu finden?

Inzwischen wußte Sarm bestimmt, daß ich Misk nicht umgebracht hatte, und das Nest war kein sicherer Ort mehr für mich und für alle, die mit mir zu tun hatten.

Ob ich wollte oder nicht, meine Taten hatten mich mit Misks Schicksal verbunden.

Als ich mein Schwert einstecken wollte, hörte ich vor mir im Gang ein leises Geräusch. Im Lichte der langsam verlöschenden Mul-Fackel wartete ich reglos.

Es näherte sich kein zweiter Käfer, obwohl es sicherlich noch weitere Exemplare im Tunnelsystem gab, sondern ein anderer Bewohner dieser düsteren Felsenwelt – der weißliche, lange, blinde Schleimwurm.

Sein winziger Mund an der Unterseite des Körpers berührte hier und dort den Steinboden wie der tastende Finger eines Blinden, und der lange, weißliche gummiartige Körper zog sich zusammen und rückte vor, bis das Wesen nur noch einen Meter von mir entfernt war.

Der Schleimwurm hob das vordere Ende seines langen Körpers, und der winzige rote Mund an der Unterseite schien mich anzustarren.

»Nein«, sagte ich, »der Goldene Käfer hat hier noch keine Beute gemacht.«

Keine Reaktion. Ich schüttelte mich, steckte mein Schwert ein und beugte mich zu Vika hinab. Ich war lange genug hier unten gewesen.

Ich nahm das Mädchen auf die Arme und küßte es auf die Wange. Die Mul-Fackel flackerte ein letztes Mal und tauchte uns in Dunkelheit.

Ich spürte das Leben, das in den Körper des Mädchens zurückgekehrt war, und war glücklich.

Langsam wandte ich mich um und wanderte durch den Tunnel.

In der Schwärze hinter mir hörte ich die Freßgeräusche des Schleimwurms.

Obwohl ich nur langsam vorankam, hatte ich keine Mühe, den Weg zum Ausgang des Tunnelsystems zu finden.

Als ich die Tunnels betreten hatte, hatte ich meinen Weg mit kleinen Pfeilen markiert, die ich mit dem Schwertgriff in Augenhöhe links an die Tunnelwände kratzte. Ich hatte diese Zeichen angebracht, da ich im Gegensatz zu vielen anderen, die hierherkamen, zurückzukehren gedachte.

Als ich das Portal erreichte, durch das ich eingetreten war, fand ich es verschlossen. Das überraschte mich nicht, auch nicht die Tatsache, daß es auf dieser Seite keinen Griff und auch keine sonstige Vorrichtung zum Öffnen gab, denn angeblich gaben die Tunnels des

Goldenen Käfers niemanden wieder frei. Die Portale wurden gelegentlich geöffnet, um dem Käfer Zutritt zum Nest zu gewähren, aber ich hatte keine Vorstellung, wann das wieder einmal fällig war.

Obwohl die Tür dick war, hätte man mein Klopfen auf der anderen Seite sicher gehört.

Andererseits hatten mir die Muls, die das Portal bewachten, erklärt, daß sie mir nicht öffnen dürften, nachdem ich einmal hindurchgeschritten wäre. Das wäre ein Gesetz der Priesterkönige. Ich wußte natürlich nicht, wie sie sich wirklich verhalten würden, aber ich hielt es für das beste, wenn sie in aller Ehrlichkeit berichten konnten, daß sie mich in die Tunnels hätten gehen sehen, ohne daß ich zurückgekehrt wäre.

Offensichtlich hatte es in Sarms Absicht gelegen, daß ich in den Höhlen umkam, also hielt ich es für gerechtfertigt, ihn in diesem Glauben zu belassen.

Ich wußte, daß die Tunnels des Goldenen Käfers ebenso wie sämtliche anderen Räumlichkeiten des Nests belüftet wurden, und hoffte die Belüftungsschächte zu benutzen, um mein Gefängnis unbemerkt zu verlassen. Wenn das nicht möglich war, wollte ich das Gangsystem weiter erkunden und einen anderen Ausgang suchen, und wenn es zum Schlimmsten kam, konnten Vika und ich bestimmt einige Zeit überleben. Immerhin kannten wir jetzt die Gefahren und Schwächen des Goldenen Käfers. Und wenn das Portal wieder einmal geöffnet wurde, konnten wir vielleicht unbemerkt entfliehen.

Einige Meter vom Portal entfernt hatte ich einen Ventilationsschacht bemerkt, der in der Tunneldecke endete, etwa drei Meter über dem Boden. Ein Metallgitter verschloß die Öffnung, das mir jedoch nicht sehr widerstandsfähig zu sein schien.

Das Problem war Vika.

Ich spürte nur einen frischen Lufthauch, und langsam schritt ich in der Dunkelheit aus, bis der Luftstrom stärker wurde und direkt von oben zu kommen schien.

Dann lehnte ich Vika gegen die Felswand und machte Anstalten, in die Höhe zu springen.

Ein greller Blitz explodierte mir ins Gesicht und jagte schmerzend durch meinen Körper, als meine Finger das Gitter berührten. In dem kurzen Lichtschein hatte ich deutlich den Schacht und die Streben an den Schachtwänden gesehen, die von den Muls benutzt wurden, wenn sie von Zeit zu Zeit die Ventilationsanlage mit Desinfektionsmitteln reinigten.

Zitternd lag ich am Boden und versuchte wieder zu mir zu kommen. Ich rieb mir den Arm, ging ein wenig auf und ab und machte dann einen zweiten Versuch. Mit einigem Glück vermochte ich mich am Gitter festzuklammern.

Wieder sprang ich und hielt mich diesmal fest. Schmerzerfüllt schrie ich auf, als das Blitzen erneut begann und ein Feuersturm durch meinen Körper raste. Dann konnte ich nicht mehr loslassen, selbst wenn ich es gewollt hätte, und als sich schließlich die Halterungen lösten, fiel ich mit dem Gitter zu Boden.

Ich löste meine Finger von dem Metall, kroch in der Dunkelheit an eine Felswand und lehnte mich erschöpft dagegen. Ich weiß nicht, ob ich das Bewußtsein verlor, doch das muß wohl geschehen sein, denn als ich wieder denken konnte, war der Schmerz verschwunden. Unsicher stand ich auf, trat unter den Schacht und atmete in vollen Zügen die frische Luft ein, die auf mich herabströmte. Ich schüttelte mich und bewegte versuchsweise Arme und Beine.

Dann sammelte ich meine Kräfte, sprang zum drittenmal, erreichte mühelos eine der Sprossen im Entlüftungsschacht, hielt einen Augenblick fest und ließ mich wieder fallen. Dann trat ich zu Vika.

Ich hörte deutlich ihren Herzschlag, und ihr Puls war schon recht kräftig. Die frische Luft half ihr sichtlich.

Ich schüttelte sie. »Wach auf!«

Doch sie rührte sich nicht. Trotzdem hatte ich das Gefühl, daß sie ahnte, was rings um sie vorging.

Es schien nur eine Möglichkeit zu geben.

Ich nahm meinen Schwertgürtel ab, schloß die Schnalle und machte eine Schlinge daraus, die ich über die untere Leitersprosse im Schacht wand. Dann entfernte ich die Riemen aus meinen Sandalen. Mit einem band ich mir die Sandalen um den Hals. Mit dem anderen fesselte ich Vikas Handgelenke, legte mir ihre Arme um Hals und linke Schulter. Ich hob sie hoch und kletterte an meinem Schwertgürtel hinauf und erreichte bald die erste Sprosse. Als ich in den Schacht vorgedrungen war, legte ich den Gürtel wieder um und setzte meinen Aufstieg fort.

Nachdem ich vielleicht sechzig Meter zurückgelegt hatte, erreichte ich eine Abzweigung, von der zwei horizontale Tunnels abgingen. Ich schob Vikas Arme über meinen Kopf und trug sie in den Tunnel, der nach meiner Schätzung in die Richtung des Hauptteils der Höhlenwelt führte.

Ein Stöhnen kam über die Lippen des Mädchens. Sie kam wieder zu sich.

Vielleicht eine Ahn lang trug ich sie durch das Netzwerk der Ventilationsschächte, zuweilen horizontal, zuweilen auch durch senkrechte Schächte. Manchmal passierten wir gittergeschützte Öffnungen, durch die ich Teile des Nests erkennen konnte. Das Licht, das durch diese Öffnungen hereindrang, war mir sehr willkommen.

Endlich entdeckte ich hinter einer solchen Öffnung eine Szene, wie ich sie erwartet hatte, einen ziemlich kleinen Raum, wo mehrere Muls, doch keine Priesterkönige zu sehen waren. An der entgegengesetzten Wand der hellerleuchteten Höhle befanden sich zahlreiche Reihen von Plastikkabinen, wie ich sie in Misks Unterkunft bewohnt hatte. In einigen dieser Kabinen wohnten weibliche oder männliche Muls. Im Gegensatz zu meiner Unterkunft waren die Kästen jedoch offensichtlich verschlossen. Fungus, Wasser und Nahrungstabletten wurden anscheinend von anderen Muls zugereicht.

Der Raum erinnerte mich an einen Zoo mit seinen Käfigen. Tatsächlich stellte ich bei genauem Hinsehen fest, daß nicht nur Menschen in den Abteilen wohnten, sondern auch andere Lebewesen, die mir zum Teil unbekannt waren. In einem Abteil tummelte sich ein Paar Sleens, daneben zwei Larls in Kabinen, die durch eine Schiebetür voneinander getrennt waren. In einem dritten Kasten sah ich ein humanoides Wesen, klein und mit fliehender Stirn, das wild herumsprang und mich an einen Affen erinnerte. In einem größeren Abteil, in dem offenbar echtes Gras wuchs, weideten zwei pelzige Langhorn-Bosks. Und in einer Ecke entdeckte ich eine kleine Herde Tabuks, die einhörnige goreanische Antilope.

Es gab andere Wesen, die ich jedoch nicht einzuordnen wußte. Nur einen Tarn entdeckte ich nicht, ein Exemplar der gewaltigen Raubvögel dieses Planeten, die von den Goreanern als Flugtiere gezüchtet werden. Allerdings war es schwer vorstellbar, daß ein Tarn, der sich nur im Fluge wirklich frei fühlt, in Gefangenschaft lange überleben würde.

Als ich diese seltsame Sammlung von Lebewesen überschaute, wurde mir klar, daß dies eines der Vivarien sein mußte, von denen Sarm gesprochen hatte. Eine solche Anlage konnte mir nur recht sein.

Ich hörte Vika stöhnen und drehte mich um. Sie lehnte seitlich an der Schachtwand, etwa drei Meter vom Gitter entfernt. Das Licht, das durch die Streben fiel, zeichnete ein hübsches rechteckiges Schattenmuster auf ihren Körper.

Ich trat zur Seite und ein wenig zurück, um von draußen nicht gesehen zu werden, und beobachtete sie.

Vikas Handgelenke waren noch gefesselt. Sie war sehr schön, und die kurze zerrissene Kleidung verhüllte keine Linie ihres schönen Körpers.

Sie kämpfte sich auf Hände und Knie, den Kopf gesenkt, so daß ihr das Haar über das Gesicht fiel und den Boden des Schachtes berührte. Langsam hob sie den Kopf und schüttelte ihn, eine kleine anmutige Bewegung, die ihr Gesicht freimachte. Ihr Blick fiel auf mich, und sie riß ungläubig die Augen auf.

Ihre Lippen zitterten, doch sie sagte nichts.

»Ist es Sitte bei den stolzen Frauen von Treve, so knapp gekleidet vor ihren Männern zu erscheinen?« fragte ich.

Sie sah an sich herab, und als sie mich wieder anblickte, flüsterte sie: »Du hast mich aus den Tunnels des Goldenen Käfers geholt!«

»Ja.«

Wie sich Vika nun erholte, wurden mir plötzlich die Probleme bewußt, die damit auf mich zukamen. Bei unserem letzten Zusammentreffen hatte diese Frau versucht, mich zu überlisten – im Auftrag meines Erzfeindes Sarm. Ich wußte, daß sie bösartig und treulos sein konnte – wegen ihrer Schönheit gefährlicher als ein vollbewaffneter Gegner.

Als sie mich nun ansah, leuchtete in ihren Augen ein Licht, das ich nicht deuten konnte. Mit zitternden Lippen sagte sie: »Es freut mich, daß du am Leben bist.« Sie hob die gefesselten Arme. »Aber du hast auch viel riskiert. Deine Rache muß dir sehr wichtig sein.«

Ich schwieg.

»Ich sehe, daß ich dir nicht mehr bedeute als eine niedrige Tavernensklavin Ars.«

»Bist du denn mehr?«

Ihre Antwort verblüffte mich. »Nein«, sagte sie und senkte den Kopf. »Bringst du mich jetzt um?«

Ich lachte.

»Ich verstehe«, sagte sie.

»Ich habe dein Leben gerettet.«

»Ich werde gehorsam sein.«

Ich hob die Hände, und ihr Blick richtete sich auf mich, und sie legte ihre gefesselten Handgelenke auf meine Finger, kniete vor mir nieder, neigte den Kopf zwischen die Arme und sagte leise: »Ich, Vika aus Treve, ergebe mich dem Manne Tarl Cabot aus Ko-ro-ba.«

Sie blickte auf. »Jetzt bin ich dein Sklavenmädchen und muß dir gehorchen.«

Ich lächelte. »Aber ich habe keinen Kragen.«

»Trotzdem bin ich schon immer deine Sklavin gewesen«, sagte sie zögernd.

»Das verstehe ich nicht.«

Sie senkte den Kopf.

»Sprich, Sklavenmädchen!«

Sie begann zögernd, stockend, und das stolze Mädchen aus Treve mußte sich sichtlich überwinden. »Seit unserer ersten Begegnung habe ich davon geträumt, deinen Sklavenkragen zu tragen.« Ihre Augen wurden feucht. »Das heißt«, fuhr sie noch leiser fort, »daß ich dich liebe.«

Ich löste ihre Handfesseln und küßte sie.

26

Es war kaum vorstellbar, daß dieses gehorsame Mädchen, das sich nun in meine Arme schmiegte, die stolze Vika aus Treve war.

Ich wußte noch immer nicht recht, ob ich ihr wirklich trauen konnte, und wollte kein Risiko mit ihr eingehen, denn ich kannte sie, die Banditenprinzessin aus der Stadt der Plünderer in den Voltai-Bergen. Nein, ich gedachte kein Risiko einzugehen mit diesem Geschöpf, das so heimtückisch sein konnte wie der nächtliche Sleen.

»Cabot«, sagte sie, »was muß ich tun, damit du mir traust?«

»Ich kenne dich«, antwortete ich.

»Nein, du kennst mich nicht.« Traurig schüttelte sie den Kopf.

Ich begann das Gitter an einer Ecke zu lösen, damit wir uns ins Vivarium hinablassen konnten. Zum Glück war dieser Ausgang der Ventilationsanlage nicht elektrisch geladen.

»Ich liebe dich«, sagte sie und berührte mich an der Schulter.

Ich stieß sie grob zurück. Ich glaubte ihren verräterischen Plan zu kennen, und mich überkam die Bitterkeit, mit der ich schon einmal an diese Frau gedacht hatte. Ich war aufgebracht. Wie überzeugend war sie in ihrer Rolle als verführerisches Sklavenmädchen gewesen!

Ohne mich um sie zu kümmern, setzte ich meine Arbeit fort. Endlich hatte ich das große Gitter an einer Seite so weit gelöst, daß ich hindurchgleiten und darunter zu Boden springen konnte. Vika folgte mir, und ich half ihr herab.

Das Gitter schnappte zurück.

Ich freute mich sehr über die Entdeckung der Ventilationstunnel, denn hier bot sich mir ein versteckter und bequemer Weg in fast alle Teile des Nests, die ich besuchen wollte.

Vika weinte noch ein wenig, aber ich forderte sie auf, mit dem Unsinn aufzuhören. Sie biß sich auf die Lippen und sah mich an.

Ich betrachtete ihre Kleidung, die sie noch immer als Kammersklavin auswies. Damit kamen wir nicht weiter. Vikas Identität durfte nicht feststellbar sein – die Tunika mußte Neugier, vielleicht sogar Verdacht erwecken.

Mein Plan stand fest.

Ich sah das Mädchen streng an. »Du mußt mir gehorchen«, sagte ich, »und zwar ohne Widerworte.«

Sie ließ den Kopf hängen. »Ich werde gehorchen, Herr.«

»Ich werde dich als Mädchen ausgeben, das von der Oberfläche heruntergebracht wurde«, sagte ich, »denn du hast noch alle Haare. Hier im Vivarium wirst du abgeliefert auf Befehl Sarms, des Priesterkönigs.«

»Ich verstehe das nicht«, sagte sie.

»Aber du wirst mir gehorchen.«

»Ja.«

»Ich spiele deinen Wächter«, sagte ich, »und bringe dich als neuen weiblichen Mul in die Brutkästen.«

»Mul?« fragte sie. »Brutkästen?«

»Zieh dich aus!« befahl ich, »und lege deine Hände hinter den Rücken!«

Vika sah mich überrascht an.

»Schnell!«

Sie gehorchte, und ich band ihr hinter dem Rücken die Handgelenke zusammen.

Dann nahm ich die Lumpen, die sie getragen hatte, und warf sie in einen nahe gelegenen Abfallbehälter – eine Vorrichtung, mit der das Nest überreichlich versehen war.

Augenblicke später hatte ich eine herablassende Miene aufgesetzt und präsentierte Vika dem Aufseher des Vivariums.

Angewidert musterte er ihren unrasierten Kopf und ihr langes, schönes Haar. »Wie häßlich!« sagte er.

Ich ersah daraus, daß er im Nest geboren war und seine besonderen Vorstellungen von weiblicher Schönheit hatte.

Vika war zu meiner Freude von seinem Urteil ziemlich erschüttert; wahrscheinlich passierte es ihr zum erstenmal, daß ein Mann sie offen ablehnte.

»Da muß doch ein Irrtum vorliegen«, sagte der Wärter.

»Aber nein«, antwortete ich. »Hier ist ein neuer weiblicher Mul von der Oberfläche. Auf Befehl Sarms ist sie kahlzuscheren, vernünftig einzukleiden und allein und verschlossen in einen Brutkasten zu stecken. Weitere Befehle erhältst du später.«

Vika aus Treve war niedergeschlagen und verwirrt, als ich sie wenige Minuten später in einer bequemen, aber kleinen Plastikkabine in der vierten Reihe des Vivariums unterbrachte. Sie trug die kurze purpurne Plastiktunika, die für die weiblichen Muls im Nest bestimmt ist, und bis auf ihre Augenbrauen war sie kahlrasiert.

Sie erblickte ihr Spiegelbild in der Wand ihres Plastikgefängnisses und schrie laut auf, wobei sie die Hände vor das Gesicht schlug.

Eigentlich sah sie nicht gar so schlimm aus, denn sie hatte einen wohlgeformten Kopf. Sie stöhnte und lehnte mit geschlossenen Augen an der Wand.

Ich nahm sie kurz in die Arme.

Das schien sie zu überraschen.

Sie sah mich an. »Was hast du mit mir gemacht?« flüsterte sie.

Ich überlegte, ob ich ihr sagen sollte, daß ich wahrscheinlich ihr Leben gerettet hatte, jedenfalls fürs erste — doch ich schwieg. Statt dessen sah ich ihr streng in die Augen und knurrte: »Was ich wollte!«

»Wie kann dies meinem Herrn gefallen?« fragte sie.

»Es gefällt mir eben!«

»Ah«, sagte sie und trat einen Schritt zurück. »Das habe ich vergessen — deine Rache. Vorhin dachte ich fast . . .« Sie stockte, und Tränen erschienen in ihren Augen. »Mein Herr ist sehr schlau. Er weiß eine ungehorsame Sklavin zu strafen.«

Sie wandte sich ab.

Gegen mein besseres Wissen hätte ich ihr fast gesagt, daß ich die Absicht hätte, sie so schnell wie möglich zu befreien, daß ihre beste Chance in der Anonymität eines Vivarium-Insassen lag — aber das wäre sinnlos gewesen. Es hatte keinen Zweck, sie in meine Pläne einzuweihen, und zum Glück hatte ich auch nicht mehr die Gelegenheit dazu, denn in diesem Augenblick trat der Wärter herzu und überreichte mir eine Lederschleife, an der der Schlüssel zu Vikas Kasten baumelte.

»Ich gebe ihr gut zu essen und zu trinken«, sagte er.

Bei diesen Worten fuhr Vika herum. »Laß mich nicht hier zurück!« sagte sie heftig.

»Ich habe meine Entscheidung getroffen!«

Vika ließ sich auf Hände und Knie nieder und senkte stöhnend den Kopf.

»Sie ist eigentlich ganz hübsch«, sagte der Wärter abschätzend.

Vika starrte ihn wie betäubt an, als hätte sie seine Worte nicht verstanden.

»Ja«, sagte ich, »sie ist sehr hübsch.«

»Erstaunlich, wie richtige Kleidung und das Fehlen dieser Kopfauswüchse das Aussehen eines weiblichen Mul verbessern«, bemerkte der Mann.

»Ja«, sagte ich und wandte den Kopf. »Gibt es noch einen zweiten Schlüssel?«

»Nein.«

»Und wenn ich diesen verliere?«

»Das Plastik der Kabine ist Käfigplastik und das Schloß ein Käfigschloß – es wäre also gut, wenn du den Schlüssel nicht verlierst.«

»Aber wenn es doch einmal passiert?«

»Mit viel Mühe könnten wir uns wohl durch die Wand brennen«, sagte der Wärter.

»Ist das schon einmal gemacht worden?«

»Einmal – aber das dauerte mehrere Monate, was gefahrlos ist, weil der Insasse weiter versorgt werden kann. Außerdem geht der Schlüssel bestimmt nicht verloren. Nichts im Nest geht verloren.« Er lachte. »Nicht einmal ein Mul.«

Ich lächelte und überprüfte noch einmal die Fungusbehälter in Vikas Kabine.

Das Mädchen hockte niedergeschlagen am Boden. »Du kannst mich hier nicht zurücklassen, Cabot«, sagte sie.

»Warum nicht?« fragte ich.

Ich sah mich noch einmal um, und die Unterkunft kam mir eigentlich recht bequem vor. Ich ging zur Tür.

Vika sprang auf und ergriff meinen Arm. »Du kannst das nicht ernst meinen!« flehte sie. »Warum willst du mich zurücklassen?«

»Weil ich dir nicht traue«, sagte ich schlicht.

Sie fuhr zurück, als hätte ich ihr einen Schlag versetzt, und Tränen schossen ihr in die Augen. Ich verstand nicht recht, warum diese Äußerung Vikas Stolz in irgendeiner Weise verletzten sollte.

Ich blickte auf sie herab. Sie rührte sich nicht von der Stelle.

Unwillkürlich mußte ich an die Klugheit dieser leidenschaftlichen Schauspielerin denken, der schon so viele Männer erlegen waren. Und doch wußte ich, daß ich mich nicht erweichen lassen würde, obwohl ich schon halb glaubte, daß man ihr trauen könnte.

Ich trat aus ihrer Kabine und hob den Arm, um die Plastiktür zu schließen.

Diese Bewegung schien Vika aus ihrer Erstarrung zu reißen, denn sie erzitterte plötzlich. »Nein!« rief sie. »Bitte, Herr!«

Sie eilte zu mir und warf sich in meine Arme. Süß schmeckten ihre Lippen auf den meinen, vermischt mit dem Salz ihrer Tränen, und dann stieß ich sie zurück, und sie stolperte rückwärts und prallte gegen die Wand.

Ich ließ die Plastiktür zugleiten.

Dann drehte ich den Schlüssel im Schloß und hörte das feste, schwere Zuschnappen des Mechanismus.

Vika aus Treve war meine Gefangene.

Das Mädchen warf sich gegen die Tür und trommelte mit den Fäusten dagegen. »Herr! Herr!« schrie sie.

Ich legte mir den Lederriemen mit dem Schlüssel um den Hals.

»Bis später, Vika aus Treve!« sagte ich.

»Herr!« rief sie und starrte mir nach. »Ich liebe dich!« Sie senkte den Kopf und streckte die Hände aus, wie um mich zu berühren. »Darf ich fragen, wohin mein Herr geht?«

Ich überlegte einen Augenblick und lächelte sie an.

»Ich gehe, um der Mutter Gur zu geben.«

»Was bedeutet das?« fragte sie mit aufgerissenen Augen.

»Ich weiß es nicht – aber ich möchte es herausfinden.«

»Mußt du unbedingt gehen?«

»Ja, ich habe einen Freund, der vielleicht in Gefahr ist.«

»Eine Sklavin kann sich freuen, einen solchen Herrn zu haben.«

Ich wandte mich zum Gehen.

Ihre Stimme erklang: »Ich wünsche dir alles Gute, Herr.«

Ich drehte mich um. Ihre Verstellung war fast vollkommen, fast überzeugend. Sie hatte mich so weit, daß ich an ihre Gefühle glauben wollte.

»Ja«, sagte ich, »Vika aus Treve – Sklavin – du spielst deine Rolle gut.« Wütend, daß ich mich hatte täuschen lassen, verließ ich das Vivarium. Ich hatte Wichtigeres zu tun, als mich mit diesem treulosen Mädchen abzugeben.

»Ich werde den weiblichen Mul gut versorgen«, sagte der Wärter, als ich an ihm vorbeistapfte.

»Wenn du willst«, erwiderte ich und wandte mich ab.

27

Das Fest von Tola dauerte an.

Allerdings war die vierte Mahlzeit schon vorbei.

Es waren fast acht goreanische Ahn – oder etwa zehn Erdenstunden – vergangen, seit ich mich von Misk, Mul-Al-Ka und Mul-Ba-Ta getrennt hatte.

Die Transportscheibe, die mich ursprünglich zu dem Saal gebracht hatte, in dem ich dann Misk vorfand, hatte mich auch an das Tor getragen, das in das Reich des Goldenen Käfers führte, und dort sollte sie auch bleiben – ein stummer Zeuge meines Eintretens und meiner bisher nicht erfolgten Rückkehr.

Weniger gefiel mir, daß ich das Übersetzungsgerät auf der Transportscheibe gelassen hatte, aber mir war nichts anderes übriggeblieben.

Wer nahm schon ein solches Gerät mit in die Tunnels des Golnen Käfers? Und wenn es nicht bei der Scheibe gefunden wurde, mochte das Überlegungen auslösen – nicht daß ich womöglich zurückgekehrt sei, sondern daß ich die Welt des Käfers gar nicht erst betreten, sondern nur so getan hatte.

Ich wußte nicht, welche Bedeutung die Aussage der beiden Muls am Portal für die Priesterkönige haben würde.

Nach Verlassen des Vivariums war ich noch nicht weit gewandert, als ich meine Orientierung wiedergewann. Wenige Meter weiter entdeckte ich eine Transportscheibe, die auf ihrem Gaskissen vor einem der Portale des Versorgungssaals wartete. Das Fahrzeug war natürlich unbemannt, denn im abgeschlossenen, wohlregulierten Leben des Nestes waren Diebstähle – außer gelegentlich, wenn es um Salzrationen ging – unbekannt.

Daher setzte ich wahrscheinlich eine Art Markstein, als ich auf die Scheibe sprang und die Beschleunigungsstreifen berührte.

Kurz darauf raste ich mit meinem, sagen wir, entliehenen Fahrzeug durch die Tunnels.

Ich hatte noch keinen Pasang zurückgelegt, als ich die Scheibe vor einem anderen Portal der Versorgungshalle stoppte.

Ich trat ein und kehrte wenige Sekunden später in der purpurnen Tunika eines Mul zurück. Der Verwalter hatte die Kosten auf meine Veranlassung Sarm zugeschrieben und sagte mir, ich müsse meine Tunika sofort mit den erforderlichen Geruchssymbolen hinsichtlich meiner Identität, meiner Tadel und so weiter versehen lassen.

Ich beruhigte ihn mit dem Hinweis, daß ich mir die Sache ernsthaft überlegen wolle, und entschwand, während er mir noch gratulierte, daß es mir gestattet werde, Mul zu werden, anstatt niederer Matok zu bleiben. »Du bist nun nicht nur im Nest, sondern gehörst auch dazu.«

Draußen warf ich meine rote Plastikkleidung in die nächste Abfallröhre. Von dort wurde sie mit Luftdruck zu den fernen Verbrenneranlagen befördert.

Wieder sprang ich auf die Transportscheibe und ließ mich zu Misks Unterkunft tragen.

Dort verbrachte ich einige Minuten damit, mich mit Mul-Fungus zu stärken und einen langen Schluck aus meinem Wasserbehälter zu nehmen.

Während der Mahlzeit überlegte ich mir mein weiteres Vorgehen. Ich mußte Misk finden – und wenn ich zusammen mit ihm starb!

Meine Gedanken wanderten zu Vika in ihrem Plastikkasten, der dem meinen ähnelte, auch wenn er ihr Gefängnis war. Ich betastete den Schlüssel zu ihrer Zelle, der an der Lederschlaufe um meinen Hals hing. Ich ertappte mich bei der Hoffnung, daß die Gefangenschaft das Mädchen nicht zu sehr bedrückte – doch dann schalt ich mich wegen der Schwäche und redete mir ein, daß alle Leiden, die sie jetzt durchstehen mußte, mehr als verdient waren. Ich schob den Schlüssel wieder in meine Tunika und dachte an den durchsichtigen Kasten in der vierten Reihe des Vivariums. Ja, die Zeit würde der geschorenen Vika lang werden!

Ich fragte mich, was aus Mul-Al-Ka und Mul-Ba-Ta geworden war.

Da auch sie Sarm Widerstand geleistet hatten, mußten sie nun auch Geächtete sein. Ich hoffte, daß sie ein Versteck gefunden hatten, wo es genügend zu essen gab. Ich schätzte ihre Chancen nicht sehr hoch ein, aber alles war besser als der Gang in die Vernichtungskammern.

Ich dachte auch an den jungen männlichen Priesterkönig in dem geheimen Labor unter Misks Quartier. Am besten hätte ich wohl Misk geholfen, indem ich ihn seinem Schicksal überließ und mich bemühte, das junge Wesen zu schützen – doch ich hatte wenig Interesse an solchen Dingen. Ich wußte nicht, wo das weibliche Ei zu finden war, noch hätte ich mich darum kümmern können, wenn mir sein Versteck bekannt gewesen wäre. Daß außerdem die Rasse der Priesterkönige geschwächt war und sterben mochte, schien einen Menschen wie mich nichts anzugehen, ganz zu schweigen von meinem Haß auf diese Wesen und von meiner Meinung über ihre Eingriffe in das Leben der Menschen dieser Welt.

Hatten sie nicht eine Stadt vernichtet? Hatten sie die Menschen Ko-ro-bas nicht in alle Winde zerstreut? Hatten sie nicht Männer den Flammentod sterben lassen, hatten sie auf Akquisitionsreisen nicht Menschen gegen ihren Willen auf diese Welt gebracht? Hatten sie anderen Menschen nicht ihre Kontrollnetze eingepflanzt und aus der Menschenrasse die Mutation der Gur-Träger gezüchtet? Sahen sie uns nicht als niedere Ordnung von Tieren an, die gerade gut genug war, ihnen zu dienen? Und was war mit den Muls und den Kammersklaven und all jenen Menschen, die für sie arbeiten mußten, wenn sie nicht sterben wollten? Nein, sagte ich mir – es kann für den Menschen nur gut sein, wenn die Priesterkönige sterben. Aber Misk war anders, und er war mein Freund. Zwischen uns bestand Nestvertrauen, und so war ich als Krieger und als Mann bereit, mein Leben für ihn zu geben.

Ich überprüfte mein Schwert und verließ Misks Abteil, trat auf die Transportscheibe und raste lautlos durch die Tunnels.

Ich schlug die Richtung ein, in der ich die Höhle der Mutter wußte.

Kaum hatte ich einige Ehn zurückgelegt, als ich eine Barrikade aus dicken Stahlstangen erreichte, die jene Tunnels des Nests, zu denen Muls Zugang hatten, von den Sperrgebieten trennten.

Hier wachte ein Priesterkönig, dessen Fühler fragend hin und her schwenkten, als ich meine Transportscheibe vier Meter vor ihm stoppte.

Sein Kopf steckte in einem Kranz aus grünen Blättern, und wie bei Sarm hing ein Band aus verfremdeten Metallwerkzeugen um seinen Hals.

Es dauerte einen Augenblick, bis ich die Verwirrung des Priesterkönigs begriff.

Die Tunika, die ich anhatte, enthielt keinerlei Duftsignale, und einen Augenblick hatte er angenommen, daß meine Transportscheibe tatsächlich ohne Fahrer geflogen war.

Ich glaubte förmlich das Flackern der großen Scheibenaugen zu erkennen, als sich der Priesterkönig zu orientieren versuchte – etwa wie wir versucht hätten, einem winzigen Geräusch nachzulauschen.

Seine Reaktion erinnerte mich an die eines Menschen, der etwas in einem Zimmer gehört hat, ohne zugleich etwas zu sehen.

Schließlich richteten sich seine Fühler auf mich – aber ich bin sicher, er ärgerte sich, daß er die starken Signale nicht empfing, die er hätte erwarten können, wenn ich meine geruchspräparierte Tunika getragen hätte. Ohne diese Tunika unterschied ich mich für ihn wahrscheinlich nicht von anderen männlichen Muls des Nestes. Einem anderen Menschen wäre natürlich sofort mein wirres rotes Haar aufgefallen – doch wie ich gesagt habe, verfügen die Priesterkönige nur über ein wenig ausgeprägtes Sehvermögen und sind, wie ich vermute, zudem noch farbenblind.

Farben finden sich im Nest überhaupt nur in den Gegenden, in denen sich Muls aufhalten. Der einzige Priesterkönig, der mich sofort erkannt hätte, war vermutlich Misk, der mich nicht nur als Mul, sondern als Freund ansah.

»Du bist zweifellos der Edle Wächter der Kammer, in der ich Geruchssymbole auf meiner Tunika anbringen kann«, rief ich freundlich.

Der Priesterkönig schien erfreut zu sein, meine Stimme zu hören.

»Nein«, sagte er. »Ich bewache den Eingang zu den Tunnels der Mutter, und du darfst nicht passieren.«

Also, sagte ich mir, hier bist du richtig.

»Wo kann ich meine Tunika kennzeichnen lassen?« fragte ich.

»Flieg in der Richtung zurück, aus der du gekommen bist, und erkundige dich«, sagte der Priesterkönig.

»Ich danke dir, edler Priesterkönig!« rief ich, riß die Transportscheibe herum, als hätte sie eine Zentralachse, und raste davon. Über die Schulter bemerkte ich, daß der Priesterkönig mir ›nachzustarren‹ versuchte.

Hastig lenkte ich die Scheibe in einen Seitentunnel und begann nach einem Entlüftungsschacht zu suchen.

Zwei oder drei Ehn später fand ich ein geeignetes Gitter.

Ich lenkte die Scheibe noch einen halben Pasang weiter und stellte sie neben einem offenen Portal ab, hinter dem Muls damit beschäftigt waren, blubbernde Plastikmasse umzurühren.

Hastig kehrte ich zu Fuß zum Ventilatorenschacht zurück, löste eine Seite des Schutzgitters, zwängte mich hinein und wanderte nach wenigen Augenblicken wieder durch das ausgedehnte Entlüftungssystem des Nests.

Dabei versuchte ich die Richtung zur Kammer der Mutter einzuschlagen.

Von Zeit zu Zeit passierte ich Öffnungen im Schacht und starrte hinaus. Einmal konnte ich erkennen, daß ich mich bereits hinter dem Stahlgitter befand, das von dem Priesterkönig bewacht wurde. Das Wesen stand starr vor dem geschlossenen Portal und ahnte nicht, daß ich es bereits umgangen hatte.

Das Fest von Tola schien lautlos abzulaufen, so daß ich mich nicht nach dem Lärm orientieren konnte, aber auch so hatte ich keine Mühe, den Ort der Feier ausfindig zu machen. Ich erreichte einen Schacht – einen Tunnel, durch den verbrauchte Luft aus dem

System gepumpt wird –, in dem eine außerordentliche Vielfalt von Düften herrschte – Gerüche, die ich während meiner Zeit bei Misk als Symbole von Schönheit für die Priesterkönige kennengelernt hatte.

Ich folgte diesen Düften und sah mich bald über einer gewaltigen Höhle. Sie war vielleicht nur dreißig Meter hoch, aber in Länge und Breite übertraf sie viele andere Räume des Nestes. Sie war gefüllt mit goldenen Priesterkönigen, grüngeschmückt und mit dem klirrenden Halsschmuck der Metallwerkzeuge versehen.

Es gab etwa tausend Priesterkönige im Nest, und ich hatte den Eindruck, als wären alle hier versammelt – außer jenen, die Wachdienste versehen mußten, etwa am Stahlgitter, im Überwachungsraum oder – ganz bestimmt – in der Energiestation.

Ein Großteil der Arbeiten, zum Teil auch qualifizierte Tätigkeiten, wurde bereits von besonders ausgebildeten Muls durchgeführt.

Die Priesterkönige umstanden in unzähligen konzentrischen Reihen nach Art eines alten Theaters eine Art Podest. Auf einer Seite waren vier Priesterkönige an den Knöpfen eines großen Duftmischers beschäftigt. Hunderte von kleinen Kontakten befanden sich dort, und die Priesterkönige berührten diese mit großer Geschicklichkeit, wobei sie offenbar nach einem bestimmten Rhythmus vorgingen.

Ich bezweifelte nicht, daß diese Priesterkönige die besten Musiker des Nestes waren, hatte man sie doch ausgewählt, beim großen Fest von Tola zu spielen.

Die Fühler der tausend Priesterkönige schienen starr zu sein, so konzentriert folgten sie der Schönheit dieser Musik.

Ich beugte mich vor und erblickte auf einer hohen Plattform an diesem Ende des Raumes – die Mutter.

Im ersten Augenblick konnte ich nicht glauben, daß es so etwas gab.

Das Wesen gehörte zweifellos der Rasse der Priesterkönige an und hatte jetzt auch keine Flügel mehr – aber das Auffallendste an ihr war der Umfang des Unterleibs. Der Kopf war kaum größer als bei einem normalen Priesterkönig, ebenso der Brustkorb, doch der Unterleib wies Dimensionen auf, die ihn, wenn er mit Eiern gefüllt war, bestimmt zur Größe eines Autobusses anschwellen ließen. Nun lag dieser monströse Behälter natürlich leer und faltig auf der Plattform, zusammengesunken hinter dem Wesen, wie ein Sack aus bräunlich verziertem goldenem Leder.

Selbst mit leerem Unterleib vermochten die Beine das Gewicht nicht zu tragen, und die Mutter lag auf der Empore, ihre Beine waren untergefaltet.

Ihre Hautfarbe unterschied sich von der normaler Priesterkönige; sie war dunkler, bräunlicher, und hier und dort zeigten sich schwarze Flecke auf Brustkorb und Unterleib.

Ihre Antennen schienen unaufmerksam und ohne Spannung. Sie hatte sie über den Kopf zurückgelegt.

Ihre Augen wirkten glanzlos braun.

Ich fragte mich, ob sie wohl blind war.

Sie war das älteste Wesen im Nest, die Mutter.

Es war kaum vorstellbar, daß sie sich vor unzähligen Generationen als junges Wesen mit goldenen Flügeln in die blaue Luft dieses Planeten geschwungen hatte, schimmernd und kraftstrotzend, daß sie mit ihrem Männchen durch den schnellen Wind dieser wilden Welt geeilt war. Wie golden sie ausgesehen haben mußte!

Es gab kein Männchen mehr, keinen Vater des Nests, und ich nahm an, daß das Männchen gestorben war oder den Hochzeitsflug nicht lange überlebt hatte. Ich fragte mich, ob er ihr wohl geholfen hatte, oder ob sie allein aus dem Himmel gefallen war, ihre Flügel abgerissen und sich unter den Bergen eingegraben hatte, um das einsame Werk der Mutter zu beginnen – die Gründung eines neuen Nestes.

Ich fragte mich, warum es keine weiteren Weibchen gegeben hatte.

Wenn Sarm sie umgebracht hatte, wie kam es dann, daß die Mutter nichts davon wußte und ihn nicht vernichtet hatte?

Oder war es ihr Wunsch, daß es keine anderen Weibchen gab?

Aber wenn das stimmte, weshalb hatte sie sich dann angeblich mit Misk zusammengetan, um für den Fortbestand der Priesterkönige zu sorgen?

Wieder schaute ich durch das Gitter. Es befand sich etwa neun Meter über dem Boden der Höhle und etwas links von der Plattform.

Ich vermutete, daß es auf der anderen Seite der Empore ein ähnliches Gitter gab, kannte ich doch die Vorliebe für Symmetrie, die die Priesterkönige bei ihren Bauten immer wieder an den Tag legten.

Während die Musiker ihre Geruchsrhythmen fortsetzten, trat langsam ein Priesterkönig nach dem anderen vor, wanderte zur Empore und näherte sich der Mutter.

Hier angekommen, beugte er sich kurz über einen großen goldenen Kessel, der wohl anderthalb Meter tief war und auf einem riesigen Dreifuß stand, und nahm ein wenig weiße Flüssigkeit, zweifellos Gur, in den Mund.

Er nahm nur einen kleinen Schluck, und der Kessel war noch immer fast voll, obwohl das Fest von Tola schon in vollem Gange schien. Der Priesterkönig näherte sich langsam der Mutter und neigte seinen Kopf zu ihr herab.

Mit großer Zärtlichkeit berührten seine Fühler sodann ihren Kopf. Sie streckte ihm den Kopf entgegen, und mit einer Vorsicht, die kaum vorstellbar war, übertrug er schließlich einen winzigen Tropfen der kostbaren Flüssigkeit von seinem Mund in den ihren.

Zuletzt wich er zurück und stellte sich wieder an seinen Platz, wo er so unbeweglich wie zuvor verharrte.

Er hatte der Mutter Gur gegeben.

Ich wußte es damals nicht – doch bei Gur handelt es sich um eine Flüssigkeit, die in der ersten Phase von großen, gezähmten, halbkugelförmigen Wesen ausgeschieden wird. Diese Tiere werden morgens auf die Weide geführt, wo sie sich von Simpflanzen ernähren, großen, rebenähnlichen Gewächsen mit riesigen gerollten Blättern, die unter viereckigen Lampen in den Weidehöhlen gedeihen. Nachts kehren die Wesen in ihre Stallzellen zurück, wo sie von Muls gemolken werden. Das besondere Gur, das während des Fests von Tola zur Verwendung kommt, wird nach alter Sitte einige Wochen lang in den Mägen besonders ausgewählter Priesterkönige aufbewahrt, wo es reift und eine ganz bestimmte Zusammensetzung erreichen soll – und dieser Vorgang ist als Gurbewahrung bekannt.

Ich sah zu, wie die Prozession der Priesterkönige ihren Fortgang nahm und die Gurzeremonie immer wieder ablief.

In Anbetracht der Anzahl der Priesterkönige und der Zeit, die es jeden kostete, der Mutter Gur zu geben, schien die Zeremonie schon einige Stunden zu dauern. Tatsächlich wollte es mir denkbar erscheinen, daß die Feier vielleicht sogar den ganzen Tag in Anspruch nahm.

Ich war bereits vertraut mit der erstaunlichen Geduld der Priesterkönige, und so überraschte mich die Reglosigkeit in den Reihen der goldenen Wesen nicht, die die Plattform der Mutter säumten. Während ich die kaum merklichen Bewegungen der Fühler beobachtete, die der Duftmusik der Musiker folgten, spürte ich, daß es sich hier nicht um eine Demonstration der Geduld handelte, sondern daß dieses Fest für die Priesterkönige ein Augenblick der Freude war, eine Gelegenheit zum Versammeln, eine Demonstration des Nestzusammenhalts, das Hervorheben ihrer Anfänge und der langen, gemeinsam bewältigten Geschichte, ein Fest zur Erinnerung an sich selbst, an ihre Natur, an ihre Eigenschaft als Priesterkönige.

Ich überschaute die goldenen Reihen dieser Wesen, wachsam, reglos, die Köpfe mit grünen Blättern geschmückt, um den Hals die winzigen, primitiven silbrigen Werkzeuge, die an eine einfachere Zeit gemahnten – eine Zeit, da es noch keinen Beobachtungsraum, keine Energiestation und keinen Flammentod gab.

Ich vermochte mir das wahre geschichtliche Alter dieses Volkes nicht vorzustellen, und nur entfernt ahnte ich ihre Macht, ihre Gefühle, ihre Hoffnungen oder Träume – sofern diese abgeklärten Lebewesen überhaupt Träume hatten oder die vage, nicht zu unterdrückende Torheit von Hoffnungen.

Sarm hatte gesagt, das Nest sei ewig.

Aber auf der Plattform, der sich die goldenen Wesen zuwandten, lag die Mutter, vielleicht blind, fast gefühllos, das große schwache Wesen, das sie anbeteten, verwittert, bräunlich gealtert, der riesige verbrauchte Körper zusammengesunken und leer.

Ihr sterbt, Priesterkönige, sagte ich lautlos vor mich hin.

Ich bemühte mich, in den goldenen Reihen Sarm oder Misk auszumachen.

Ich hatte vielleicht eine Stunde zugeschaut, als ich Anzeichen dafür wahrnahm, daß die Zeremonie vielleicht vorüber war, denn es vergingen einige Minuten, ohne daß sich ein Priesterkönig der Mutter näherte.

Und dann entdeckte ich plötzlich Sarm und Misk zusammen.

Die Reihen der Priesterkönige teilten sich, so daß in der Mitte der Höhle ein Durchgang entstand. Die Priesterkönige wandten sich diesem Gang zu, durch den Sarm und Misk vortraten.

Ich vermutete, daß nun der Höhepunkt des Fests von Tola kam, die Gurzeremonie, ausgeführt durch die größten der Priesterkönige, die fünf Erstgeborenen – nur daß von dieser Gruppe nur noch zwei am Leben waren, der Erstgeborene und der Fünftgeborene, Sarm und Misk. Wie ich später erfuhr, traf diese Vermutung zu; dieser Augenblick des Fests ist als der Marsch der Fünf bekannt, bei dem die Erstgeborenen vor die Mutter treten und ihr in der umgekehrten Reihenfolge ihres Ranges Gur geben.

Misk trug natürlich keinen Blätterkranz und auch kein Halsband mit Werkzeugsymbolen.

Wenn Sarm darüber verstört war, Misk hier anzutreffen, den er tot wähnte, so ließ er es sich nicht anmerken.

Gemeinsam kamen sie zur Plattform. Schweigen herrschte im

Raum – jedenfalls für menschliche Ohren. Die Düfte der Musik schwollen dagegen zu einem neuen Höhepunkt an. Feierlich näherten sich die beiden Priesterkönige der Mutter, und ich sah, wie Misk als erster einen Tropfen Gur aus dem großen goldenen Kessel nahm und sich zur Mutter beugte.

Als er ihren Kopf berührte, hob sie ihre Fühler und schien zu erzittern. Das alte verwitterte Wesen hob den Kopf, und auf ihre ausgestreckte Zunge übertrug Misk, ihr Kind, zärtlich und vorsichtig einen schimmernden Gurtropfen.

Er trat zurück.

Jetzt näherte sich auch Sarm, der Erstgeborene, der Mutter. Auch er kostete von dem Gur in dem goldenen Kessel, trat neben die Mutter, legte seinen Fühler sanft auf ihren Kopf, und wieder hob das alte Geschöpf ihren Fühler – doch diesmal schien sie ihn wieder zurückzuziehen.

Sarm legte seinen Kiefer vor den Mund der Mutter, doch sie hob ihren Kopf nicht.

Sie wandte das Gesicht ab.

Die Duftmusik brach plötzlich ab, und die Priesterkönige schienen sich zu bewegen, als sei ein unwägbarer Windhauch über sie hingegangen und hätte einen Haufen Herbstblätter durcheinandergewirbelt. Ich hörte sogar das überraschte Klirren der winzigen Metallwerkzeuge.

Ich vermochte die Anzeichen der Verwirrung unter den Priesterkönigen gut zu erkennen – die verblüfft wedelnden Antennen, das Hin- und Herrücken der Tragbeine, die plötzliche Neigung von Kopf und Körper, das Vorrecken der Fühler in Richtung Plattform.

Noch einmal streckte Sarm den Kopf der Mutter entgegen, und ein zweitesmal wendete sie den Kopf zur Seite.

Sie hatte ihm Gur verweigert.

Misk stand reglos vor der Plattform.

Sarm stolperte zurück und blieb erstarrt stehen. Seine Fühler schienen sich willkürlich zu bewegen. Sein ganzer Körper, das lange, schlanke, goldene Gebilde, begann zu beben.

Er hatte die natürliche Anmut seiner Rasse völlig verloren, als er sich noch einmal der Mutter zu nähern versuchte. Seine Bewegungen waren stockend, unsicher, schwerfällig.

Diesmal drehte sie schon den Kopf zur Seite, als er sich noch gar nicht über sie gebeugt hatte.

Und wieder zog sich Sarm zurück.

Jetzt waren die Reihen der Priesterkönige wieder erstarrt. Alle konzentrierten sich auf Sarm.

Langsam wandte er sich an Misk.

Er zitterte nicht mehr, sondern hatte sich zu voller Höhe aufgerichtet. Er stand vor der Plattform der Mutter, starrte Misk an, erhob sich einige Zentimeter über den Gegner und rührte sich eine Zeitlang nicht – eine Starre, wie sie sogar bei einem Priesterkönig erschreckend wirkte.

Lange Zeit musterten sich die beiden Priesterkönige, bis sich Sarms Fühler schließlich über dem Kopf zurücklegten. Sofort machte es Misk ihm nach.

Fast sofort schnappten die klingengleichen Hornkanten an den Vorderbeinen vor.

Langsam begannen sich die beiden Priesterkönige zu umkreisen – ein Ritual, das älter zu sein schien als das Fest, das hier gefeiert wurde.

Mit einer Geschwindigkeit, die mir unvorstellbar erschien, stürzte sich Sarm auf Misk, und nach kurzem Ringen sah ich die beiden ineinander verkeilten Wesen hochaufgerichtet auf ihren Hinterbeinen langsam hin und her schwanken in dem Versuch, die goldenen Hornklingen zum Schlag zu bringen.

Ich kannte die ungewöhnliche Stärke der Priesterkönige und vermochte mir die Gewalten vorzustellen, die dort unten entfesselt waren.

In diesem Augenblick wich Sarm zurück und begann seinen Gegner erneut zu umkreisen. Misk folgte wachsam seiner Bewegung.

Ich hörte nun auch das laute Ein- und Ausatmen durch die Luftwege beider Wesen.

Plötzlich ging Sarm erneut zum Angriff über, schlug mit einer seiner Hornklingen zu und war schon wieder zurückgesprungen, als sich eine grünliche Wunde links neben einem der großen leuchtenden Facettenaugen Misks öffnete. Wieder sprang Sarm, und wie durch Zauberhand klaffte eine zweite Wunde an Misks riesigem goldenem Kopf, und schon wich Sarm mit unglaublicher Geschwindigkeit zurück, ehe Misk ihn berühren konnte, und begann seinen Gegner erneut zu umkreisen.

Zum drittenmal stieß Sarm vor, und diesmal erschien eine grünliche Wunde an Misks Brustkasten, dicht bei einem seiner Gehirne.

Ich fragte mich, wie lange es dauern mochte, bis ein Priesterkönig starb.

Misk wirkte seltsam schwerfällig, seine Reaktionen kamen langsam, er ließ den Kopf hängen, und seine Fühler zuckten ungeschützt hin und her.

Ich bemerkte, daß sich die grüne Ausscheidung seiner Wunden bereits verhärtete, um ein weiteres Ausfließen zu verhindern. Anscheinend hatte Misk trotz seiner Hilflosigkeit sehr wenig Körperflüssigkeit verloren. Ich überlegte, ob vielleicht der Schlag in der Nähe des Gehirns eine schlimme Wirkung auf ihn gehabt hätte.

Aufmerksam beobachtete Sarm Misks zuckende Fühler.

Dann schien plötzlich ein Bein Misks nachzugeben, und er stand seltsam schräg vor der Plattform.

In dem Durcheinander des Kampfes war mir wohl der Schlag entgangen, der das Bein getroffen hatte.

Ich fragte mich, ob Sarm jetzt einlenken würde.

Wieder sprang Sarm vor, eine Hornklinge zum Schlag erhoben, doch diesmal richtete sich Misk plötzlich auf seinem scheinbar verletzten Bein auf, ließ seine Fühler in Sekundenschnelle zurückpeitschen, und als Sarm zuschlug, fand er sein Vorderbein von den hakengleichen Vorsprüngen an Misks Vorderbeinen umschlungen.

Sarm schien zu erzittern und schlug mit dem anderen Vorderbein zu, doch auch hier griff Misk mit seiner anderen ›Hand‹ zu, und wieder schwankten die beiden Wesen in tödlichem Nahkampf hin und her. Misk, der seinen Gegner inzwischen etwas besser kannte und gegen seine Schnelligkeit nicht ankam, hatte sich entschlossen, aus der Nähe zu arbeiten.

Die beiden Priesterkönige verbissen sich ineinander, die gewaltigen Köpfe drehten sich hin und her.

Mit einer Kraft, die ich mir nicht vorzustellen wagte, schlossen sich plötzlich Misks Kiefer, und er drehte sich um. Plötzlich wurde Sarm vor ihm zu Boden gerissen, und noch im Herumwirbeln griffen Misks Kiefer erneut zu und umschlossen die dicke Röhre, an der das Band mit Tolas Silberwerkzeugen hing — die Röhre, die den Kopf vom Brustkasten trennte, am ehesten dem Hals vergleichbar. Unbarmherzig begann Misk zuzubeißen.

In diesem Augenblick verschwanden die Hornklingen in Sarms Vorderbeinen, und er faltete sie vor seinem Körper zusammen und gab jede Gegenwehr auf. Er hob sogar den Kopf, um den Hals seinem Gegner besser darzubieten.

Misk war erstarrt. Anscheinend wußte er nicht mehr, was er tun sollte.

Sarm war ihm ausgeliefert.

Obwohl der Übersetzer, der noch um Sarms Hals hing, nicht eingeschaltet war, brauchte ich keine Übersetzung für das verzweifelte Geruchssignal, das der Erstgeborene nun ausstieß. Es handelte sich um das erste Duftsymbol, das je an mich gerichtet worden war —

nur daß es damals in Vikas Zimmer aus Misks Übersetzer geklungen hatte: »Ich bin Priesterkönig.«

Misk löste seinen tödlichen Griff und trat zurück.

Er konnte einen Priesterkönig nicht umbringen.

Misk wandte sich langsam ab und trat vor die Mutter. Wenn er etwas zu ihr sagte, merkte ich es jedenfalls nicht. Vielleicht sahen sie sich nur an.

Ich achtete auch mehr auf Sarm, der sich langsam wieder aufrichtete. Zu meinem Entsetzen nahm er das Übersetzergerät ab, schwang es an seiner Kette wie einen Morgenstern, stürzte sich von hinten auf Misk und traf sein Ziel.

Misks Beine gaben langsam unter ihm nach. Ob er tot oder nur betäubt war, wußte ich nicht.

Sarm hatte sich zu voller Größe aufgerichtet und sah die Mutter an. Er hängte sich den Übersetzer wieder um den Hals.

Ich spürte ein Signal von der Mutter. »Nein.«

Aber Sarm sah sich um und musterte die Reihen regloser Priesterkönige. Er ließ seine Hornklingen vorschnappen und näherte sich langsam seinem Opfer.

In diesem Augenblick trat ich das Gitter des Entlüftungsschachtes los, stieß den Kriegsschrei Ko-ro-bas aus und sprang auf die Plattform der Mutter. Eine Sekunde später hatte ich mich mit gezogenem Schwert zwischen Sarm und Misk gestellt.

»Halt ein, Priesterkönig!« brüllte ich.

Noch nie hatte ein Mensch diese Höhle betreten, und ich wußte nicht, ob ich nun einen heiligen Ort beschmutzt hatte. Aber das war mir gleichgültig. Mein Freund war in Gefahr!

Entsetzen breitete sich in der anwesenden Menge aus, und die Priesterkönige schwenkten wild ihre Antennen. Ihre goldenen Körper erbebten vor Wut, und Hunderte schalteten gleichzeitig ihre Übersetzungsgeräte ein, denn aus allen Richtungen drangen tonlos übersetzte Worte des Protestes auf mich ein.

»Er muß sterben«, »Tötet ihn«, »Tod dem Mul.« Gegen meinen Willen mußte ich lachen, denn die gleichgültig klingenden Äußerungen der Übersetzungsgeräte standen so sehr im Gegensatz zur sichtlichen Erregung der Priesterkönige und dem bedrohlichen Inhalt ihrer Rufe.

Aber dann spürte ich plötzlich hinter mir ein Signal der Mutter, ein Ausdruck der Verneinung, wie ich ihn schon einmal wahrgenommen hatte, und durch die Übersetzungsgeräte schallte mir das Wort ›Nein‹ entgegen, das die Mutter ausgestoßen hatte.

In die Reihen der Priesterkönige kam neue Bewegung, ein verwirrtes Durcheinander, doch nach Sekunden waren sie reglos wie zuvor, Statuen aus goldenem Stein.

Nur aus Sarms Übersetzer klangen die Worte: »Er wird sterben.«

»Nein«, sagte die Mutter, deren Botschaft durch Sarms Übersetzer aufgefangen und verstärkt wurde.

»Ich bin der Erstgeborene«, sagte Sarm.

»Und ich die Mutter.«

»Ich tue, was ich will.« Und Sarm sah sich um.

Dann wandte er sich in meine Richtung. »Wer bist du?«

»Ich bin Tarl Cabot aus Ko-ro-ba«, sagte ich.

Sarms Hornklingen schnappten vor.

Ich hatte Sarm kämpfen sehen und wußte, daß er unglaublich schnell zustoßen konnte. Ich hoffte, daß ich seinen Angriff parieren konnte. Ich sagte mir, daß er es wahrscheinlich auf Hals und Kopf absehen würde, schon weil sie für ihn leichter zu erreichen waren und er mich bestimmt schnell beseitigen wollte. Wichtiger mußte ihm das Schicksal Misks sein, der tot oder bewußtlos hinter mir lag.

»Wie kommt es«, fragte Sarm, »daß du hier zu erscheinen wagst?«

»Ich tue, was ich will«, sagte ich.

Sarm richtete sich auf. Seine Hornklingen funkelten. Die Fühler schlugen rückwärts über seinen Kopf.

»Mir scheint, daß einer von uns sterben muß«, sagte Sarm.

»Vielleicht«, sagte ich.

»Was ist mit dem goldenen Käfer?«

»Ich habe ihn umgebracht.«

Sarm trat einen Schritt zurück. »Das ist nicht gestattet«, sagte er. »Es ist ein Verbrechen, ein Wesen dieser Rasse zu töten!«

»Es ist tot. Komm, kämpfen wir.«

Sarm wandte sich an die anderen Priesterkönige. »Bringt mir ein Silberrohr.«

»Was, ein Silberrohr, um einen Mul zu töten?« fragte einer.

Ich sah, daß sich die Antennen mehrerer Wesen krümmten.

»Ich mache nur Spaß«, sagte Sarm, der sich nun wieder an mich wandte. Er schaltete seinen Übersetzer ein.

»Es ist ein großes Verbrechen, einen Priesterkönig zu bedrohen«, sagte er. »Wehre dich nicht, oder ich lasse tausend Muls in die Vernichtungskammern schicken.«

Ich überlegte einen Augenblick. »Wenn du tot bist«, antwortete ich, »wie willst du dann jemanden zur Vernichtung schicken?«

»Es ist ein großes Verbrechen, einen Priesterkönig umzubringen«, sagte Sarm.

»Und trotzdem wolltest du Misk töten.«

»Er ist ein Verräter am Nest.«

Ich sagte laut: »Nein, das stimmt nicht. Vielmehr ist Sarm der Verräter, denn dieses Nest wird sterben, und er hat es nicht gestattet, daß ein neues gegründet wurde.«

»Das Nest ist ewig«, sagte Sarm.

»Nein«, schaltete sich die Mutter ein, und ihre Worte tönten wieder in Sarms Übersetzer und fanden ein tausendfaches Echo in den Übersetzungsgeräten anderer Priesterkönige.

Plötzlich schoß Sarms Hornklinge vor. Ich hätte mich fast überraschen lassen, doch im Sekundenbruchteil vor dem Angriff hatte ich ein Stück Haut an Sarms Schulter zittern sehen.

Ich landete einen Gegenhieb.

Als die lebendige Klinge Sarms noch einen ganzen Meter von meinem Hals entfernt war, traf sie auf den gehärteten Stahl eines goreanischen Schwerts, das mir schon in manchem schweren Kampf wertvolle Hilfe geleistet hatte. So bei der Belagerung Ars und im Kampf gegen Pa-Kur, Gors geschicktestem Schwertkämpfer.

Ein Schwall grüner Körperflüssigkeit traf mich im Gesicht, und ich sprang zur Seite. Aus der gleichen Bewegung heraus schüttelte ich den Kopf und wischte mir mit der Faust über die Augen.

Sekunden später war ich wieder kampfbereit, konnte wieder sehen. Doch Sarm war etwa fünfzehn Meter von mir entfernt und drehte sich langsam im Kreise. Er schien entsetzliche Schmerzen auszustehen. Ich spürte die intensiven, extremen Gerüche des Schmerzes, die nun die Höhle erfüllten, ohne von seinem Übersetzungsgerät aufgegriffen zu werden.

Ich kehrte an unseren Kampfplatz zurück. Dort lag die abgetrennte Hornklinge Sarms. Dieser hatte den Stumpf seines Vorderbeins unter die Schulter gesteckt. Schmerzzitternd wandte er sich in meine Richtung, aber er kam nicht näher.

Ich erblickte nun mehrere Priesterkönige, die sich hinter ihm versammelt hatten und langsam näher kamen.

Zum Äußersten entschlossen, hob ich meine Klinge.

Hinter mir spürte ich eine Bewegung. Misk hatte sich aufgerichtet. Er legte mir ein Vorderbein auf die Schulter und sah Sarm an, dessen Helfer erstarrten.

Misks Worte klangen aus Sarms Übersetzungsgerät. »Du hast dich gegen den Willen der Mutter gewandt«, sagte Misk. »Dein Gur ist abgelehnt! Geh!«

Sarm bebte. »Wir bringen Silberröhren«, sagte er.

»Geh!«

Aus den Übersetzungsgeräten in der Höhle tönten plötzlich die seltsamen Worte: »Ich erinnere mich an ihn ... habe ihn nie vergessen ... im Himmel ... Flügel wie Goldregen!«

Bewegung kam in die Reihen der Priesterkönige, die zur Plattform der Mutter drängten. Das alte Wesen, das erschlafft auf ihrem Lager ruhte, hob ihre Fühler und überschaute die Höhle. »Ja«, sagte sie, »er hatte Flügel wie Goldregen.«

»Die Mutter stirbt«, sagte Misk.

Diese Worte hallten aus den Übersetzungsgeräten, und immer wieder klangen sie auf, als die Priesterkönige sie ungläubig wiederholten.

»Das ist unmöglich«, sagte einer.

»Das Nest ist ewig«, bemerkte ein anderer.

Die schwachen Fühler zitterten. »Ich möchte mit dem Wesen sprechen, das mein Kind gerettet hat.«

Ich trat vor.

»Bist du ein Mul?« fragte sie.

»Nein«, sagte ich, »ich bin frei.«

»Gut.«

In diesem Augenblick drängten sich zwei Priesterkönige mit Injektionsspritzen durch die Menge und stiegen auf die Plattform.

Als sie Anstalten machten; ihr ein Mittel einzuspritzen, wie es bestimmt schon tausendmal zuvor geschehen war, schwenkte sie ihre Fühler und winkte die beiden zur Seite.

»Nein«, sagte sie.

Einer der Priesterkönige wollte ihr die Injektion dennoch verabreichen, doch Misks Vorderbein hinderte ihn daran.

Der andere Priesterkönig untersuchte ihre Fühler und die mattbraunen Augen.

Er winkte seinen Begleiter zur Seite. »Es geht sowieso nur noch um Ehn«, sagte er.

Hinter mir hörte ich einen der Priesterkönige immer wieder sagen: »Das Nest ist ewig.«

Misk legte ein Übersetzungsgerät neben die sterbende Mutter.

»Nur er«, sagte sie.

Misk schickte die Ärzte und die anderen Priesterkönige von der Plattform und stellte das Übersetzungsgerät auf kleinste Leistung. Ich fragte mich, wie lange sich die Duftsignale in der Luft halten würden und noch nachempfunden werden konnten, ehe ich mich zu dem kleinen Gerät hinabbeugte.

Nun konnte ich hören, was die Mutter mir sagte, ohne daß die anderen Anwesenden etwas mitbekamen.

»Ich habe schlecht gehandelt«, sagte sie zu meiner Verblüffung. »Ich wollte die einzige Mutter von Priesterkönigen sein, und ich hörte auf meinen Erstgeborenen. Jetzt sterbe ich, aber die Rasse der Priesterkönige darf nicht mit mir sterben.«

Ich vermochte die Worte kaum zu verstehen.

»Vor langer Zeit«, fuhr sie fort, »stahl Misk, mein Kind, das Ei eines Männchens, das er nun vor Sarm und anderen versteckte, die nicht wollen, daß es ein zweites Nest gibt.«

»Ich weiß«, sagte ich leise.

»Vor nicht langer Zeit, vielleicht vor vierhundert Jahren eurer Zeitrechnung, gestand Misk mir seine Tat ein und schilderte mir seine Gründe.« Die alten Fühler erzitterten, und die dünnen braunen Härchen hoben sich, wie von einem kühlen Wind bewegt, dem Hauch der Sterblichkeit. »Ich sagte nichts dazu, sondern bedachte seine Worte und das Problem – und in Gemeinschaft mit dem Zweitgeborenen, der seither den Wonnen des Goldenen Käfers erlegen ist, schaffte ich schließlich ein weibliches Ei beiseite, das außerhalb des Nests verborgen liegt.«

»Wo ist dieses Ei?« fragte ich.

Sie schien meine Frage nicht zu verstehen, und ich bekam Angst, als ihr alter Körper wild durchgeschüttelt wurde, eine Erscheinung, die mir auf das nahe Ende hinzudeuten schien.

Einer der Ärzte eilte herbei und machte ihr eine Injektion. Anschließend umfaßte er vorsichtig die Fühler der Mutter. Das Zittern ließ nach.

Er zog sich zurück und beobachtete uns reglos aus einiger Entfernung.

Wieder klang mein Übersetzungsgerät auf. »Das Ei wurde von zwei Menschen aus dem Nest geschafft«, sagte sie. »Von Menschen, die frei waren wie du – nicht von Muls. Sie haben das Ei versteckt.«

»Wo wurde es versteckt?«

»Die beiden Menschen kehrten in ihre Heimatstädte zurück, ohne etwas von ihrer Tat zu verraten, so wie man es ihnen befohlen hatte. Bei diesem Auftrag der Priesterkönige waren sie zusammen gewesen und hatten gemeinsam manche Gefahren und Entbehrungen erlitten. Sie waren fast wie Brüder.«

»Wo ist das Ei?« wiederholte ich.

»Aber ihre Städte begannen sich zu bekämpfen, und die beiden Männer töteten einander im Kampf, und mit ihnen starb das Geheimnis, soweit es in der Menschheit bekannt war.« Der große fleckige Kopf, der auf der Steinplattform lag, versuchte sich zu heben. »Seltsam ist deine Art – halb Priesterkönig, halb Larl!«

Die Mutter schwieg einen Augenblick und fuhr dann fort: »Du bist Tarl Cabot aus Ko-ro-ba.«

»Ja«, sagte ich.

»Ich mag dich.«

Ich wußte nicht, was ich darauf antworten sollte und schwieg.

Die Fühler des alten Wesens streckten sich in meine Richtung. »Gib mir Gur«, sagte die mechanische Stimme.

Verblüfft trat ich an den goldenen Kessel und schöpfte eine Handvoll Gur. Dann legte ich sanft die Hand zwischen die riesigen verwitterten Kiefer und berührte ihre Zunge mit der Flüssigkeit.

»Du willst wissen, wo das Ei ist«, sagte sie.

»Wenn du es mir sagen möchtest?«

»Geh zu den Wagenvölkern, Tarl aus Ko-ro-ba«, sagte sie. »Geh zu den Wagenvölkern.«

»Aber wo ist es?«

Da begann der schwache Leib erneut zu beben, und ich trat zurück, als sich die Mutter zu meinem Erstaunen aufrappelte und sich hoch aufrichtete, die Antennen weit vorgestreckt, als versuchte sie etwas zu greifen, zu erspüren, doch in diesem plötzlichen Aufbegehren erschien sie mir wirklich wie die Mutter einer großen Rasse, ein schönes und starkes Wesen.

Und aus tausend Übersetzungsgeräten klangen ihre Worte: »Ich sehe ihn, ich sehe ihn, und seine Flügel sind wie Goldregen!«

Dann sank die Gestalt langsam wieder auf die Plattform, und der Körper zitterte nicht mehr, und die Fühler lagen schlaff auf dem Steinboden.

Misk näherte sich ihr und berührte sie vorsichtig.

Er wandte sich an die Priesterkönige.

»Die Mutter ist tot«, sagte er.

28

Die fünfte Woche des Nestkriegs war angebrochen, und die Entscheidung stand noch immer auf des Messers Schneide.

Nach dem Tod der Mutter flohen Sarm und seine Getreuen aus der Höhle, um, wie sie sagten, die Silberröhren zu holen. Da Sarm Erstgeborener war, folgte ihm die Mehrzahl der Priesterkönige.

Bei den Silberröhren handelte es sich um geladene zylindrische Waffen, die etwa nach dem Prinzip des Flammentodes arbeiteten.

Jahrhundertelang hatten sie in ihren Behältern gelegen und waren nun im Handumdrehen kampfbereit. Mit einer solchen Waffe hätte sich ein Mann zum Ubar von ganz Gor aufschwingen können.

Nur etwa hundert Priesterkönige schlugen sich auf Misks Seite – eine kleine Streitmacht, die über insgesamt nur ein Dutzend Silberröhren verfügte. Die größere Kampfkraft hatte auf jeden Fall der Gegner.

Misk richtete in seiner Unterkunft ein Hauptquartier ein, wo er über den Geruchskarten des Tunnelsystem brütete und seine Verteidigung plante.

In der Erwartung, uns mühelos zu zerschlagen, fegten Sarms Streitkräfte auf Transportscheiben durch Gänge und Höhlen – doch die Priesterkönige Misks ließen sich nicht blicken, sondern feuerten aus Hinterhalten und brachten Sarms unvorsichtigen Anhängern schwere Verluste bei.

So konnte die Übermacht des Erstgeborenen in etwa ausgeglichen werden, und es begann eine Phase gegenseitiger Infiltration, eine äußere Ruhe, die nur durch gelegentliche Scharmützel unterbrochen wurde.

Am zweiten Tag der zweiten Kampfwoche machte ich mich mit einer Transportscheibe auf den Weg in das Vivarium. Obwohl ich unterwegs Ausschau hielt, bemerkte ich keinerlei feindliche Truppen, auch keine Muls oder Matoks. Die Sklaven hatten sich wahrscheinlich entsetzt versteckt, als ihre Herren zu kämpfen begannen.

Ich war daher nicht wenig überrascht, als ich plötzlich ein leises Singen vernahm, das langsam lauter wurde. Ich hielt meine Transportscheibe an und wartete. In diesem Augenblick gingen die Energielampen des Tunnels aus – zum erstenmal seit Jahrhunderten waren die Leuchtquellen des Nests abgeschaltet.

Doch das Singen stockte nicht; es war, als machte die plötzliche Dunkelheit keinen Unterschied mehr.

Plötzlich erblickte ich in der Tiefe des Tunnels das blaue Leuchten einer Mul-Fackel, dahinter eine ganze Reihe zuckender Lichter, die sich seltsamerweise an der Tunneldecke entlangzubewegen schien. Es waren die Gur-Träger des Nests, die sich hier aber weit von ihren Unterkünften entfernt hatten. Der Zug kam über mir zum Stehen.

»Sei gegrüßt, Tarl Cabot«, sagte plötzlich eine Stimme von unten.

Ich hatte den Sprecher im ersten Augenblick gar nicht bemerkt. Nun erkannte ich das Zeichen auf seiner Tunika.

»Mul-Al-Ka!« rief ich.

Er ergriff meine Hand. »Nur noch Al-Ka«, sagte er. »Ich habe beschlossen, daß ich kein Mul mehr bin.«

»Dann also Al-Ka!« rief ich.

Al-Ka hob den Arm. »Auch sie haben sich für die Freiheit entschieden.«

Eine dünne, zittrige Stimme ertönte von oben. »Wir haben lange auf diesen Moment gewartet. Sag uns, was wir tun sollen.«

Ich sah, daß die Gur-Träger – wie ich sie weiter nennen will – ihre goldenen Lederbeutel bei sich hatten.

»Sie bringen kein Gur«, sagte Al-Ka, »sondern Wasser und Fungus.«

»Gut«, sagte ich, »aber sage ihnen, sie brauchen nicht mitzukämpfen. Der Krieg geht nur die Priesterkönige an.«

»Aber das Nest stirbt«, sagte eines der Wesen von der Decke, »und wir haben beschlossen, daß wir lieber in Freiheit sterben.«

»Es ist ihr Entschluß«, sagte Al-Ka. »Außerdem können sie tausend Meter weit in der Dunkelheit sehen, kommen mit sehr wenig Fungus am Tag aus und sind kräftig und mutig!«

»Wo ist Mul-Ba-Ta?« fragte ich. Ich hatte die beiden Männer bisher immer zusammen gesehen.

»Er ist in die Weideräume und Fungushöhlen gegangen«, sagte Al-Ka.«

»Ich hoffe, daß er bald zurückkommt.«

»Das hoffe ich auch«, sagte Al-Ka. »Die Lichter sind abgeschaltet. Priesterkönige brauchen kein Licht, aber Menschen sind in der Dunkelheit behindert.«

»Dann ist das Licht wegen der Muls abgeschaltet worden.«

»Die Muls lehnen sich auf«, sagte Al-Ka einfach.

»Dazu brauchen sie Licht«, sagte ich.

»Es gibt Menschen im Nest, die wissen damit Bescheid. Wir haben wieder Licht, sobald die nötigen Geräte gebaut sind und die Energie zugeleitet werden kann.«

Seine Ruhe verblüffte mich.

»Wohin fährst du?« fragte mich Al-Ka.

»Zu einem der Vivarien, um einen weiblichen Mul zu holen.«

»Eine gute Idee. Ich hole mir vielleicht eines Tages auch ein Mädchen!«

Als ich die runde Höhle des Vivariums erreichte, nahm ich meine Mul-Fackel und stieg zur vierten Reihe hinauf. Die Käfige waren leer, nichts regte sich.

Aber Vika war an Ort und Stelle. Sie hockte in einer Ecke.

Man hatte vergeblich versucht, ihre Kabine aufzubrechen. Ich nahm den Schlüssel zur Hand und öffnete die Tür.

Ein leiser Freudenschrei kam über Vikas Lippen, als sie mich erkannte.

Sie richtete sich auf und blinzelte in den Widerschein der Fackel, die ich in ihren Käfig hielt. Doch trotz ihres Lächelns schien sie sich zu fürchten.

Sie starrte mich zweifelnd an und sah dann die Gur-Wesen hinter mir, die wie Spinnen an der Decke der Vivariumhöhle klebten, grotesk anzuschauen im Licht der zahlreichen Mul-Fackeln.

»Was sind das für Wesen?«

»Ungewöhnliche Menschen«, sagte ich.

Sie musterte die kleinen runden Gestalten mit den langen Gliedern und den gepolsterten Füßen und langfingrigen Händen.

Hunderte von Augenpaaren starrten sie an.

Sie erschauerte.

Nachdem ich nun wußte, wie die Dinge im Nest standen, wollte ich sie nicht länger hier gefangenhalten. Ich hatte mir überlegt, daß sie trotz der Käfigplastik bei den Truppen Misks vielleicht sicherer war. Außerdem waren die Vivariumwächter verschwunden und die anderen Kabinen leer, so daß es nur eine Zeitfrage war, wann der Hunger einsetzte. Ich hatte keine Lust, regelmäßig herzukommen und sie zu versorgen. Wenn es nötig wurde, konnte ich sie sicherlich auch in der Nähe von Misks Hauptquartier einsperren lassen.

Ich wünschte, ich könnte ihr trauen — aber das war natürlich nicht möglich.

»Ich bin gekommen, um dich zu holen, Sklavenmädchen«, sagte ich langsam.

Vika sah mich an. Tränen standen in ihren Augen. »Danke, Herr.«

»Nenn mich Cabot, wie du's schon getan hast.« Ich lächelte. »Du darfst mich küssen, wenn du willst.«

Mit einem Freudenschrei warf sie sich mir in die Arme. »Ich liebe dich, Herr!« rief sie. »Cabot, mein Herr!«

Ich wußte, daß ihre Worte nicht ehrlich gemeint sein konnten, aber ich berichtigte sie nicht. Ich hatte keine Lust mehr, Vika aus Treve grausam zu behandeln — was sie auch immer im Schilde führen mochte.

Nach einigen Minuten sagte ich ziemlich streng: »Ich habe keine Zeit mehr für solche Spielereien.«

Lachend gab sie mich frei.

Ich machte auf dem Absatz kehrt und verließ die Höhle, und

Vika folgte mir. Wir gingen die Rampe hinab zur Transportscheibe.

Al-Ka beäugte das Mädchen.

»Sie ist sehr gesund«, sagte ich.

»Ihre Beine sehen nicht sehr kräftig aus«, bemerkte Al-Ka.

»Aber das macht mir nichts.«

»Mir auch nicht. Du kannst ihr ja noch ein Laufpensum geben, damit die Muskeln stärker werden.«

»Das ist wahr«, sagte ich.

»Eines Tages werde ich mir wohl auch einen weiblichen Mul holen.« Und er fügte hinzu: »Aber ein Mädchen mit besseren Beinen.«

»Eine gute Idee.«

Al-Ka lenkte die Transportscheibe aus dem Vivarium, und wir begannen unsere Reise zu Misks Hauptquartier, wobei die Gur-Träger über uns Schritt hielten.

Ich legte den Arm um Vika. »Hast du gewußt, daß ich dich holen würde?«

Sie starrte in den dunklen Tunnel. »Nein«, sagte sie. »Ich wußte nur, daß du tun würdest, was dir gefällt.«

Später am gleichen Nachmittag trat auch Mul-Ba-Ta – jetzt nur noch Ba-Ta genannt – in Erscheinung. Er führte einen großen Trupp ehemaliger Muls an. Sie kamen aus den Weidegebieten und Funguskammern, und sie sangen ebenfalls, als sie durch die Tunnel wanderten.

Einige Männer aus den Funguskulturen trugen auf ihrem Rücken große Beutel mit ausgewählten Sporen, andere mühten sich mit riesigen Körben voll frisch geschnittenem Fungus ab, die sie an Pfählen zwischen sich trugen; die Männer von den Weiden trieben mit langen Stöcken riesige graue Gliederwesen vor sich her, das Vieh der Priesterkönige; wieder andere schleppten auf ihren Schultern die tauähnlichen Ranken der schweren Simpflanze, von der sich das Vieh ernährte.

»Wir haben bald Lampen aufgestellt«, sagte Ba-Ta. »Praktisch machen wir nur einen Umzug.«

»Wir haben ausreichend Fungus«, bemerkte einer der Fungusfachleute, »bis wir die Sporen angebaut und großgezogen haben.«

»Was wir nicht mitnehmen konnten, haben wir verbrannt«, sagte ein anderer.

Misk starrte mich verwundert an, als sich die Männer bei mir vorstellten und weitermarschierten.

»Wir freuen uns über jede Hilfe«, sagte er, »aber ihr müßt den Priesterkönigen gehorchen.«

»Nein«, sagte einer der Männer, »wir gehorchen den Priesterkönigen nicht mehr.«

»Aber«, sagte ein anderer, »wir hören auf die Befehle Tarl Cabots aus Ko-ro-ba.«

»Ich meine, ihr wärt gut beraten, wenn ihr euch aus diesem Krieg zwischen den Priesterkönigen heraushaltet.«

»Euer Krieg ist unser Krieg«, sagte Ba-Ta.

»Ja«, fiel einer der Weidesklaven ein, der seinen Hirtenstab wie einen Speer hielt.

Ein Funguswächter sah Misk an. »Wir sind im Nest geboren«, sagte er, »und es gehört uns ebenso wie euch.«

Misks Fühler krümmten sich.

»Ich glaube, er sagt die Wahrheit«, schaltete ich mich ein.

»Ja«, sagte Misk.

Und so kam es, daß ehemalige Muls, Menschen, die grundlegende Nahrungsvorräte des Nestes mitbrachten, zur Seite des Priesterkönigs Misk und seiner wenigen Getreuen überzulaufen begannen.

In Anbetracht der vielen Nahrungsmittel, die Sarm zur Verfügung hatte, hing der Ausgang der Schlacht weitgehend von der Feuerkraft der Silberröhren ab, von denen Misk nur wenige hatte; aber ich hoffte, daß die Fähigkeiten und der Mut der ehemaligen Muls doch noch zum Kampf beitragen konnten.

Wie Al-Ka prophezeit hatte, flammten die Energielampen des Nests bald wieder auf. Ehemalige Mul-Ingenieure, von Priesterkönigen ausgebildet, hatten eine Hilfskraftstation konstruiert und sie an das Hauptsystem angeschlossen.

Als es hell wurde, herrschte großer Jubel unter den Menschen in Misks Lager – mit Ausnahme der Gur-Träger, für die die Energielampen nicht weiter von Bedeutung waren.

Angetan von der Härte des Plastikbaustoffes, den ich im Vivarium kennengelernt hatte, wandte ich mich an Misk. Zusammen rüsteten wir eine Flotte von Transportscheiben mit Plastikpanzern aus, die mit einer fest eingebauten Silberröhre zu einer unschlagbaren Angriffswaffe wurde. Sogar dem Gegenfeuer anderer Silberröhren hielt das Plastik stand, wenn es nicht zu lange den direkten Strahlen ausgesetzt war.

In der dritten Kriegswoche begannen wir mit unseren gepanzerten Transportscheiben die Kämpfe in das Gebiet Sarms zu tragen. Unsere Spionageorganisation war weitaus besser, und das System der Ventilationsschächte erlaubte es den schnellen Männern aus den Funguskulturen und den unheimlichen Gur-Trägern, in jeden gewünschten Teil des Nests vorzudringen. Außerdem waren alle früheren Muls in duftfreie Tuniken gekleidet, was sie der Wahrnehmung der gegnerischen – wie auch der eigenen – Priesterkönige völlig entzog.

Dies barg seine Gefahren; deshalb gingen Misks Priesterkönige – im Anfang widerwillig, dann aber mit Begeisterung – dazu über, sich auf Brust und Rücken einen großen Buchstaben malen zu lassen, den Buchstaben, der im Goreanischen den Anfangsbuchstaben des Namens Misk bildet. Es konnte passieren, daß ein Priesterkönig ahnungslos wenige Zentimeter an einem Kämpfer aus den Fungushöhlen vorbeiging oder sonstwie in die Nähe von Menschen geriet, die er geruchsmäßig nicht wahrnahm. Da wurde durch die Kennzeichnung jede Fehlreaktion ausgeschlossen.

Zusammen bildeten die Menschen und die Miskschen Priesterkönige nun eine kampfstarke Streitmacht. Was den Wahrnehmungen der Fühler entging, wurde von scharfäugigen Menschen bestimmt wahrgenommen. Und im Verlauf des Kampfes wuchs auch der gegenseitige Respekt, und man begann sich immer mehr aufeinander zu verlassen – die beste Grundlage für eine nachhaltige Freundschaft.

Tatsächlich bestand Sarms größter Fehler in diesem Krieg darin, daß er die Muls so ungnädig behandelte.

Als er merkte, daß die Gur-Träger und die Muls aus den Funguskammern und Weidenhöhlen zu Misk überliefen, sah er automatisch alle Muls im Nest als Feinde an – eine Haltung, die ich nicht begriff. Entsprechend machte er sich an die systematische Vernichtung aller Muls, die zufällig in den Bereich seiner Silberröhren gerieten. Dies trieb weitere Muls, die vielleicht gleichgültig geblieben wären oder ihm gern weiter gedient hätten, auf unsere Seite.

Mit diesen neuen Muls, die nun aus dem eigentlichen Nestbereich stammten, kamen auch neue Fähigkeiten und Talente. Außerdem erfuhren wir, daß Sarms Nahrungsvorräte nicht so groß waren, wie wir angenommen hatten: Angeblich ernährten sich auch die Priesterkönige schon von einfachem Fungus, den sonst nur Muls vorgesetzt bekamen. Gerüchten zufolge hatte Sarm nur die Muls nicht umgebracht, die ein Netz eingepflanzt bekommen hatten. Zu diesen gehörte Parp, den ich bei meinem Eintritt in das Reich der Priesterkönige kennengelernt hatte.

Einen der großartigsten Einfälle hatte Misk, der mich mit einem ganz anderen Gebiet fortschrittlicher Technik bekannt machte:

»Wäre es nicht ganz nützlich, wenn unsere gepanzerten Transportscheiben fliegen könnten?« fragte er.

Ich dachte, er mache Witze, aber ich antwortete: »Ja, das wäre sehr nützlich.«

»Dann sorgen wir dafür. Du hast doch sicher die ungewöhnliche Leichtigkeit der Transportscheiben bemerkt, nicht wahr?«

»Ja.«

»Das liegt daran, daß sie aus einem teilweise schwerkraftabstoßenden Metall gebaut sind.«

Ich lachte.

»Warum erheiterst du dich?« fragte Misk.

»Weil es solch ein Metall nicht geben kann.«

»Aber denk an die Transportscheibe!«

Ja, darum kam ich nicht herum.

»Auf deiner alten Welt«, sagte Misk, »ist die Schwerkraft ein ebenso unerforschtes Naturphänomen, wie es die Elektrizität und der Magnetismus früher waren – beide Gebiete beherrscht ihr nun einigermaßen – und wir Priesterkönige beherrschen bis zu einem gewissen Grade die Schwerkraft.«

»Man kann die Schwerkraft nicht kontrollieren«, sagte ich. »Die Prinzipien sind anders; es ist eine Kraft, mit der man rechnen muß.«

»Was ist Schwerkraft?« fragte Misk.

Ich überlegte eine Zeitlang. »Ich weiß es nicht«, sagte ich schließlich.

»Aber ich«, sagte Misk. »Machen wir uns an die Arbeit.«

In der vierten Woche des Nestkrieges war unser Schiff ausgerüstet und bewaffnet. Ich fürchte, das Fahrzeug war recht primitiv, abgesehen von den Prinzipien, nach denen es funktionierte und die einem Stand der Technik entsprachen, wie er auf der Erde noch unbekannt war. Das Schiff war schlicht eine Transportscheibe, deren Unterseite mit Käfigplastik überzogen war und deren Oberseite aus einer durchsichtigen Kuppel des gleichen Materials bestand. Die Kontrollen befanden sich im vorderen Teil des Schiffes. Propeller oder Düsen oder Raketen gab es nicht, so daß ich Mühe haben werde, den Antrieb zu beschreiben. Jedenfalls wurden die Kräfte der Schwerkraft auf solche Weise gegen sich selbst eingesetzt, daß die »Menge« des Gravitations-Ur – der goreanische Ausdruck für die Schwerkrafteinheit – konstant bleibt, auch wenn sie neuverteilt wird. Kurz gesagt funktionierte das kombinierte Antriebs- und

Lenksystem der Scheibe so, daß Gravitationssensoren auf bestimmte materielle Objekte gerichtet und die Schwerkraftanziehung dieser Objekte ausgenutzt wurde, während die Anziehung anderer Objekte effektiv zur Abschirmung kam. Ich hätte eine solche Konstruktion nicht für möglich gehalten, doch hätte ich Mühe gehabt, die Argumente meiner überholten irdischen Physik gegen die Tatsache von Misks Erfolg zu verteidigen.

Tatsächlich haben die Priesterkönige vor langer Zeit ihre Welt durch Schwerkraftkontrolle in unser System gebracht — eine Ingenieursleistung, die ohne solche Vorkenntnisse unmöglich gewesen wäre.

Die Scheibe selbst fliegt unglaublich ruhig, und man hat das Gefühl, als bewege sich die Welt ringsum und nicht der Gleiter. Wenn man das Fahrzeug startet, scheint der Boden unter einem fortzufallen, und bewegt man sich horizontal, rast der Horizont auf einen zu.

Die Besatzung des ersten Schiffes bestand aus mir, Al-Ka und Ba-Ta.

Ab und zu setzte sich auch Misk ans Steuer, aber bei diesen Gelegenheiten war es ziemlich eng im Schiff. Ein Priesterkönig, wenn er nicht stehen kann, wird sehr schnell nervös, und da Misk das Schiff nicht von vornherein groß genug konstruiert hatte, hatte er sich wohl nicht mit dem Gedanken getragen, selbst an den Kämpfen gegen seine früheren Artgenossen teilzunehmen. Außerdem war das Schiff in seiner kleineren Form viel wendiger in den Tunneln.

Als wir mit dem Bau des Schiffes fertig waren, hatten wir das Gefühl, eine Waffe in der Hand zu haben, die den seltsamen unterirdischen Kampf entscheiden konnte. Das Feuer aus den Silberröhren konnte das Schiff beschädigen, doch das Käfigplastik bot ausreichend Schutz für die Besatzung.

Wir beschlossen, dem Gegner noch ein Ultimatum zu stellen und das Schiff nach Möglichkeit gar nicht einzusetzen. Wir beratschlagten noch über unser Vorgehen, als plötzlich ohne Vorwarnung eine Wand von Misks Hauptquartier zu verschwimmen schien. Sie hob sich an und verwandelte sich lautlos in Pulver, Misk griff nach mir und zerrte mich mit dem unglaublichen Tempo eines Priesterkönigs mit, stieß meine Kabine zur Seite, öffnete die Falltür und ließ sich hindurchfallen.

»Was ist das?« fragte ich.

»Schwerkraftsprengung«, sagte Misk. »Das ist sogar Priesterkönigen verboten. Sarm könnte den ganzen Planeten damit vernichten.«

Wir lauschten auf die Schreie, die von draußen hereindrangen. Wir hörten keine Gebäude zusammenstürzen, sondern nur die Geräusche der Menschen, und die Furcht und das Entsetzen, die darin schwangen, war uns Anzeichen genug für die Vernichtungswelle, die oben tobte.

29

»Sarm hebt den Ur-Halt auf«, sagte Misk.

»Schieb mich hoch!« brüllte ich.

Misk gehorchte, und ich kroch aus der Falltür und sah mich um. Misks Unterkunft war verschwunden, und neue Durchgänge taten sich auf, wo zuvor feste Wände gewesen waren. Ich vermochte in den nächsten Tunnelkomplex zu schauen. Über dem Chaos schwebten zehn Schiffe, wie sie vielleicht für die Überwachung der Planetenoberfläche eingesetzt wurden, und im Bug jedes Gefährts zeigte sich eine konische Geschützmündung.

Ich sah keine Strahlen, die sich aus den Spitzen lösten, aber wohin sie sich richteten, schien Materie zu Staub zu werden. Wolken aus feinsten Partikeln schwebten durch die Luft. Die Geschütze beschossen systematisch die Siedlung. Hier und dort wurden auch Muls oder Priesterkönige aufgelöst.

Ich eilte zu der Werkstatt, wo Misk und ich das Schiff gebaut hatten. Unterwegs kam ich an einer Gruppe eingeschüchterter Menschen vorbei, die sich hinter Mauerresten duckten.

Ich sah einen Mann auf dem Boden liegen, dem ein Arm fehlte. »Meine Finger!« brüllte er. »Meine Finger tun weh!« Einer aus der Gruppe hinter der Mauer kniete neben ihm und versuchte die Blutung zu stillen. Es war Vika!

»Schnell Cabot!« rief sie. »Ich muß den Arm abbinden!« Ich nahm den Armstumpf des Mannes und preßte ihn zusammen. Vika riß einen Streifen Tuch ab und schnürte es mit einem kleinen Stahlstift als Knebel um den Arm. Es war zu sehen, daß sie die Tochter eines Arztes war.

Als sie fertig war, stand ich hastig auf. »Ich muß los«, sagte ich.

»Darf ich mitkommen?«

»Du wirst hier gebraucht.«

»Ja, Cabot — du hast recht.«

Als ich mich umwandte, hob sie noch kurz die Hand. »Sieh dich vor«, sagte sie. Der Mann stöhnte wieder, und das Mädchen bückte sich zu ihm hinab.

War das wirklich Vika aus Treve?

Ich eilte zu Misks Werkstatt, riß die Doppeltür auf und sprang in das Schiff. Die Luke klappte hinter mir zu, und eine Sekunde später schien der Boden unter mir fortzusinken.

In wenigen Ihn hatte ich das Schiff in den großen Nestkomplex gebracht, wo die zehn Schiffe Sarms noch immer ihren systematischen Angriff flogen, ruhig, methodisch, als wären sie damit beschäftigt, einen Rasen zu mähen.

Ich wußte nicht, wie Sarms Schiffe bewaffnet waren, und ich selbst verfügte nur über eine einzige Silberröhre, eine Waffe, der die Gravitationssprenger in Sarms Kampfgleitern weit überlegen waren. Außerdem wußte ich, daß mein Käfigplastik keinen Schutz gegen Sarms neue Waffe bot, die nach dem Prinzip arbeitete, Materie durch Auflösung zu vernichten, sie zu pulverisieren und zu verstreuen.

Ich raste ins Freie, und der Boden der Höhle fiel unter mir zurück. Ich jagte hinauf in die Nähe der Energielampen im Scheitelpunkt der riesigen Kuppelhöhle. Offenbar hatte mich bisher keines der feindlichen Schiffe bemerkt.

Ich nahm das führende Schiff aufs Korn und stürzte darauf zu. Dabei verengte ich die Strahlungsbreite meiner Silberröhre, um ihre Wirkung zu erhöhen.

Aus zweihundert Metern Entfernung eröffnete ich das Feuer. Ich griff von hinten an, wo mir das gefährliche Buggeschütz des Gegners nichts anhaben konnte.

Zu meiner Freude sah ich, wie sich das Metall schwärzte und auseinanderquoll, während ich meine Scheibe abfing und zur Unterseite des zweiten Schiffes wieder hochriß. Auch hier fand ich mühelos mein Ziel. Das erste Schiff begann sich langsam in der Luft zu drehen; offensichtlich hatte die Mannschaft die Kontrolle verloren. Es kippte ab. Ich hoffte, daß sich Sarm in diesem Flaggschiff aufgehalten hatte. Das zweite Schiff schwirrte zur Decke hoch und zerschellte dort zu einem Schauer aus Wrackteilen.

Die anderen acht Schiffe gaben ihr Vernichtungswerk auf und schienen unentschlossen. Ich fragte mich, ob sie untereinander in Verbindung standen. Ich nahm es an. Offenbar hatten sie nicht mit Gegenwehr gerechnet, vielleicht hatten sie mich noch gar nicht entdeckt. Während sie noch ratlos verharrten, setzte ich erneut zum Sturzflug an, und ein drittes Schiff zerplatzte wie ein Spielzeug im Feuersturm. Im Aufsteigen verwandelte ich auch das vierte Schiff in eine brennende Fackel.

Die restlichen sechs Schiffe rückten jetzt eng zusammen; die gefährlichen Waffenmündungen starrten auswärts. Ich hielt mich über dem tödlichen Kreis auf. Beim nächsten Sturzangriff konnte ich meine Position nicht mehr vor ihnen verheimlichen; sie mußten mich unter sich entdecken, und mindestens ein Schiff hatte mich dann im Schußbereich. Schon jetzt neigte sich ein Gleiter nach unten, um den unteren Bereich zu überwachen, während sich ein zweites Schiff aus dem Kreis lösen wollte, um die Höhlendecke im Auge zu behalten. Gleich gäbe es überhaupt keine Angriffsmöglichkeit mehr, die nicht zugleich den sicheren Tod bedeutete.

Die Höhlendecke sprang zurück, und im nächsten Augenblick verhielt mein Schiff im Kranz der sechs Schiffe, auf allen vier Seiten und oben und unten von Gegnern eingeschlossen.

Ich sah die Beobachtungsgeräte im Bug der Schiffe.

Doch ich war nirgends auszumachen.

Aus dieser Entfernung entdeckte ich Luken auf der Oberseite der Schiffe. Der Sauerstoff wäre auch ausreichend gewesen für einen Ausguck, doch keiner der Priesterkönige ließ sich in den Luken sehen. Sie verließen sich vielmehr auf ihre Instrumente. Daß ich nirgends zu orten war, schien sie sehr zu verwirren.

Eine ganze goreanische Ahn lang hingen wir reglos in der Höhle, keines der Schiffe rührte sich. Ich lächelte vor mich hin. Ich war sicher, daß meine Geduld diesmal größer sein würde als die der Priesterkönige.

Plötzlich erzitterte ein Schiff unter mir, verschwamm und war verschwunden.

Mein Herz machte einen Sprung! Beschuß von unten!

Ich konnte mir vorstellen, wie Misk zu seinen Geräten in der Werkstatt eilte oder vielleicht einen Priesterkönig in ein geheimes Arsenal schickte, wo eine verbotene Waffe lagerte – eine Waffe, die Misk niemals eingesetzt hätte, wenn Sarm nicht auf unerhörte Weise vorgeprescht wäre!

Fast sofort bildeten die restlichen fünf Schiffe eine Kette und rasten auf einen Tunnel zu, der von der großen Höhle fortführte.

Das erste Schiff, das den Ausgang erreichte, zerplatzte in einer Staubwolke, doch die nächsten vier Gleiter – und ich, der das Schlußlicht der Formation bildete – durchstießen den Nebel und fanden uns in dem Tunnel wieder, der in Sarms Gebiete führte.

Vier Schiffe waren nun vor mir. Befriedigt stellte ich fest, daß der Tunnel ein Wendemanöver unmöglich machte.

In grimmiger Entschlossenheit drückte ich den Feuerhebel der Silberröhre. Die Waffe flammte auf, und Wrackteile prallten gegen den Plastikpanzer meiner Transportscheibe. Dabei wurden Dellen und Risse in das harte Material geschlagen, und das Gefährt geriet etwas aus dem Gleichgewicht. Doch schnell hatte ich es gefangen und setzte meine Verfolgung fort.

Die drei verbliebenen Schiffe waren mir jetzt weit voraus, und ich beschleunigte weiter.

Als die drei Gleiter in einen anderen Höhlenkomplex rasten, eröffnete ich das Feuer – doch die Durchschlagkraft meiner Waffe schien nachgelassen zu haben. Obwohl ich meine Silberröhre auf volle Leistung geschaltet hatte, schien die Energiequelle der Waffe erschöpft. Das dritte Schiff bewegte sich unsicher hin und her, eine Flanke war angeschwärzt und verformt von meinem Angriff. Dann schien es sich wieder zu fangen und stellte sich wie eine in die Ecke getriebene Ratte zum Kampf. In wenigen Sekunden mußte ich im Schußbereich seiner Sprengkanone sein. Ich steuerte mein Schiff über den feindlichen Gleiter und löste einen weiteren Schuß aus, der noch schwächer ausfiel. Ich versuchte mich über dem Gegner zu halten – doch nun bemerkte ich aus den Augenwinkeln, daß auch die beiden anderen Schiffe in Schußposition zu kommen versuchten.

In diesem Augenblick flog die Luke des angeschlagenen Schiffes auf, und der Kopf eines Priesterkönigs erschien. Offenbar war die Beobachtungsanlage ausgefallen. Seine Fühler richteten sich in dem Augenblick auf mich, als ich schoß, und der goldene Körper sank zusammen. Ich flog sofort näher und feuerte in die Luke. Das Schiff platzte auseinander.

Ich zog mein Schiff nach unten, aber nicht schnell genug. Die Plastikkuppel über mir löste sich in einem Schauer aus Partikeln auf. Nun saß ich im bizarren Ring des zerstörten Daches, dem Fahrtwind hilflos ausgesetzt, und versuchte meinen Gleiter wieder unter Kontrolle zu bekommen. Die Silberröhre lag unversehrt in ihrer Halterung, aber ihre Energie war fast aufgebraucht. Wenige Meter über dem Boden fing ich mein Schiff ab und steuerte es zwischen einige schützende Gebäude. Ein Gegner huschte über mich dahin, und ich steuerte hoch und hängte mich unter ihn.

Der Wind pfiff an meinen Ohren vorbei, als ich nun versuchte, den verzweifelten Manövern des anderen Schiffes zu folgen. Ich hielt mich dicht unter ihm.

Dann sah ich etwas Unerwartetes. Das zweite gegnerische Schiff wandte sich gegen seinen Begleiter.

Ich wollte meinen Augen nicht trauen – aber an der Stellung der Schwerkraftkanone war nichts zu mißdeuten.

Das Schiff über mir erzitterte plötzlich und schien die Flucht ergreifen zu wollen. Ich setzte mich noch rechtzeitig nach unten ab. Sarms Schiff explodierte lautlos zu einer Wolke aus metallisch schimmerndem Staub, der langsam zu Boden rieselte.

In der Deckung der Staubwolke huschte ich durch die Straßen der Siedlung und stieg hinter dem letzten Schiff wieder auf. Diesmal schien auch mein Gleiter angeschlagen; er gehorchte nicht mehr richtig auf die Kontrollsignale. Zu meinem Entsetzen sah ich, wie sich das letzte Schiff langsam in meine Richtung wandte, wie sich die Schwerkraftkanone hob und auf mich richtete. Hilflos hing ich in der Luft und wartete auf meine Vernichtung. Ich wußte, daß ich dem Streustrahl der Schwerkraftkanone nicht entgehen konnte. Verzweifelt hantierte ich an den Kontrollen, doch es passierte nichts mehr. Ich schwebte über das feindliche Schiff, das sich jedoch nach oben neigte und mich im Visier behielt. Dann löste sich das Heck meines Schiffes plötzlich auf, und das Deck gab nach. Doch ehe es völlig abtrudeln konnte, hatte ich die Silberröhre ergriffen und war auf das feindliche Schiff gesprungen, das unter mir verharrte.

Ich kroch zur Luke und zog am Öffnungsring. Verschlossen!

Das Schiff begann hin und her zu rucken. Offenbar hatten die Piloten den Aufprall von Wrackteilen gehört und versuchten den unwillkommenen Ballast loszuwerden. Vielleicht hatten sie auch mein gewagtes Manöver verfolgen können.

Ich hielt die Silberröhre gegen das Scharnier der Luke und drückte auf den Feuerknopf. Obwohl die Energie der Waffe fast erschöpft war, reichte sie auf diese kurze Entfernung noch aus, um das Metall zerschmelzen zu lassen.

Ich riß die Luke auf. Im gleichen Augenblick legte sich das Schiff auf die Seite, so daß ich mich am Rand der Öffnung festhalten mußte. Ehe das Schiff sich völlig auf den Rücken legen konnte, warf ich die Silberröhre in den Gang und zwängte mich ebenfalls hinein. Dann vollführte der Gleiter einen Looping, und ich stand innen an der Decke des Lukenganges und suchte nach der Silberröhre. Sekunden später erreichten wir wieder normale Fluglage.

Weiter vorn öffnete sich eine Tür, und ein Priesterkönig kam in Sicht. Ehe er sich orientieren konnte, hatte ich meine Silberröhre abgefeuert, die den goldenen Körper durchtrennte und zu Boden schickte. Ein zweiter Priesterkönig tauchte auf, und ich drückte den Feuerknopf, doch es passierte nichts.

Im Halbdämmer sah ich, wie das Wesen seine Fühler krümmte. Ich warf die nutzlose Silberröhre in seine Richtung, und sie prallte ab.

Die massigen Kiefer öffneten sich und schlossen sich. Die Hornklingen an den Vorderbeinen sprangen vor.

Ich griff nach meinem Schwert, das ich die ganze Zeit getragen hatte, stieß den Kriegsschrei Ko-ro-bas aus und stürzte vor. Im letzten Augenblick warf ich mich zu Boden, unterlief die hochgereckten Vorderbeine und hieb nach den Beinen des Priesterkönigs.

Ein plötzlicher Schmerzduft erfüllte den Gang, als das Wesen sein Gleichgewicht zu halten vesuchte. Doch ehe es reagieren konnte, sprang ich zwischen seinen Hornklingen hindurch und versenkte mein Schwert mit mächtigem Hieb in seinem Kopf.

Das Wesen begann zu zittern. Ich trat zurück.

So wußte ich nun also, wie ein Priesterkönig umzubringen war. Das goldene Wesen schwankte und sank zu Boden.

Wie ich nun feststellte, bestand die Besatzung nur aus zwei Priesterkönigen – vermutlich einer für die Kontrollen, der zweite für die Waffe. Inzwischen verharrte das Schiff reglos an einer Stelle, so wie der Pilot die Kontrollen zuletzt eingestellt hatte, ehe er in den Korridor trat.

Es war dunkel im Schiff – nur in der Nähe der geöffneten Luke gab es etwas Licht.

Ich tastete mich vorsichtig zu den Kontrollen.

Dort fand ich zu meiner Freude zwei vollgeladene Silberröhren. Ich orientierte mich weiter. Mit einer der Röhren schoß ich ein Loch durch die Kabinendecke – an einer Stelle, wo es keine Instrumente gab. So hatte ich Licht, die Instrumente zu sehen.

Es gab zahlreiche Geruchsnadeln und Schalter und Knöpfe, die mir wenig sagten. Ich erkannte jedoch die Steuerkugel und die Kontrollen für Geschwindigkeit und Höhe. Einmal lenkte ich das Schiff ahnungslos gegen eine Felswand, ohne jedoch großen Schaden anzurichten. Schließlich vermochte ich zu landen. Es gab für mich keine Möglichkeit, das Schiff zu steuern – ich konnte ja nicht sehen, wohin ich flog –, auch wagte ich es nicht, weitere Löcher in die Außenhülle zu schießen. Also beschloß ich, den Gleiter aufzugeben. Es mochte außerdem gefährlich sein, damit in die eigenen Nestbezirke zurückzukehren, da es Misk wahrscheinlich ohne Anruf beschießen würde. Es schien mir also das beste zu sein, das Schiff zu verlassen, mir einen Entlüftungsschacht zu suchen und darin zu Misks Leuten zurückzukehren.

Ich kletterte durch die Luke nach draußen und ließ mich an der Flanke des Schiffes zu Boden gleiten.

Dann sah ich mich um. Die Gebäude und Straßen schienen verlassen. Eine seltsame Stille herrschte. Als ich mich in Bewegung setzte, hatte ich das seltsame Gefühl, verfolgt zu werden.

Plötzlich hörte ich die mechanische Stimme eines Übersetzungsgeräts: »Du bist mein Gefangener, Tarl Cabot.«

Ich wirbelte herum, die Silberröhre schußbereit erhoben. Doch ein seltsamer Geruch drang in meine Nase, raubte mir die Kraft, den Feuerknopf zu drücken. Vor mir erblickte ich Sarm und dahinter das Wesen Parp mit den leuchtenden Augen.

»Er ist narkotisiert«, sagte Parp.

Ich stürzte zu Boden.

30

»Dir ist ein Netz eingepflanzt worden.«

Von irgendwoher drangen die Worte an meine Ohren, unbestimmt, leise; und vergeblich versuchte ich mich zu bewegen.

Ich öffnete die Augen und starrte in die flammenden Augen Parps. Hinter ihm leuchtete eine Batterie von Energielampen, die mich blendete. Seitlich stand ein dünner Priesterkönig, der schon ziemlich alt zu sein schien. Seine Antennen waren wachsam auf mich gerichtet.

Mit Stahlbändern war ich auf eine schmale rollbare Plattform gefesselt; man hatte sogar Hals und Hüften abgesichert.

»Ich möchte dir den Priesterkönig Kusk vorstellen«, sagte Parp und deutete auf die große Gestalt.

Das wäre also der Priesterkönig, dachte ich, der Al-Ka und Ba-Ta geschaffen hat – der führende Biologe im Nest.

Ich sah mich um und entdeckte Geräte, wie sie in jedem Operationssaal zu finden waren.

»Du hast jetzt die Ehre, ein Wesen der Priesterkönige zu sein«, sagte Parp lächelnd, und mich überkam Übelkeit.

Obwohl ich keinen Schmerz verspürte, war mir klar, daß nun ein Netz in mein Gehirn eingebettet war, das vom Beobachtungsraum aus kontrolliert werden konnte. Ich fragte mich, welche Gefühle mich erfüllen würden, wenn mir mein Wille entzogen wurde. Doch noch größer war meine Angst bei dem Gedanken, daß ich als Spion zu Misk geschickt werden und den Befehl erhalten könnte, meinem Freund zu schaden.

»Wer hat das getan?« fragte ich.

»Ich«, sagte Parp. »Die Operation ist nicht sehr schwierig; ich habe sie schon oft durchgeführt.«

»Er ist Mitglied der Kaste der Ärzte«, sagte Kusk, »und sehr geschickt.«

»Aus welcher Stadt?« fragte ich.

Parp musterte mich eindringlich. »Treve«, sagte er schließlich.

Ich überlegte, ob ich mich umbringen sollte, solange ich noch Herr meiner Entschlüsse war – doch der Gedanke an Selbstmord schreckte mich.

Parp rollte die Plattform aus dem Raum.

»Du bist ein Mensch«, sagte ich, »bring mich um.«

Aber er lachte nur. Als im Tunnel die Tür hinter uns zufiel, löste er einen Beutel von seinem Gürtel, nahm eine kleine scharfe Klinge heraus und kratzte mir damit über den Arm.

Die Decke über mir begann zu kreisen. »Sleen!« fluchte ich und verlor das Bewußtsein.

Mein Gefängnis war eine Gummischeibe – etwa dreißig Zentimeter dick und drei Meter im Durchmesser. In der Mitte befand sich ein Eisenring, von dem aus eine schwere Kette zu einem Band um meinen Hals führte. Auch meine Hände und Füße waren gefesselt.

Die Scheibe befand sich in Sarms Hauptquartier, der es sichtlich genoß, mich bei sich zu haben. Gelegentlich stolzierte er um mich herum und erzählte mir von seinen erfolgreichen Kampfplänen und Strategien.

Ich stellte fest, daß die Hornklinge, die ich in der Kammer der Mutter abgeschlagen hatte, inzwischen nachgewachsen war.

Sarm zeigte mir das neue Glied, das goldener und frischer wirkte als der übrige Körper. »Eine weitere Überlegenheit der Priesterkönige!« sagte er und krümmte seine Fühler.

Ich gab ihm im stillen recht.

Ob Sarms Informationen zutrafen, konnte ich nicht beurteilen, doch nebenbei erfuhr ich so allerlei – aus den Berichten von Priesterkönigen und den wenigen Eingepflanzten, die ihm dienten.

Tagelang verbrachte ich hilflos auf der Gummimatte, ohne daß Sarm mein Kontrollnetz aktivierte und mich in den Einsatz schickte.

Parp lungerte oft in der Nähe herum und beschäftigte sich mit seiner Pfeife, die er ständig neu entzünden mußte – mit dem silbernen Anzünder, den ich einmal für eine Waffe gehalten hatte.

Der Einsatz der Schwerkraftkanonen hatte aufgehört. Es stellte sich heraus, daß Misk über eine ähnliche Waffe verfügte, die nun stillschweigend nicht mehr zum Einsatz kam. Allerdings waren auf beiden Seiten neue Schiffe ins Feld geführt worden, speziell ausgerüstete Transportscheiben. Doch die Luftflotten schienen sich in der

Kampfkraft etwa zu entsprechen, so daß sich hier bald ebenso ein Gleichgewicht ergab wie bei den Bodenkämpfen.

Kurz nach dem Fehlschlag mit den Schwerkraftkanonen ließ Sarm Krankheitserreger in Misks Höhlengebiet verbreiten – Erreger, die es zum Teil seit Jahrhunderten nicht mehr im Nest gegeben hatte. Doch trotz der Bösartigkeit dieser Bakterien war die extreme Reinlichkeit der Priesterkönige und Muls, zusammen mit bestimmten Bakterienstrahlen, eine gute Gegenwaffe.

Am heimtückischsten und unnatürlichsten – jedenfalls für einen Priesterkönig – war der Einsatz der Goldenen Käfer, die aus ihren Höhlen in das Nestsystem gelassen wurden. Etwa zweihundert Käfer wurden mit Transportscheiben, die ferngesteuert wurden, durch die Tunnel in die von Misk beherrschten Systeme getrieben.

Die Ausscheidung der Kopfhaare des Goldenen Käfers hat offenbar eine sehr starke und für den Menschen unverständliche Wirkung auf die hochempfindlichen Sinnesorgane der Priesterkönige. Der Duft macht sie hilflos, hypnotisiert sie fast, schickt sie in die Kiefer des Goldenen Käfers, der sich mühelos auf sie stürzen kann.

Misks Priesterkönige begannen ihre Verstecke zu verlassen, kamen mit vorgeneigten Körpern auf die Straßen, die Fühler zu den Käfern hingestreckt. Die goldenen Wesen schwiegen, gaben ihren verwirrten menschlichen Helfern keine Erklärung – sie legten einfach die Waffen nieder und näherten sich den Käfern.

Offenbar begriff ein ungenanntes Mul-Mädchen als erste die Situation. Einem verwirrten Hirten entriß sie den Stab und stürzte sich damit auf einen Käfer, scheuchte ihn erfolgreich zurück. Sofort kamen ihr andere Menschen zu Hilfe, und die Käfer machten kehrt.

Einen Tag später begannen auch Sarms Kämpfer ihre Waffen fortzulegen und ergaben sich, wie es bei den Priesterkönigen heißt, den Wonnen des Goldenen Käfers.

Schon wanderten die Käfer durch das ganze Nest – und bildeten eine größere Bedrohung für Sarms Streitkräfte als für Misk, denn inzwischen wagte sich keiner von Misks Priesterkönigen ohne menschliche Eskorte in die Tunnel.

Immer mehr Käfer ließen sich in Sarms Hinterland sehen, und die Gefahr wurde schließlich so groß, daß alle Eingepflanzten – und sogar Parp – losgeschickt wurden, um Priesterkönige zu beschützen.

Seltsamerweise gestattete es weder Misk noch Sarm, daß Käfer getötet wurden, denn für die Priesterkönige haben diese Wesen eine besondere Bedeutung.

Die Goldenen Käfer zwangen Sarm, sich an die Menschen um Hilfe zu wenden, die besonders in den gut gelüfteten Teilen des Nests unempfindlich waren gegen den narkotischen Duft der Insekten.

Entsprechend gab Sarm überall im Nest eine Amnestie für die früheren Muls bekannt und bot ihnen die Gelegenheit, wieder Sklaven der Priesterkönige zu werden. Diesem großzügigen Angebot, das er selbst wohl für nicht gerade unwiderstehlich hielt, fügte er noch das Versprechen auf zwei Töpfe Salz pro Mann und zwei weibliche Muls an, die nach Misks Niederlage zur Verfügung gestellt werden sollten, wenn es hoffentlich Frauen zum Verteilen geben würde. Den Frauen in Misks Streitkräften bot er Gold, Juwelen, Edelsteine und Seidenstoffe, die Erlaubnis, ihr Haar wachsen zu lassen, und männliche Sklaven. Und er wies darauf hin, daß in Anbetracht seiner überlegenen Kampfkraft der Ausgang des Krieges eigentlich schon feststand.

Zwar hätte ich Misk auf keinen Fall im Stich gelassen, doch ich mußte mir eingestehen, daß Sarm mit seiner Einschätzung der Lage wahrscheinlich recht hatte und daß seine Angebote einigen ehemaligen Muls durchaus interessant vorkommen mußten – besonders jenen, die vor Ausbruch des Krieges wichtige Posten innegehabt hatten.

So hätte es mich nicht überraschen dürfen, daß mir als erster Überläufer Vika aus Treve vor die Augen kam – aber ich war dennoch überrascht.

Ich erfuhr davon, als ich eines Morgens in meinen Fesseln vom scharfen Biß einer Lederpeitsche geweckt wurde. Wütend rappelte ich mich auf.

Dann hörte ich ihr Lachen und wußte Bescheid.

Vika schüttelte den Schleier von ihrem Gesicht, warf den Kopf zurück und lachte. Dann schlug sie mich ein zweites Mal.

»Na«, zischte sie, »wer ist jetzt der Herr?«

»Ich hatte recht mit meiner Meinung über dich«, sagte ich ruhig.

»Was meinst du?« fragte sie.

»Du bist es nicht wert!« sagte ich.

Ihr Gesicht verzerrte sich zu einer Fratze, und sie begann auf mich einzuschlagen.

»Du darfst ihn nicht verletzen«, sagte Sarm, der hinter ihr stand.

»Er ist mein Sklave!« sagte sie heftig atmend.

Sarm krümmte seine Fühler. »Du bekommst ihn erst, wenn wir gesiegt haben«, sagte er. »Bis dahin habe ich noch Pläne mit ihm.«

Vika machte auf dem Absatz kehrt und verließ Sarms Hauptquartier.

Sarm trat zu mir. »Du siehst, Mul, wie wir Priesterkönige die Instinkte der Menschen auszunutzen verstehen.«

»Ja«, sagte ich.

Mehr noch als die Peitschenschläge schmerzte mich die Erkenntnis, daß mich Vika trotz meines realen Urteils enttäuscht hatte.

Sarm näherte sich einer Kontrolltafel. »Ich aktiviere jetzt dein Kontrollnetz«, sagte er.

Ich spannte meine Muskeln.

»Die einleitenden Versuche sind ganz einfach«, sagte Sarm, »und interessieren dich vielleicht.«

Parp hatte den Raum betreten und stellte sich neben mich, wobei er an seiner Pfeife zog. Ich sah, daß er sein Übersetzungsgerät abschaltete.

Sarm drehte einen Knopf.

»Schließ die Augen«, flüsterte Parp.

Ich spürte keinen Schmerz. Sarm starrte mich an.

»Vielleicht mehr Energie«, sagte Parp laut, so daß seine Worte von Sarms Übersetzer aufgefangen wurden.

Sarm betätigte noch einmal den Knopf.

»Schließ die Augen«, flüsterte Parp etwas lauter.

Aus irgendeinem Grund gehorchte ich.

»Öffne sie.«

Ich gehorchte.

»Senke den Kopf.«

Ich gehorchte.

»Jetzt den Kopf im Uhrzeigersinn drehen«, sagte Parp. »Und jetzt entgegengesetzt.«

Verwundert befolgte ich seine Kommandos.

»Du bist bewußtlos gewesen«, informierte mich Parp. »Jetzt stehst du nicht mehr unter Kontrolle.«

Ich drehte mich um und sah, daß Sarm die Maschine abgestellt hatte.

»Woran erinnerst du dich?« fragte Sarm.

»An nichts.«

»Die Sensorendaten überprüfen wir später«, sagte der Priesterkönig.

»Die ersten Reaktionen sind sehr vielversprechend«, bemerkte Parp laut.

»Ja«, erwiderte Sarm. »Du hast ausgezeichnet gearbeitet.« Und er verließ den Raum.

Ich wandte mich an Parp, der mich anlächelte. »Du hast mich nicht eingepflanzt.«

»Natürlich nicht.«

»Was ist mit Kusk?«

»Er gehört zu uns.«

»Aber wieso?«

»Du hast seine Kinder gerettet.«

»Aber er hat doch gar keine Kinder.«

»Al-Ka und Ba-Ta«, sagte Parp. »Glaubst du, ein Priesterkönig kann nicht lieben?«

Nun fiel mir mein Aufenthalt auf der Gummischeibe nicht mehr so schwer.

Ich erfuhr aus Gesprächen im Hauptquartier, daß nur wenige Menschen zu Sarm übergelaufen waren. Soweit ich mitbekam, hatte sich nur eine Handvoll Männer und Frauen von Sarms Versprechungen anlocken lassen. Auch als Sarm die Kammersklavinnen aus der Halle der Priesterkönige holen ließ und als Lockpreise aussetzte, meldete sich nur etwa ein halbes Dutzend Männer, um Anspruch auf die hübschen Mädchen zu erheben. Im Verlaufe des Krieges beeindruckte mich die Loyalität und der Mut der Männer und Frauen im Dienste Misks – Menschen, die für ein wenig Fungus und Wasser und Freiheit in einen der seltsamsten Kriege aller Zeiten eingriffen.

Vika kam jeden Tag ins Hauptquartier, um mich zu verhöhnen, doch sie durfte mich nicht mehr auspeitschen. Ich vermutete, daß es einen Grund für ihren Haß gab, dessen Intensität mich aber überraschte.

Später erhielt sie den Auftrag, für meine Ernährung zu sorgen, und fand großen Spaß daran, mir Fungusbrocken hinzuwerfen oder mich Wasser schlecken zu lassen. Ich verweigerte ihre Gaben nicht, da ich bei Kräften bleiben wollte. Man wußte nie, wozu man das noch brauchen konnte.

Bei diesen Anlässen war auch oft Sarm zugegen, der uns mit vorgestreckten Fühlern beobachtete. Er schien sich schnell an den neuen weiblichen Mul zu gewöhnen und bat sie manchmal auch, ihn zu kämmen – eine Aufgabe, die ihr Spaß zu machen schien.

Aus irgendeinem Grunde irritierte mich das, was ich zweifellos nur schlecht verhehlte, denn sie kümmerte sich stets mit großer Bereitwilligkeit um den Priesterkönig.

Ich ertappte mich bei dem Gedanken, daß ich sie gern in die Arme genommen hätte – doch ich schüttelte diese Sehnsüchte ab.

Inzwischen begann sich das Kriegsgeschick langsam gegen Sarm zu wenden – eine unglaubliche Entwicklung. Das bemerkenswerteste Einzelereignis der folgenden Tage war eine Delegation von Sarms Priesterkönigen, die unter Leitung Kusks zu Misk überlief. Diese Tat war offensichtlich das Ergebnis langwieriger Überlegungen und Gespräche im Kreise der betroffenen Priesterkönige, die Sarm gefolgt waren, weil er der Erstgeborene war, die aber seither viel an seiner Kriegführung auszusetzen hatten – die Behandlung der Muls, den Einsatz der Schwerkraftkanonen, die Verwendung von Krankheitserregern und schließlich der – für Priesterkönige undenkbare – Trick mit den Goldenen Käfern. Kusk und seine Priesterkönige liefen zu einer Zeit über, da die eigentlichen Kämpfe noch unentschieden waren, so daß sich nicht behaupten ließ, daß ihre Entscheidung von persönlichen Interessen bestimmt war; zu der Zeit sah es noch ganz so aus, als liefen sie zur Verliererseite über. Aber es dauerte nicht lange, bis auch andere Priesterkönige, von Kusks Entscheidung überrascht, eine Beendigung des Krieges zu fordern begannen, und es gab weitere Überläufer. In seiner Verzweiflung trommelte Sarm seine Streitkräfte zusammen, rüstete sechs Dutzend Transportscheiben aus und stieß in Misks Tunnelsystem vor. Offenbar hatte dieser auf eine solche Attacke gewartet, denn die Scheiben zerschellten an Barrikaden oder vergingen im intensiven Feuer versteckter Stellungen. Nur vier Gleiter kehrten zurück.

Es wurde nun deutlich, daß Sarm in die Defensive gedrängt worden war, denn ich hörte Befehle, wonach Tunnel zu blockieren waren, die in seine Gebiete führten. Einmal hörte ich das Zischen von Silberröhren – nur wenige hundert Meter entfernt. Verzweifelt lehnte ich mich gegen den eisernen Griff meiner Fesseln auf. Hilflos mußte ich miterleben, wie der Krieg in den Straßen draußen ohne mich entschieden wurde.

Dann trat eine Ruhepause ein, und ich vermutete, daß Sarms Streitkräfte zurückgetrieben worden waren. Nun begann sich auch der Mangel an Nahrungsmitteln bemerkbar zu machen; meine Rationen fielen immer spärlicher aus.

In dieser Situation verheimlichte Sarm mir nicht mehr, warum er mich am Leben erhalten hatte. »Es heißt, daß zwischen dir und Misk Nestvertrauen besteht. Wenn das stimmt, wird er bereit sein, für dich zu sterben.«

»Was soll das?«

»Sein Leben gegen das deine.«

»Niemals!«

»Nein!« rief Vika. »Er gehört mir!«

»Keine Angst, kleiner Mul«, sagte Sarm. »Wir bekommen Misk – und du bekommst deinen Sklaven!«

»Sarm ist heimtückisch«, sagte ich.

»Sarm ist ein Priesterkönig«, sagte er.

31

Der Treffpunkt wurde vereinbart – einer der Plätze in dem Gebiet, das von Sarms Truppen kontrolliert wurde.

Misk sollte allein kommen, und ich und Sarm sollten ihm entgegentreten. Niemand durfte Waffen tragen. Misk mußte sich ergeben, woraufhin ich theoretisch freigelassen wurde.

Aber ich wußte, daß Sarm sein Versprechen nicht zu halten gedachte. Er wollte Misk umbringen und der Opposition damit den Führer rauben. Ich fiel dann als Sklave Vika zu oder wurde, was noch wahrscheinlicher war, sofort getötet.

Beim Losketten informierte mich Sarm, daß der kleine Kasten auf seiner Brust mein Kontrollnetz aktivierte und daß er mich beim ersten Anzeichen von Feindseligkeit ausschalten würde – was einem Ausbrennen meines Gehirns gleichkam.

Ich sagte, ich hätte verstanden.

Ich fragte mich, was Sarm tun würde, wenn er wüßte, daß Kusk und Parp mir gar kein Netz eingepflanzt hatten.

Trotz der klaren Vereinbarung verbarg Sarm eine Silberröhre an seinem Übersetzungsgerät, so daß die Waffe von vorn nicht zu sehen war.

Zu meiner Überraschung wollte Vika aus Treve ihren goldenen Herrn begleiten. Wahrscheinlich fürchtete sie, daß Sarm mich umbringen könnte, ohne auf sie Rücksicht zu nehmen. »Ich möchte meinen Herrn triumphieren sehen«, sagte sie, und Sarm schlug ihr die Bitte nicht ab.

Ich mußte einige Schritte vor dem Priesterkönig hergehen, der sein Netz-Kontrollgerät griffbereit hielt. Vika ging neben ihm.

Endlich erblickte ich auf der anderen Seite des Platzes Misks hohe Gestalt.

Wie schwer fiel mir dieser Anblick! Wie warm wurde mir um das Herz, als ich erkannte, daß er, obwohl er ein Priesterkönig war, sein Leben für mich geben wollte – weil wir Freunde waren, weil Nestvertrauen zwischen uns bestand!

Er blieb stehen, und auch wir verhielten.

Und dann schritten wir langsam aufeinander zu — über die viereckigen Pflastersteine des Platzes im Nest der Priesterkönige.

Er war noch außer Reichweite der Silberröhren, als ich zu laufen begann. In der Hoffnung, daß er mich hören konnte, rief ich: »Kehr um! Es ist eine Falle!«

Misk blieb stehen.

Ich hörte Sarms Übersetzungsgerät hinter mir: »Dafür sollst du sterben, Mul.«

Ich wandte mich um und erblickte Sarm, der vor Wut erbebte und mit zitternden Armen an den Kontrollen des Netzgerätes hantierte. »Dafür stirbst du, Mul«, wiederholte er.

Aber ich blieb ruhig stehen.

Sarm brauchte nur Sekundenbruchteile, um zu erkennen, daß er hereingelegt worden war, und griff nach seiner Silberröhre.

Ich machte mich auf den plötzlichen Feuerstoß gefaßt, der mir das Fleisch von den Knochen brennen würde.

Aber als Sarm auf den Auslöser drückte, ertönte nur ein leises Knacken. Der Priesterkönig begann ratlos zu zittern.

»Es funktioniert nicht«, tönte es gefühllos aus dem Übersetzungsgerät.

»Das kann es auch nicht!« rief Vika. »Ich habe die Röhre heute morgen entleert!«

Das Mädchen lief zu mir herüber und stellte sich an meine Seite.

»Ich verstehe nicht . . .«, dröhnte Sarms Übersetzer.

»Ich wollte meinen Herrn triumphieren sehen!« rief Vika.

Sanft zog ich das Mädchen an mich.

»So hast du deinen Kampf verloren«, sagte ich.

Sarm schleuderte die Silberröhre in meine Richtung. Ich duckte mich und hörte die Waffe hinter mir zu Boden poltern. Zu meiner Verblüffung wandte sich der Priesterkönig um und ergriff die Flucht.

Vika lag mir weinend in den Armen.

Einen Augenblick später trat Misk zu uns.

Der Krieg war zu Ende.

Sarm war verschwunden, und mit seiner Flucht lösten sich die gegnerischen Streitkräfte auf, denn sie waren nur durch Sarms dominierende Persönlichkeit und sein Prestige als Erstgeborener zusammengehalten worden.

Die Priesterkönige, die ihm treu geblieben waren, hatten sich zu ihrem Verhalten aufgrund der Gesetze des Nestes verpflichtet gefühlt, denn immerhin war Misk nur der Fünftgeborene gewesen.

Nun aber stieg er zum Range des Höchstgeborenen auf, so daß sich nach den gleichen Gesetzen automatisch ihre Treue auf ihn verlagerte.

Schwieriger war die Frage, was mit den ehemaligen Muls geschehen sollte, die sich Sarm aufgrund von Versprechungen angeschlossen hatten, welche nun nicht erfüllt werden konnten. Insgesamt handelte es sich aber nur um etwa achtzig Personen.

Al-Ka und Ba-Ta brachten zwei weibliche Gefangene mit, die sie augenzwinkernd mit Beschlag belegten. Die beiden freundeten sich schnell mit Vika an.

Misk und ich versuchten zu überlegen, wie das Nest nach Beendigung des Krieges neu zu organisieren war. Am einfachsten waren dabei die Versorgungsprobleme, die Priesterkönigen und Menschen überhaupt das Leben im Nest ermöglichten. Schwieriger wurde es schon bei den politischen Arrangements, die das Zusammenbleiben der beiden so verschiedenen Spezies regelten. Im Gegensatz zu meinen Befürchtungen war Misk durchaus bereit, den Menschen bei Entscheidungen Sitz und Stimme einzuräumen und zudem für den Heimtransport all jener zu sorgen, die nicht im Nest bleiben wollten.

Wir beratschlagten noch über diese Fragen, als sich plötzlich der Fußboden unseres Zimmers aufzubäumen und zu zerplatzen schien. Gleichzeitig brachen zwei Wände ein. Misk deckte mich mit seinem Körper und wehrte eine Lawine von Gesteinsbrocken ab.

Das ganze Nest schien in Bewegung zu geraten.

»Ein Erdbeben!« rief ich.

»Sarm ist nicht tot«, sagte Misk. Ungläubig sah er sich um. In der Ferne hörten wir die Kuppel eines Höhlenkomplexes knirschen, riesige Felsbrocken schienen auf die darunterliegenden Gebäude zu stürzen. »Er will das Nest vernichten!« sagte Misk. »Er läßt den Planeten auseinanderbrechen!«

»Wo ist er?«

»In der Energiezentrale!«

Ich kletterte über Felsbrocken, stürzte aus dem Raum und sprang auf die erste Transportscheibe, die ich finden konnte. Obwohl der Weg durch mancherlei Felsbrocken und Staubwehen blockiert war, hob sich die Scheibe mühelos über die Hindernisse, wenn der Flug dadurch auch ziemlich unruhig ausfiel.

Nach wenigen Minuten erreichte ich die Energiezentrale, sprang von der Scheibe und stemmte mich gegen die große Tür. Sie war verschlossen. In größter Eile suchte ich den nächsten Entlüftungsschacht und riß das Schutzgitter heraus. Kaum eine Minute später hatte ich ein zweites Gitter losgetreten und ließ mich in dem großen Kuppelraum der Energiezentrale zu Boden. Von Sarm war nichts zu entdecken.

Da ich mich mit den Maschinen nicht auskannte, öffnete ich von innen die verschlossenen Türen, damit Misk und seine Ingenieure Gelegenheit hatten, den Schaden zu reparieren. Kaum hatte ich die Riegel gelöst, als sich das Metall der Tür über mir verfärbte.

Ich hob den Kopf und erblickte Sarm auf einem Gittersteg. Er hatte eine Silberröhre auf mich gerichtet. Im Zickzack rannte ich um die riesige Kuppel herum, wo Sarm nicht ohne weiteres auf mich schießen konnte.

Dann sah ich ihn durch die durchsichtige Kuppel, die die Energiequelle schützte, eine goldene Gestalt ganz in der Spitze der Höhle. Er schien aber kein Interesse an mir zu haben, denn er begann methodisch auf die Anlagen rings zu schießen und vernichtete eine Sektion nach der anderen. Mit jedem Treffer erbebte das ganze Nest, und Feuer leckte aus den zerstörten Anlagen. Schließlich schoß er unmittelbar in die Energieanlage unter sich, die zu grollen begann und Geysire aus purpurnen Flammen senkrecht in die Höhe schickte und den durchsichtigen Schutzdom zu füllen begann.

Aus dem Augenwinkel nahm ich plötzlich eine gewölbte goldene Gestalt wahr – einen der Käfer, der sich durch die geöffneten Türen in das Energiezentrum verirrt hatte.

Wo blieben Misk und seine Fachleute? Wahrscheinlich hatten sie Mühe, sich einen Weg durch die Tunnel zu bahnen.

Ich wußte, daß ich Sarm irgendwie aufhalten mußte – aber was sollte ich tun? Er war mit einer Silberröhre bewaffnet, während ich nur mein Schwert hatte.

Während Sarm seinen vernichtenden Beschuß fortsetzte, verließ ich meine Deckung und eilte zu der schmalen Stiege, die an der Kuppel entlang noch oben führte. Die durchsichtige Kuppel vermochte die darin tobenden Gewalten kaum noch zu bändigen. Mit hastigen Schritten stieg ich empor und sah bald Sarm in aller Deutlichkeit am Gipfelpunkt der Kuppel vor mir, wo er mir einmal die technische Überlegenheit seiner Rasse und die Vorzüge der Modifikation des Gangliennetzes geschildert hatte.

Plötzlich fuhr er herum, erspürte mich, und schon zuckte die Silberröhre hoch. Ich warf mich zu Boden, ließ mich die Stahlstufen hinabrollen, bis sich die Krümmung der Kuppel zwischen mich und den Priesterkönig geschoben hatte. Zweimal feuerte Sarm, ehe er sich wieder seinem Vernichtungswerk zuwandte. Ich stieg sofort wieder empor, wobei ich zu meiner Erleichterung feststellte, daß Sarms Silberröhre zu flackern begann und bald entleert zu sein schien.

Ich fragte mich, was Sarm nun noch unternehmen konnte. Er steckte in einer Sackgasse und war mir, nachdem seine Waffe nun erschöpft war, mehr oder weniger ausgeliefert.

Langsam stieg ich weiter aufwärts. Sarm schien keine Eile zu haben. Offenbar wartete er auf mich.

Ich sah, wie er die Silberröhre fortwarf, die durch eines der klaffenden Löcher in der Energiekuppel verschwand.

Schließlich trennten uns nur noch wenige Meter.

Er hatte meine Annäherung verfolgt und richtete seine Antennen auf mich. »Ich wußte, daß du kommen würdest«, sagte er.

Zu unserer Linken brach eine Wand ein, zerfiel in ihre Einzelteile, die polternd im Kuppelschacht verschwanden. Eine Staubwolke versperrte mir kurz den Ausblick auf Sarms majestätische Gestalt.

»Ich vernichte den Planeten«, sagte er. »Er hat seinen Zweck erfüllt. Er hat das Nest der Priesterkönige beherbergt – doch jetzt gibt es keine Priesterkönige mehr, nur noch mich, Sarm.«

»Noch immer leben vier Priesterkönige im Nest«, sagte ich.

»Nein, es gibt nur einen Priesterkönig, den Erstgeborenen Sarm, der das Nest nicht verriet, der von der Mutter geliebt wurde, der die alten Wahrheiten seines Volkes bewahrte und schützte.«

Neue Steine fielen aus der Höhlendecke und prallten von der Kuppeloberfläche ab.

»Du hast das Nest zerstört – jetzt zerstöre ich dich.«

Ich zog mein Schwert.

Sarm griff nach dem Stahlgeländer des Laufganges und riß mit unglaublicher Kraft ein etwa fünf Meter langes Stück heraus. Er konnte mich damit von der Treppe stoßen, ehe ich überhaupt an ihn herankam.

Ich trat zurück, und Sarm rückte ein Stück vor.

»Primitiv«, sagte er, »aber angemessen.«

Ich wußte, daß mir der Rückzug unmöglich war, denn Sarm war viel schneller als ich. Zur Seite konnte ich auch nicht springen, denn die Treppe war nur schmal. Und vor mir stand Sarm – die Waffe zum Schlag erhoben. Wenn sein erster Hieb fehlging, kam ich vielleicht mit dem Schwert an ihn heran – aber er traf sein Ziel bestimmt.

Vielleicht war es gar kein so schlechter Ort zum Sterben.

Hätte ich es gewagt, den Blick von Sarm zu wenden, wäre mir sicher die Szene ringsum eindrucksvoll erschienen – Steine polterten durch die riesige Halle, Flammen zuckten, Kontakte schmorten, grell beleuchtete Staubwolken wallten hin und her. Der ganze Globus schien in Aufruhr zu sein — das Sardargebirge mochte auseinanderbrechen, Sa-Tarna-Felder untergehen. Ich hätte mir die Panik in den Städten Gors vorgestellt, das Auf und Ab der Schiffe auf dem Meer, die Panik der Tiere — und von allen Menschen war ich hier an dem Ort, wo dieser Vernichtungsprozeß seinen Anfang genommen hatte — ich sah mich dem Urheber all des Chaos' gegenüber, dem goldenen Todesbringer einer Welt.

»Schlag zu«, sagte ich, »damit es endlich vorüber ist.«

Sarm hob die lange Stange, und ich duckte mich mit abwehrend erhobener Klinge.

Aber der Priesterkönig rührte sich nicht.

Zu meiner Verblüffung senkte sich die lange Waffe sogar wieder, und Sarm nahm plötzlich eine seltsame Haltung an — als lausche er in die Ferne. Die Sensorenhaare seines Körpers hoben sich, streckten sich in eine bestimmte Richtung. Seine Fühler erschlafften.

»Töte ihn«, sagte er, »töte ihn.«

Ich dachte zuerst, daß er sich selbst Mut zuredete — aber ich bemerkte schnell, daß das nicht zutreffen konnte. Und dann nahm ich ebenfalls den Geruch wahr und drehte mich um.

Auf der Treppe hinter mir entdeckte ich den Goldenen Käfer, den ich schon unten bemerkt hatte. Mit seinen sechs dünnen Beinen schob er sich langsam über die Stufen. Die Haare auf seinem Rücken waren hochgereckt und bewegten sich wie Unterwasserpflanzen hin und her.

Der narkotische Duft seiner Haare blieb auch auf mich nicht ohne Einfluß. Sarm ließ seine Waffe fallen, die klappernd auf die Kugel prallte und in der Tiefe verschwand.

»Töte den Käfer, Cabot«, klang es aus Sarms Übersetzungsgerät. »Bitte.« Der Priesterkönig vermochte sich nicht zu bewegen. »Du bist ein Mensch, du kannst ihn töten.«

Ich trat zur Seite und stellte mich auf das durchsichtige Material der großen Kuppel, wobei ich mich am Geländer festhielt. »Das darf man nicht«, sagte ich. »Es ist ein Verbrechen, einen Goldenen Käfer zu töten!«

Langsam drückte sich der schwere Körper mit dem verwachsenen Panzer an mir vorbei, und die gebogenen Greifarme öffneten sich.

»Cabot«, sagte Sarms Übersetzungsgerät.

»Und so«, sagte ich, »verstehen die Menschen die Instinkte der Priesterkönige auszunutzen.«

»Cabot – Cabot – Cabot.«

Zu meiner Verblüffung stürzte Sarm jetzt auf den Käfer zu, sank zu Boden, als ginge er in die Knie und stieß Gesicht und Fühler in das wogende Kopfhaar des Goldenen Insekts.

Ich sah, wie sich die gekrümmten Kiefer schlossen, wie sich die Spitzen in den Hals des Priesterkönigs bohrten.

Staubwolken wogten zwischen mir und den beiden Lebewesen, die im Todesgriff vereint waren.

In diesem Augenblick schien sich Kuppel und Treppe etwas anzuheben, doch die beiden Wesen kümmerten sich nicht darum.

Sarms Fühler lagen im goldenen Haar des Insekts; er nahm sogar einige Haare in den Mund und versuchte ihre Ausscheidung mit der Zunge zu schmecken.

»Welche Wonne«, tönte es aus Sarms Übersetzer, »welche Wonne.«

Ich verschloß die Ohren vor dem grausamen Sauggeräusch des Käfers.

Ich wußte nun, warum die Goldenen Käfer im Nest leben durften, warum die Priesterkönige sie nicht umbrachten, obwohl ihr Leben davon abhing.

Ich fragte mich, ob die Haare des Goldenen Käfers, angereichert mit der narkotischen Ausscheidung, ein ausreichender Ausgleich für die asketischen Jahrtausende war, die ein Priesterkönig über den Geheimnissen der Wissenschaft verbrachte, ob sie einen würdigen Gipfelpunkt für das lange Leben im Nest bildeten, ein Leben mit all seinen Gesetzen und Pflichten und Verantwortlichkeiten.

Priesterkönige kannten wenige Freuden, das war mir bekannt – doch wie ich jetzt vermutete, war das Erlebnis des Todes eine davon.

Wie gegen einen übermächtigen Impuls ankämpfend, hob Sarm noch einmal den Kopf und starrte mich an.

»Cabot«, sagte er.

»Stirb, Priesterkönig«, sagte ich leise.

Mit einem letzten Aufbäumen löste sich Sarm aus dem Griff des Goldenen Käfers, stürzte vom Treppengang, rutschte über die Kuppelwandung und verschwand tief unten.

Der angeschwollene, lethargische Käfer wandte sich langsam um.

Mit einem Schwerthieb zerschlug ich ihm den Kopf und stieß das leblose Insekt von der Treppe.

Dann stand ich am Scheitelpunkt der Kuppel und sah mich um.

Tief unter mir, am Eingang zur Energiezentrale, erblickte ich die goldenen Gestalten von Priesterkönigen, angeführt von Misk.

»Das ist das Ende«, sagte Misk. Hastig justierte er die Kontrollen einer wichtigen Schaltstation. Andere Priesterkönige versuchten ihm dabei zu helfen.

Ich hörte ein Mädchen neben mir husten und legte Vika den Arm um die Schultern.

»Wir brauchten Zeit, um uns zu dir durchzuschlagen«, fuhr Misk fort. »Jetzt ist es zu spät.«

»Der Planet?« fragte ich.

»Das Nest – die Welt«, sagte Misk.

Die kochende Masse im Inneren der Kuppel brannte sich durch die schützende Außenhaut, immer wieder ertönte lautes Knacken, und Sturzbäche einer zähflüssigen, zischenden Masse breiteten sich aus.

»Wir müssen die Zentrale aufgeben«, sagte Misk. »Die Kuppel wird explodieren.«

Er deutete auf eine Geruchsnadel, deren Stellung ich nicht beurteilen konnte.

Ich nahm Vika auf den Arm und rannte mit ihr aus der Energiezentrale, begleitet von anderen Priesterkönigen und Menschen.

Im Tunnel wandte ich mich um und erblickte Misk, der zu Sarms Körper eilte. Er beugte sich über den Toten und versuchte ihn aus den Trümmern zu befreien. In diesem Augenblick riß die riesige Kuppel ein und entließ Ströme heißer Flüssigkeit in die Höhle.

Noch immer mühte sich Misk um den toten Priesterkönig.

Ich stieß Vika von mir und eilte zurück.

»Komm!« brüllte ich. »Beeil dich!«

»Er war ein Priesterkönig«, sagte Misk.

Während die blaue lavaähnliche Masse auf uns zuströmte, half ich Misk, den Körper aus den Trümmern zu befreien. Im letzten Moment zerrte der Priesterkönig seinen toten Artgenossen zur Seite, nahm ihn auf und eilte mit ihm zur Tür.

Zusammen mit den anderen arbeiteten wir uns durch die zitternden Tunnel zu dem Wohnkomplex vor, der einmal das Zentrum von Sarms Gebiet gewesen war.

»Was soll das?« fragte ich Misk. »Er war ein Verräter. Er wollte dich vernichten und hat jetzt das Nest und die ganze Welt zerstört.«

»Aber er war ein Priesterkönig«, sagte Misk. »Und er war der Erstgeborene, das geliebte Kind der Mutter.«

»Hinter uns ertönte eine gewaltige Explosion. Die Kuppel war geplatzt und hatte die riesige Höhle der Vernichtung preisgegeben.

Der Tunnel, durch den wir schritten, schien sich unter unseren Füßen aufzubäumen.

Wir erreichten das Loch, das Misk und seine Begleiter durch herabgefallene Trümmer gegraben hatten, und befanden uns gleich darauf in einem Hauptkomplex des Nests.

Hier war es kühler, und wir Menschen fröstelten in unseren einfachen Plastiktuniken.

»Seht doch!« rief Vika und deutete nach oben.

Und wir alle hoben die Köpfe und erblickten über uns, vielleicht eine Meile entfernt, den blauen Himmel Gors. Eine große Öffnung, von deren Rändern noch immer Steine herabfielen, klaffte in der Decke des Nestkomplexes. Einige Menschen schrien erstaunt auf, denn sie hatten den Himmel noch nie gesehen.

Die Priesterkönige schirmten ihre Fühler vor der Strahlung des sonnenhellen Himmels ab.

Und plötzlich wurde mir bewußt, warum sie uns Menschen brauchten, warum sie von uns abhingen. Die Priesterkönige vertrugen die Sonne nicht!

Und ich begriff auch, welchen Schmerz, welche Pein der Hochzeitsflug für die Nestmutter bedeutete! Seine Flügel waren wie Goldregen, so hatte sie es beschrieben.

»Wie schön!« rief Vika, die seit neun Jahren keinen Himmel mehr gesehen hatte.

Ich legte den Arm um sie.

In diesem Augenblick schwebte eines von Misks Schiffen heran und landete neben uns. Al-Ka winkte heraus. Ein zweiter Gleiter, gesteuert von Ba-Ta, ging ebenfalls nieder. Beide Männer hatten ihre Frauen bei sich.

»Der Augenblick der Entscheidung ist gekommen, wo wir sterben wollen«, sagte Misk.

Die Priesterkönige wollten das Nest natürlich nicht verlassen – und zu meiner Überraschung bestanden auch die meisten Menschen darauf, in ihrer Heimat zu bleiben.

Andere jedoch drängten sich eifrig an Bord, um durch die Öffnung in die darüberliegenden Berge geflogen zu werden.

»Wir haben schon viele Flüge gemacht«, sagte Al-Ka, »ebenso wie andere Schiffe. Das Nest klafft an mehreren Stellen auf.«

»Möchtest du sterben?« wandte ich mich an Vika.

»An deiner Seite«, sagte sie einfach.

Al-Ka und Ba-Ta, die mit ihren Frauen im Nest bleiben wollten, gaben ihre Pilotensitze an andere ab. Sie entdeckten Kusk und gingen auf ihn zu. Ich sah, wie der Priesterkönig seinen beiden Geschöpfen die Vorderbeine auf die Schulter legte. Gemeinsam wollten sie den Zusammenbruch des Nestes abwarten.

»Auch oben gibt es keine Sicherheit«, sagte Misk.

»Das ist richtig.«

Aus der Ferne tönten dumpfe Explosionen.

»Das ganze Nest wird vernichtet«, sagte der Priesterkönig.

»Können wir denn nichts tun?« fragte ich.

»Nichts«, sagte Misk.

Vika sah mich an. »Und wo möchtest du sterben, Cabot?« fragte sie.

Ich sah, daß das letzte Schiff startbereit gemacht wurde. Gern hätte ich noch einmal die Oberfläche des Planeten gesehen, die grünen Felder jenseits des düsteren Sardargebirges, aber ich sagte: »Ich bleibe hier bei Misk, der mein Freund ist.«

»Gut, dann bleibe ich auch«, sagte Vika.

»Ich verstehe«, sagte Misk und berührte mich sanft mit seinem Fühler.

Gemeinsam sahen wir zu, wie das Schiff in die Höhe schwebte und schnell in der blauen Öffnung verschwand.

Kusk, Al-Ka und Ba-Ta und ihre Frauen kamen langsam auf uns zu.

Wir sahen uns an. Auf einer Seite explodierten Energielampen an einer Wand, Funkenkaskaden sprühten in anmutigen Bogen nach unten. Weitere Steinbrocken fielen aus dem Loch in der Decke, regneten auf die Gebäude herab, brachen durch die Dächer, zerstörten die Straßen. Staubwolken verhüllten die Sicht, und ich zog Vika den Kragen vor das Gesicht, damit sie besser atmen konnte. Misks Körper war von Staub überzogen, Staub, den ich auch im Haar und im Hals spürte.

Ich lächelte vor mich hin, denn Misk war mit seinem Reinigungshaken beschäftigt. Ringsum ging seine Welt in Trümmer, aber er mußte sich putzen! Ich nahm an, daß der Staub seine Sinnesorgane behinderte und für ihn unangenehmer war als der Gedanke, daß er jeden Augenblick von einem tonnenschweren Felsbrocken zerdrückt werden konnte.

»Es ist bedauerlich«, sagte Al-Ka zu mir, »daß die Ersatz-Energiezentrale noch nicht ganz fertig ist.«

Misk erstarrte, und Kusk fuhr herum.

»Welche Energiezentrale?« fragte ich.

»Die Energiestation der Muls«, sagte Al-Ka, »an der wir seit fünfhundert Jahren bauen, um eine Revolte gegen die Priesterkönige zu ermöglichen.«

»Davon wußte ich nichts«, sagte Misk.

»Die Priesterkönige haben uns Muls oft unterschätzt«, sagte Al-Ka.

»Ich bin stolz auf meine Söhne«, fiel Kusk ein.

»Wir sind keine Ingenieure«, sagte Al-Ka.

»Nein«, sagte Kusk, aber ihr seid Menschen.«

»Nur wenige Muls wissen von der Energiezentrale – auch wir haben erst vor kurzem davon erfahren, von einigen Technikern, die sich im Nestkrieg auf unsere Seite schlugen.«

»Wo sind diese Techniker jetzt?« fragte ich.

»Sie arbeiten.«

»Besteht eine Chance, daß die Energieanlage funktioniert?«

»Nein«, sagte Al-Ka.

»Warum arbeiten sie dann?« fragte Misk.

»Das ist menschlich«, sagte Ba-Ta.

»Töricht ist es«, bemerkte Misk.

»Was fehlt denn noch?« fragte ich.

»Ich bin kein Techniker«, sagte Al-Ka, »ich weiß es nicht. Aber es hat mit dem Ur, mit der Schwerkraft zu tun.«

»Dieses Geheimnis ist von den Priesterkönigen gut gehütet worden«, sagte Ba-Ta.

Misk hob nachdenklich die Fühler. »Da wäre das Ur-Gerät, das ich während des Krieges gebaut habe«, klang es aus seinem Übersetzer. Die Teile dieses Apparates ließen sich neu zusammenfügen, aber es besteht keine große Hoffnung, daß wir den Energiebogen zufriedenstellend schließen können.«

»Warum nicht?«

»Zum einen ist die Mul-Anlage sicherlich völlig ungenügend – außerdem ließe sie sich bestimmt nicht mit unseren Bauteilen verbinden.«

»Ja«, sagte Kusk, »die Chancen stehen nicht sehr gut.«

»Aber es *gibt* eine Chance?« fragte ich.

»Vielleicht – eine winzige.«

»Dann müßt ihr es versuchen!«

Misk starrte mich überrascht an. »Ich bin Priesterkönig«, sagte er. »Die Wahrscheinlichkeit ist so gering, daß ich als denkendes Wesen nicht darauf einzugehen brauche.«

»Aber ihr müßt handeln!«

Ein gewaltiger Felsbrocken fiel hundert Meter entfernt herab, prallte auf und rollte zur Seite.

»Ich möchte sterben, wie es einem Priesterkönig geziemt. Und es ziemt sich nicht, daß ich wie ein Mensch herumhaste und mich abmühe, wenn keine Erfolgschancen mehr bestehen.«

»Ihr müßt es tun – wenn schon nicht euretwegen, dann um all der Menschen willen, die innerhalb und außerhalb des Nestes leben und deren einzige Hoffnung ihr seid!«

Misk hielt inne. »Wollt ihr das?« fragte er.

»Ja«, sagte ich.

»Ja«, sagten auch Al-Ka und Ba-Ta.

In diesem Augenblick sah ich durch die Staubwolken den runden Körper eines Goldenen Käfers. Das Insekt war noch fünfzig Meter entfernt.

Sofort hoben Misk und Kusk ihre Fühler und erschauerten.

»Wir haben Glück«, tönte es aus Kusks Übersetzer.

»Ja«, sagte Misk, »jetzt brauchen wir uns keinen Goldenen Käfer zu suchen.«

»Ihr dürft nicht so einfach aufgeben!« rief ich.

Ich sah nun, daß sich Misks und Kusks Antennen dem Käfer entgegenstreckten, der seine Kopfhaare reckte. Ich zog mein Schwert.

»Ich will sterben«, sagte Misk. »Wir sind am Ende. Ich habe lange genug gelebt, vergib mir, Tarl Cabot.«

»Will unser Vater freiwillig in den Tod gehen?« wandte sich Al-Ka an Kusk.

»Ihr versteht nicht, was der Käfer für einen Priesterkönig bedeutet«, antwortete Kusk.

»Ich verstehe es schon, aber ihr müßt euch wehren. Diesmal müßt ihr euch ändern. Für uns!«

Misk schien sich aufzurichten, seine Fühler fuhren wild hin und her. Bebend stand er in den Schwaden des Gesteinsstaubes, im Lärm der herabpolternden Felsen. Er musterte die Menschen, die ihn umstanden, dann die goldene Rundung des näherkommenden Käfers.

»Treib ihn fort«, sagte sein Übersetzungsgerät.

Mit einem Freudenschrei stürzte ich mich auf den Käfer, gefolgt von Vika und den anderen. Gemeinsam gelang es uns, das schillernde Insekt zu vertreiben.

Wir kehrten zu Misk und Kusk zurück, die sich wieder beruhigt hatten.

»Bring uns zur Anlage der Muls«, sagte Misk.

»Ich führe euch«, rief Al-Ka.

Misk wandte sich an mich. »Ich wünsche dir alles Gute, Tarl Cabot, Mensch.«

»Warte«, sagte ich, »ich komme mit.«

»Du kannst uns nicht mehr helfen«, erwiderte er. »Geh an die Oberfläche. Stell dich in den Wind und betrachte noch einmal Himmel und Sonne.«

Ich hob die Hände, und Misk berührte sie sanft mit seinen Fühlern.

»Ich wünsche dir alles Gute, Misk, Priesterkönig«, sagte ich.

Misk drehte sich hastig um und eilte davon, gefolgt von Kusk und den anderen.

Vika und ich blieben allein im zerfallenen Nest zurück.

Über unseren Köpfen schien plötzlich das ganze Höhlendach aufzureißen; eine Sekunde lang hing alles in der Schwebe.

Ich griff Vika, riß sie mit mir fort und floh aus dem Komplex.

Die Angst beflügelte mich, mir war fast, als ob ich schwebte. Als ich den Höhlendurchgang erreichte und mich umsah, schien die ganze Riesenhalle in sich zusammenzusinken; die Decke senkte sich wie zu Schneeflocken aufgelöst herab.

Ich spürte den Schwerkraftunterschied und fragte mich, wie lange es dauern mochte, bis Gor auseinanderbrach und sich zu einem Staubgürtel im Sonnensystem verteilte.

Vika war in meinen Armen ohnmächtig geworden.

Ich eilte durch die Tunnel, ohne zu wissen, was ich tun sollte, wohin ich mich wenden konnte.

Dann fand ich mich plötzlich im ersten Nestkomplex wieder, wo ich meinen ersten Priesterkönig gesehen hatte. Wie im Traum erklomm ich die kreisförmige Rampe, die zum Fahrstuhl führte. Doch am Ziel angekommen, fand ich nur den offenen Schacht.

Die Tür war aufgebrochen worden, und Trümmer lagen im Schacht. Es waren keine Kabel vorhanden, und ich konnte das zerschmetterte Dach des Fahrstuhlkorbes einige Meter unter mir erkennen.

Ich schien im Nest gefangen zu sein.

Dann entdeckte ich fünfzig Meter weiter eine ähnliche Tür, die allerdings kleiner war. Mit Riesensätzen eilte ich hinüber und legte den Hebel herum.

Die Tür öffnete sich, und ich sprang hinein und drückte auf den höchsten Knopf an der Kabinenwand. Die Tür schloß sich, und der Aufzug stieg aufwärts.

Als die Türflügel vor mir wieder auseinandergingen, befand ich mich im Saal der Priesterkönige, dessen große Kuppel nun zerbrochen war. Trümmer bedeckten den Saalboden.

Ich hatte den Fahrstuhl entdeckt, den Parp damals benutzt hatte, als er vor meinen Augen verschwand – Parp, der sich später geweigert hatte, mir ein Netz einzupflanzen, der der Untergrundbewegung gegen Sarm angehörte. Als er mich damals hier begrüßte, hatten zweifellos die Priesterkönige aus seinem Mund gesprochen – aber jetzt war der Beobachtungsraum ebenso vernichtet wie ein Großteil des Nestes, und niemand konnte sein Netz aktivieren.

Vika auf den Armen, so trat ich vor den Thron der Priesterkönige.

»Sei gegrüßt, Tarl Cabot«, sagte eine Stimme.

Ich blickte auf und sah Parp, der pfeiferauchend auf dem Steinsitz lehnte.

»Du darfst hier nicht bleiben«, sagte ich und blickte mich unruhig um.

»Wohin soll man gehen?« fragte Parp und blickte Vika an. »Sie ist sehr schön – wie ihre Mutter.«

»Ja.«

»Ich wünschte, ich hätte sie besser gekannt«, sagte Parp. »Aber ich war ein unwürdiger Vater für so ein Mädchen.«

»Du bist ein sehr mutiger Mann.«

»Ich bin klein und häßlich und schwach und verdiene die Verachtung meiner Tochter.«

»Ich glaube, sie würde dich nicht mehr verachten.«

»Sag ihr nicht, daß ich sie gesehen habe. Sie soll Parp, den Narren, vergessen.«

»Warum bist du hierher zurückgekehrt?« fragte ich.

»Um mich noch einmal auf diesen Thron zu setzen«, sagte er und lachte leise.

»Du bist von der Erde, nicht wahr?«

»Das ist lange her«, sagte er. »Ich habe mich nie an diese Fußbodenhockerei gewöhnt, und der Thron hier ist der einzige vernünftige Sitz im ganzen Gebirge.«

»Du bist Engländer?«

»Ja.«

»Auf einer Akquisitionsreise nach Gor gebracht.«

»Natürlich.«

Parps Pfeife war ausgegangen. Er begann frischen Tabak aus dem Beutel zu holen, den er am Gürtel trug.

»Wie lange ist das her?«

Die geringe Gravitation erschwerte Parps Aufgabe, und er antwortete nicht sofort.

»Ich weiß Bescheid über die Stabilisationsseren«, sagte ich.

Parp blickte kurz auf und sagte: »Drei Jahrhunderte.«

»Woher hast du Tabak und Pfeife?« fragte ich.

»Wie du dir vorstellen kannst, habe ich mir das Rauchen auf der Erde angewöhnt, und da ich inzwischen mehrfach als Agent der Priesterkönige zur Erde zurückgekehrt bin, konnte ich mir Vorräte mitbringen. In den letzten Jahren habe ich mir meine eigenen Tabakvorräte gezüchtet – unten im Nest unter Lampen.«

Der Fußboden vibrierte unter meinen Füßen, und ich trat unruhig hin und her. Der Thron hob sich etwas an und sank wieder zurück.

Parp schien sich mehr auf seine Pfeife zu konzentrieren als auf die Umwelt, die nach und nach in Stücke fiel.

Endlich hatte er die Pfeife unter Kontrolle.

»Wußtest du, daß es Vika war, die als erste die Goldenen Käfer zurücktrieb, nachdem Sarm sie ins Höhlensystem scheuchen ließ?«

»Nein!« sagte ich.

»Ein feines, mutiges Mädchen!«

»Ich weiß«, sagte ich. »Sie ist eine großartige, schöne Frau.«

Vika regte sich in meinen Armen.

»Schnell!« sagte Parp, der plötzlich Angst zu haben schien. »Bringe sie fort, ehe sie wieder zu sich kommt. Sie darf mich nicht sehen!«

»Warum nicht?«

»Weil sie mich verachtet und ich das nicht ertragen kann.«

»Ich glaube, du brauchst dir keine Sorgen zu machen.«

»Geh!« flehte er. »Geh!«

»Zeig mir den Weg.«

Hastig klopfte Parp die Asche aus und steckte die Pfeife fort. »Folge mir«, sagte er und eilte voraus.

Bald hatten wir ein Stahlportal erreicht. Parp betätigte einen Kontakt, und die Stahlbarriere rollte nach oben.

Draußen erblickte ich die beiden Schneelarls, die sich dem Tor zuwandten.

Sie waren nicht angekettet.

Parp riß entsetzt die Augen auf. »Ich dachte, sie wären längst verschwunden«, sagte er. »Ich habe ihnen vorhin die Freiheit gegeben, damit sie nicht an den Ketten sterben müssen.«

Wieder drückte er auf den Kontakt, und das Portal begann herabzurollen, doch einer der Larls warf sich mit wildem Knurren in unsere Richtung, zwängte sich mit dem Körper halb unter die herabrollende Stahlbarriere. Wir sprangen zurück, als eine Pranke herabpeitschte. Das Portal traf den Rücken des Wesens, das sich erschreckt aufrichtete, die Stahltür hochzerrte und sie im Rahmen verklemmte. Der Larl zog sich zurück, doch die Tür ließ sich nicht mehr schließen.

»Du hast es gut gemeint«, sagte ich.

»Ich war ein Narr – wie immer!«

»Du konntest das doch nicht wissen.«

Ich spürte, wie Vika wieder zu sich kam und auf die Füße gestellt werden wollte.

Ich setzte sie ab, und Parp wandte sich ab, bedeckte sein Gesicht mit der Robe.

Ich stellte mich mit gezogenem Schwert vor das Portal.

Hinter mir versuchte sich Vika zu orientieren. Mit einem Blick erfaßte sie das verklemmte Tor und die beiden Larls jenseits der Schwelle. Dann erblickte sie Parp und stieß einen leisen Ruf aus. Noch einmal schaute sie auf die Larls, streckte die Hand aus und näherte sich Parp.

»Vater«, sagte sie leise.

»Meine Tochter.« Sanft nahm er das Mädchen in die Arme.

Einer der Larls brüllte – ein Hungerschrei, der dem Angriff dieses Raubtieres vorausgeht, ein Laut, der mir gut bekannt war.

»Zur Seite«, sagte Parp mit völlig veränderter Stimme.

Unwillkürlich gehorchte ich.

Parp stellte sich in den Durchgang des Portals. Er hielt das silberne Feuerzeug in der Hand, mit dem er so oft am Werk gewesen war – jener kleine Zylinder, den ich einmal für eine Waffe gehalten hatte.

Parp kehrte den Zylinder um und zielte damit auf die Brust des nächsten Larl. Dann drehte er an dem kleinen Zylinder, und ein Feuerstrahl warf den Larl fünf Schritte zurück. Die Energie traf das Tier in die Brust, der Larl stieg auf die Hinterhand, die Pranken schlugen wild auf und nieder, und sein Rachen öffnete sich weit. An der Stelle, wo sein Herz gewesen war, gähnte ein schwarzverbranntes Loch. Das Tier fiel zurück und brach leblos zusammen.

Parp warf den Zylinder fort.

Er sah mich an. »Zieh dein Schwert und folge mir«, sagte er.

Vika schrie auf, und ich rief ihm nach, er solle stehenbleiben, doch schon stürzte Parp durch das Portal und warf sich vor die Fänge des zweiten Larl, der die unverhoffte Beute ergriff und wild zu schütteln begann. Im nächsten Augenblick rannte ich vor und stieß dem Raubtier mein Schwert tief ins Herz.

Parp, halb zerrissen, mit gebrochenen Gliedern, fiel reglos zu Boden.

Weinend beugte sich Vika über ihn.

Ich zog mein Schwert zurück und stach noch mehrmals zu, bis der Larl sich nicht mehr rührte.

Dann trat ich neben Vika, die mich weinend ansah. »Er hatte so große Angst vor Larls«, sagte sie.

»Ich habe viele mutige Männer gekannt«, sagte ich, »aber niemand war mutiger als Parp aus Treve.«

Sie senkte den Kopf.

»Wir bedecken den Körper mit Steinen und machen uns Kleidung aus dem Fell der Larls«, sagte ich. »Unser Weg ist weit, es wird kalt werden.«

Vika nickte mit tränenüberströmtem Gesicht.

33

Vika und ich, in Larlpelze gekleidet, machten uns auf den Weg zu dem großen schwarzen Tor, das ins Sardargebirge führte. Es war eine seltsame, doch schnelle Wanderung, denn die Schwerkraftveränderungen hielten an, und ich überlegte, daß Misk und seine Priesterkönige und die Menschen des Nestes offenbar den Kampf mit den Elementen verloren, die Sarm entfesselt hatte. Hatte ich für den Aufstieg zum Saal der Priesterkönige noch vier Tage benötigt, so sichteten Vika und ich jetzt die Ruinen des großen Tors schon am Morgen des zweiten Tages. Mein geringes Gewicht erlaubte mir manche Eskapade, manchen Riesensprung über Abgründe und steile Wegstrecken. Nun schien die Schwerkraftminderung sogar einen neuen Höhepunkt zu erreichen.

»Das Ende ist nahe, Cabot«, sagte Vika.

»Ja.«

Wir konnten nun schon eine riesige Menschenmenge erkennen, die sich hinter den Überresten des Palisadenzaunes drängte – Menschen aller Kastenzugehörigkeiten, erschreckte Menschen, die starr auf das Gebirge blickten. Sicher waren Vertreter aller goreanischen Städte zugegen. In den vorderen Reihen bemerkte ich die weißen Roben von Angehörigen der Kaste der Wissenden. Schon jetzt konnte ich die unzähligen Opferfeuer riechen, die sie entzündet hatten, das brennende Boskfleisch, den schweren Geruch des Weihrauchs in Kupferkesseln, schon hörte ich die eintönigen Litaneien ihrer Gebete, sah ihre ständigen Verneigungen, das Kriechen auf dem Boden, all die Gesten, mit denen sie sich und ihre Wünsche den Priesterkönigen andienten.

Wieder nahm ich Vika auf die Arme, und halb gehend, halb schwebend näherten wir uns den Ruinen des Tors. Die Menge begann zu lärmen, als sie uns erblickte, doch gleich darauf trat eine lastende Stille ein. Alle Augen waren auf uns gerichtet.

Es wollte mir plötzlich scheinen, als wäre Vika ein wenig schwerer als noch eben. Aber das lag sicher an meiner Müdigkeit.

Ich schritt den Pfad entlang, und als ich eine kleine Vertiefung hinabsprang, taten mir die Fußsohlen weh. Offenbar hatte ich mich mit der Entfernung verschätzt.

Der entgegengesetzte Hang der Rinne war nur etwa fünf Meter hoch – ein kleiner Sprung. Aber als ich ansetzte, schwebte ich nur etwa zwei Meter hoch und fiel zurück. Mit größerer Anstrengung schaffte ich es schließlich und stand nun vor dem schwarzen Tor.

Und ich starrte auf all die Menschen vor mir, auf den Rauch der Opferfeuer, und das Gefühl der Schwere, das in meine Knochen zurückkehrte, löste eine große Freude in mir aus.

»Misk hat es geschafft!« rief ich. »Wir haben gewonnen!«

Ohne Vika abzusetzten, rannte ich in langen Sprüngen auf das Tor zu.

Als ich es erreichte, stellte ich das Mädchen wieder auf die Füße und überschaute die verblüfften Goreaner.

Ich wußte, daß in der ganzen bekannten Geschichte des Planeten noch niemand aus dem Sardargebirge zurückgekehrt war.

Die Wissenden, Hunderte von Hohepriestern, knieten in langen Reihen, den Sardarbergen zugewandt. Ihre Gesichter waren von Sorge gezeichnet, ihre Augen voller Angst, und sie zitterten am ganzen Leibe. Vielleicht erwarteten sie, daß ich jeden Augenblick vor ihren Augen den Flammentod sterben würde.

Hinter den Wissenden erblickte ich Männer und Frauen aus hundert Städten, die hier in ihrer gemeinsamen Angst zusammengekommen waren. Wie gut konnte ich mir das Entsetzen vorstellen, das diese Menschen, die gewöhnlich durch die Rivalität ihrer Städte voneinander getrennt waren, hier zur Palisade getrieben hatte, in die Schatten des düsteren Gebirges – die Erdbeben, die Flutkatastrophen, die Hurrikane und atmosphärischen Störungen und vor allen Dingen das unheimliche Nachlassen der Gravitation, die die Erde unter ihren Füßen zusammenhielt.

Ich schaute in die ängstlichen Gesichter der Wissenden und fragte mich, ob ihre geschorenen Köpfe vielleicht ihren Ursprung in den hygienischen Praktiken des Nests hatten.

Es freute mich, daß viele Menschen im Gegensatz zu den Wissenden nicht auf dem Boden krochen. Sie kamen aus Ar, Thentis, Tharna, aus Port Kar, Tor, Cos, Tyros, vielleicht auch aus Vikas Heimatstadt Treve – vielleicht sogar aus dem verschwundenen Ko-ro-ba – und sie stammten aus allen Kasten, aus der Kaste der Bauern, der Sattelmacher, Weber, Ziegenhüter, der Dichter und Kaufleute, und alle standen aufrecht da, was ich seltsam fand. Die Wissenden behaupteten, daß sie selbst den Priesterkönigen am ähnlichsten waren – und doch benahmen sie sich in ihrem Bemühen, gottgleich zu sein, wie Sklaven.

Ein Wissender richtete sich auf.

»Kommst du von den Priesterkönigen?« fragte er.

Der Mann war groß und ziemlich rundlich, mit aufgedunsenem, bleichen Gesicht. Seine Stimme war tief, seine Augen klar. Dieser Wissende ließ sich nichts vormachen. An der linken Hand trug er einen schweren Ring, der ihn als den Höchsten Wissenden Ars auswies, den Nachfolger jenes Priesters, den ich vor vielen Jahren den Flammentod sterben sah.

»Ich komme von dem Ort, wo die Priesterkönige leben«, sagte ich mit lauter Stimme, damit möglichst viele mich hören konnten.

Ich sah, daß sein Blick auf den Rauch eines Opferfeuers fiel, der nun wieder in die Höhe stieg. Und da kam mir die Erkenntnis, daß er Bescheid wußte.

Auch er merkte, daß sich das Gravitationsfeld Gors wieder festigte.

»Ich möchte reden!« brüllte ich.

»Warte, o willkommener Bote der Priesterkönige!«

Ich schloß den Mund und wartete ab.

Der Mann hob einen Arm, und Helfer brachten einen weißen Bosk mit herrlich eingeöltem und zurechtgemachtem Fell, mit farbigen Bändern, die an seinen Hörnern hingen.

Der Wissende zog ein kleines Messer hervor, trennte ein Haarbüschel des Tieres ab und warf es in ein Opferfeuer. Dann winkte er einem Untergebenen zu, der die Halsschlagader des Bosk öffnete. Das Tier sank in die Knie, während sein hervorschießendes Blut in einer goldenen Schale aufgefangen wurde.

Ich wartete ungeduldig.

»Alles andere hat versagt!« rief der Wissende und begann Gebete zu murmeln, während sich seine Helfer in verschiedene Zeremonien stürzten. »Oh, Priesterkönige, möge dieses letzte Opfer euren Zorn abwenden! Höre unser Flehen! Nimm das Opfer, das dir von Om, dem Höchsten aller Höchsten der Wissenden Gors geboten wird!«

»Nein!« riefen einige Hohepriester, die Höchsten Wissenden anderer Städte. Ich wußte, daß der Höchste Wissende Ars den Anspruch erhob, Anführer der gesamten Kaste auf Gor zu sein, was jedoch nicht der Meinung anderer Höchster Wissender entsprach, die in ihren Städten absolute Macht ausüben wollten.

»Es ist ein Opfer von uns allen!« rief einer der Höchsten Wissenden.

»Ja!« fielen andere ein.

»Seht!« rief der Höchste Wissende Ars und deutete auf den Rauch, der jetzt fast senkrecht emportstieg und sich nicht mehr unregelmäßig verteilte. »Mein Opfer hat den Priesterkönigen gefallen!«

»Unser Opfer!« riefen Stimmen.

Jubel brach aus.

»Seht!« rief der Höchste Wissende von Ar und deutete auf den Rauch, der jetzt vom Wind in Richtung Gebirge getrieben wurde. »Die Priesterkönige atmen den Rauch des Opfers ein.«

Ich lächelte, da ich mir vorstellte, wie widerwärtig der Rauch einem Priesterkönig sein mußte.

Ich hatte gehofft, den Augenblick meiner Ankunft auszunutzen, die kostbaren Sekunden, ehe sich die normale Schwerkraft wieder einstellte. Ich wollte die Menschen auffordern, ihre Kriege aufzugeben und sich zusammenzuschließen – doch der Höchste Wissende Ars nahm mir die Chance, das Wort zu ergreifen. Im Jubel der Menge erkannte ich, daß ich nicht mehr wichtig war, daß ich nur mehr eine Bestätigung der Gnade der Priesterkönige darstellte.

In diesem Augenblick wurde mir bewußt, daß ich von Wissenden umgeben war.

Der Kodex dieser Kaste verbietet den direkten Mord, aber ich wußte, daß die Wissenden ihre Mörder aus anderen Kasten anzuwerben pflegten.

Ich wandte mich an den Höchsten Wissenden.

»Wer bist du, Fremder?« fragte er.

In der goreanischen Sprache ist das Wort für ›Fremder‹ übrigens gleichbedeutend mit ›Feind‹.

»Ich bin niemand«, sagte ich. Ich hütete mich, ihm meinen Namen, meine Kaste oder meine Heimatstadt zu nennen.

»Er ist gar nicht wirklich aus dem Gebirge gekommen«, sagte ein Wissender.

»Nein«, fiel ein zweiter ein. »Ich habe ihn gesehen. Er kam aus der Menge und schlug einen großen Bogen. Er hatte große Angst. Er kann gar nicht wirklich aus den Bergen gekommen sein.«

»Du begreifst?« fragte der Höchste Wissende.

»Vollkommen«, sagte ich.

»Aber das ist nicht wahr!« rief Vika. »Wir haben die Priesterkönige gesehen!«

Ich brachte sie zum Schweigen.

Große Traurigkeit überkam mich, als ich daran dachte, welches Schicksal die Menschen erwartete, die aus dem Nest in ihre Heimatstädte zurückgekehrt waren. Vielleicht wurden sie wieder in die menschliche Gemeinschaft aufgenommen, wenn sie in fremde Städte zogen; in ihrer Heimat erinnerten sich die Wissenden bestimmt noch daran, daß sie einmal ins Sardargebirge aufgebrochen waren.

Die Wissenden hatten ihr Leben, ihre überlieferten Traditionen und das Prestige ihrer Kaste, die sie für die höchste des Planeten hielten; sie hatten ihre Lehren, ihre heiligen Bücher, ihre Gottesdienste, ihre Rolle in der Kultur. Selbst wenn sie die Wahrheit ahnten – konnte ich ernsthaft erwarten, daß sie ihre Roben verbrannten, ihren Anspruch auf geheimes Wissen aufgaben und sich wirklicher, ehrlicher Arbeit zuwandten?

»Er ist ein Betrüger und muß sterben«, sagte einer der Wissenden.

Ich hoffte, daß die Menschen, die aus dem Nest in ihre Heimat zurückkehrten, dort nicht wie Freiwild gehetzt würden – unschuldig in Kenntnis der Wahrheit. Wer konnte ihnen schon glauben? Wer glaubte diesen versprengten Menschen, deren Wort gegen das der mächtigen Kaste der Wissenden stand?

Wie es schien, hatten die Wissenden wieder einmal gesiegt.

Ich nahm an, daß viele Menschen sofort ins Nest zurückkehren würden, wo sie jetzt frei leben konnten. Andere zogen es vielleicht vor, ein Leben in Heimlichkeit zu führen, sich zu verstellen, viele mochten auch versuchen, in neuen Städten unterzukommen, wo sie nicht bekannt waren, ein neues Leben zu führen, so als trügen sie in ihren Herzen nicht das Geheimnis des Sardargebirges.

Voller Scham machte ich mir klar, daß ich vorhin nahe daran gewesen war, meine Mitmenschen zu verraten. Auch ich hatte den großen Augenblick ausnutzen, hatte die Botschaft der Priesterkönige verkünden wollen, um den Menschen ein Leben zu empfehlen, wie ich es mir vorstellte – aber was nützte das, wenn solche Dinge aus Angst vor den Priesterkönigen Wirklichkeit wurden und nicht, weil dem Menschen der Sinn danach stand? Nein, die Menschen sollten auf eigenen Füßen stehen.

Und ich war dankbar, daß sich der Höchste Wissende Ars eingemischt hatte. Der Priester winkte jetzt den anderen zu, die sich um uns drängten.

»Tretet zurück!« sagte er, und man gehorchte sofort.

Ich spürte, daß er mich allein sprechen wollte, und bat Vika, sich ebenfalls einige Schritte zu entfernen.

Der Höchste Wissende Ars musterte mich. Und plötzlich sah ich ihn nicht mehr als Gegner, und ich spürte, daß auch er seine Feindseligkeit aufgegeben hatte.

»Weißt du über das Sardargebirge Bescheid?« fragte ich.

»Ausreichend«, sagte er.

»Warum das alles?«

»Das wäre für dich nicht zu verstehen.«

»Sprich trotzdem«, sagte ich.

»Bei den meisten«, sagte er, »verhält es sich so, wie du annimmst – es sind einfache, gläubige Mitglieder meiner Kaste. Dann gibt es andere, die die Wahrheit ahnen und in Qual leben oder die so tun, als ob. Aber ich, Om, Höchster Wissender Ars, und gewisse andere Höchste Wissende sind anders.«

»Und inwieweit unterscheidet ihr euch?«

»Ich ... und einige andere ... wir warten auf den Menschen.« Er blickte mich an. »Und der Mensch ist noch nicht bereit.«

»Wofür?«

»Um an sich selbst zu glauben«, sagte Om, und ich glaubte meinen Ohren nicht zu trauen. Er lächelte. »Ich und andere haben versucht, die Kluft offenzuhalten, auf daß er erkenne und sie fülle. Einige haben das getan – aber noch nicht viele.«

»Und welche Kluft wäre das?«

»Wir wenden uns nicht an das Herz des Menschen«, sagte Om, »sondern an seine Ängste. Wir sprechen nicht von Liebe und Mut und Loyalität – sondern von Zeremonien und Gehorsam und von den Strafen der Priesterkönige – denn täten wir es nicht, fiele es den Menschen viel schwerer, über das hinauszuwachsen, was sie jetzt sind. Und so kommt es, daß wir – was vielen Mitgliedern meiner Kaste nicht bekannt ist – eigentlich nur existieren, um eines Tages überflüssig zu werden und somit auf unsere Weise dem Menschen den Weg zur Größe zu weisen.«

Ich musterte den Wissenden und fragte mich, ob er die Wahrheit sprach. Solche Worte hatte ich von einem Angehörigen seiner Kaste noch nicht gehört.

»Und aus diesem Grunde«, fuhr der Mann fort, »bin ich überhaupt in meiner Kaste geblieben.«

»Es gibt die Priesterkönige«, sagte ich schließlich.

»Ich weiß«, entgegnete Om. »Aber was haben sie mit den Dingen zu tun, die für den Menschen wirklich wichtig sind?«

Ich überlegte einen Augenblick. »Sehr wenig«, sagte ich dann.

»Geh in Frieden«, sagte Om und trat zur Seite. »Ich habe niemanden aus dem Sardargebirge kommen sehen.«

»Ich auch nicht«, fielen andere ein.

Durch die Gasse der Wissenden schritten Vika und ich, traten unter das ruinierte Tor, das einmal das Sardargebirge abgesperrt hatte.

34

»Vater!« rief ich, »mein Vater!«

Ich eilte in die Arme Matthew Cabots, der mich weinend an sich drückte.

Wieder einmal sah ich jenes starke, faltige Gesicht vor mir, das vorgeschobene Kinn, den wilden rotflammenden Haarschopf, die grauen Augen.

Und schon versetzte mir jemand einen heftigen Schlag gegen die Schulter, und ich fuhr herum und sah mich dem riesigen Älteren Tarl gegenüber, meinem ehemaligen Waffenmeister.

Und noch eine dritte Gestalt galt es zu begrüßen, die mit einer riesigen Schriftrolle wedelte.

»Torm!« rief ich aus.

Ich riß den schmächtigen Mann von den Füßen, wirbelte ihn herum, und seine Roben flogen hoch. Torm aus der Kaste der Schriftgelehrten stieß einen Freudenschrei aus. Vorsichtig setzte ich ihn wieder ab.

»Wo ist Talena?« fragte ich meinen Vater.

Doch das Gesicht Matthews wurde ernst und meine Freude verflog.

»Wir wissen es nicht«, sagte der Ältere Tarl.

Mein Vater nahm mich bei den Schultern. »Mein Sohn – die Einwohner Ko-ro-bas wurden in alle Winde verstreut. Du kennst das Verbot der Priesterkönige.«

»Aber jetzt seid ihr hier.«

»Wir haben uns zufällig getroffen – und da die Welt ohnehin unterzugehen schien, wollten wir zusammen sterben!«

»Ob Talena vielleicht auch kommt?« fragte ich meinen Vater.

»Das möchte ich bezweifeln«, sagte er.

Ich gab ihm insgeheim recht, denn ich wußte, wie gefährlich es für eine goreanische Frau ist, allein zu reisen.

»Verzeih mir, Vika«, sagte ich und stellte das Mädchen in der Runde vor. Dann schilderte ich mit knappen Worten meine Abenteuer im Sardargebirge.

Mein Vater, der Ältere Tarl und Torm hörten verblüfft zu.

»Ja«, sagte Matthew schließlich, »ein erstaunlicher Bericht.«

»In der Tat«, bemerkte der Ältere Tarl.

»Nun«, fügte Torm nachdenklich hinzu, dem es nach seinem Kastendenken nicht anstand, schnell eine Meinung zu äußern. »Deine Worte widersprechen keinen Texten, die ich kenne.«

Ich lachte.

»Trotzdem scheint es geraten, möglichst wenig von diesen Dingen zu sprechen.«

Ich sah meinen Vater an. »Es tut mir leid, daß Ko-ro-ba vernichtet wurde«, sagte ich.

Matthew lachte. »Aber Ko-ro-ba ist gar nicht vernichtet!« sagte er.

Ich starrte ihn verblüfft an. Hatte ich nicht selbst das leere Tal gesehen, in dem die Stadt früher gestanden hatte?

»Hier«, sagte mein Vater und griff in einen Lederbeutel, den er über der Schulter trug. »Hier ist Ko-ro-ba.« Und er zog den kleinen, flachen Heimstein der Stadt heraus – in dem sich nach goreanischer Anschauung Wesen und Eigenart der Stadt vereinen. »Ko-ro-ba kann nicht vernichtet sein, solange sein Heimstein besteht!«

Mein Vater hatte den Heimstein an sich genommen, ehe die Stadt dem Erdboden gleichgemacht wurde. Jahrelang hatte er ihn bei sich getragen.

Ich nahm den kleinen Stein in die Hände und küßte ihn, denn er war der Heimstein jener Stadt, der ich mein Schwert verschrieben hatte – die Stadt, in der ich meinen ersten Tarn geritten, meinen Vater wiedergesehen und Freunde gewonnen hatte, die Stadt, in der Talena, meine Liebe, Tochter Marlenus', einst Ubar von Ar, meine Freie Gefährtin geworden war!

»Und auch hier ist Ko-ra-ba!« sagte ich und deutete in die Runde.

Die Männer nickten.

»Wie ich deinem Bericht entnehme«, sagte mein Vater, »scheint das Verbot der Priesterkönige aufgehoben – die Menschen aus Ko-ro-ba können wieder zusammenkommen.«

»Ja«, sagte ich.

Mein Vater und der Ältere Tarl und Torm sahen sich an. »Gut«, sagte mein Vater. »Wir müssen die Stadt wieder aufbauen!«

»Diese Neuigkeit wird sich schnell verbreiten«, sagte Torm, »und viele werden wiederkommen!«

Ich spürte Vikas Hand. »Und du mußt losziehen und sie suchen«, sagte sie leise. »Ich möchte es so!«

Ich schaute auf sie hinab. Sie wußte, daß ich nicht anders konnte. Ich mußte Talena finden, meine Liebe, das Mädchen, das ich zu meiner Freien Gefährtin gemacht hatte.

»Und was wirst du tun?« fragte ich.

»Mir bleibt nichts zu tun«, sagte Vika und begann zu weinen.

»Du könntest nach Ko-ro-ba ziehen«, sagte ich. »Mein Vater und Tarl sind ausgezeichnete Schwertkämpfer.«

»Und was täte ich in deiner Heimatstadt?« fragte das Mädchen. »Ich dachte ständig nur an dich. Für wie stark hältst du mich, Cabot? Nein, ich kehre nach Treve zurück. Ich werde als Ärztin arbeiten. Ich habe von meinem Vater viel gelernt.«

»In Treve wirst du von der Kaste der Wissenden verfolgt. Zieh lieber nach Ar, wo wir dich gut unterbringen können.«

»Ja, Cabot«, sagte sie. »Du hast recht. Ich lasse dich auch nur gehen, weil ich dich so liebe. Nur deshalb kämpfe ich nicht um dich.«

»Ich weiß«, sagte ich und drückte sie an mich.

Sie lachte. »Wenn ich dich ein wenig weniger liebte, würde ich mich selbst auf die Suche nach Talena machen und ihr einen Dolch ins Herz stoßen.«

Ich küßte sie. »Ich wünsche dir alles Gute, Vika.«

»Ich dir auch«, sagte sie und wandte sich ab. Mein Vater legte ihr sanft den Arm um die Schulter und führte sie fort.

»Sie ist sehr schön«, sagte der Ältere Tarl.

»Ja.«

»Aber du bist ein Krieger – bis du Talena findest, sind Gefahr und Stahl deine einzigen Begleiter.«

Das war ein altes Sprichwort der Kaste der Krieger.

Ja, ein einsamer Weg erwartete mich, und ich wollte so wenig wie möglich Zeit verlieren. Ich bat den Älteren Tarl und Torm, meinen Vater zu grüßen, da ich ihn lieber nicht gleich wiedersehen wollte. Es fiel mir schwer, mich so schnell wieder von ihm zu trennen.

Dann verabschiedete ich mich auch von meinen beiden Freunden. Wir hatten uns nur einen winzigen Augenblick lang im Schatten des Sardargebirges gesehen und hatten unsere Zuneigung und

Freundschaft erneut bestätigt gefunden — doch jetzt trennten sich unsere Wege wieder.

»Vielleicht solltest du mit nach Ko-ro-ba kommen und dort warten. Vielleicht findet Talena dorthin zurück.«

Aber das erschien mir wenig wahrscheinlich. Nein, stillsitzen konnte ich nicht, während meine Gefährtin vielleicht in diesem Augenblick in Gefahren schwebte, die ich mir nicht ausmalen konnte. Nein, ich mußte sie suchen.

»Ich werde von Zeit zu Zeit nach Ko-ro-ba kommen«, sagte ich, »um mich zu erkundigen, ob sie zurückgekehrt ist.«

»Vielleicht hat sie versucht, ihren Vater Marlenus aufzusuchen.«

Das war eine Möglichkeit. Talenas Vater Marlenus lebte seit seinem Sturz vom Thron Ars als Geächteter in den schroffen Voltaibergen.

»Wenn sie das geschafft hat, kehrt sie bestimmt nach Ko-ro-ba zurück, sobald bekannt wird, daß die Stadt wieder aufgebaut werden soll.«

»Ich wünsche dir alles Gute«, sagte der Ältere Tarl, und Torm nickte.

»Und ich dir.«

Er wandte sich um und marschierte davon, ohne ein weiteres Wort zu sagen, und zerrte den kleinen Schriftgelehrten hinter sich her, der offenbar noch etwas sagen wollte.

Ich winkte ihm nach.

Dann wandte ich mich um und sah zum Sardargebirge hinüber.

Wieder war ich allein.

Es gab nur wenige Menschen auf Gor, die meine Geschichte glauben würden — und das war vielleicht gut so. Und vielleicht würde mir sogar auf meinem Heimatplaneten kein Glauben geschenkt. Hätte ich es nicht selbst erlebt, wüßte ich nicht, wovon ich spreche — ob ich mir glauben würde? Diese Frage stelle ich mir immer wieder. Und die Antwort lautet: Nein. Warum habe ich meine Abenteuer also niedergeschrieben? Ich weiß es nicht, außer daß ich vielleicht das Gefühl hatte, sie wären der Aufzeichnung wert, ob man mir nun glaubt oder nicht.

Es gibt nicht mehr viel zu berichten.

Ich hielt mich noch einige Tage im Schatten der Berge auf, im Lager einiger Männer aus Tharna, die ich vor einigen Monaten schon gesprochen hatte.

Diese Männer, zumeist Silberkaufleute, waren zum Herbstmarkt, dem Se'Var-Markt gekommen, der gerade zur Zeit der

Schwerkraftschwankungen beginnen sollte. Ich genoß ihre Gastfreundschaft, während ich Delegationen aus verschiedenen Städten besuchte, wie sie zu jedem Markte eintreffen.

Systematisch fragte ich die Menschen aus diesen Städten nach dem Verbleib Talenas, in der Hoffnung, einen Hinweis zu erhalten, der mich zu ihr führte – und wenn es sich nur um die trunkene Erinnerung eines Herdenwächters handelte, oder einer der Männer eine Frau ihres Aussehens in irgendeiner Schenke Port-Kars oder Cos' gesehen hatte.

Aber so sehr ich mich auch bemühte, ich fand keine Spur.

Und damit ist dieser Bericht so gut wie abgeschlossen.

Bis auf ein letztes Ereignis, das ich nicht auslassen darf.

35

Es geschah spätnachts.

Ich hatte mich einer Gruppe aus Ar angeschlossen. Wir hatten den Markt Se'Var verlassen und ritten um das Sardargebirge herum, ehe wir den Vosk überquerten. Nun hatten wir unser Nachtlager aufgeschlagen.

Noch waren wir in Sichtweite des zerklüfteten Gebirges.

Es war eine kalte, windige Nacht, und die drei Monde Gors standen hell am Himmel.

»Bei den Priesterkönigen!« rief plötzlich ein Mann und deutete auf einen Felsvorsprung.

Wir sprangen mit gezogenen Schwertern auf.

Etwa zweihundert Meter über dem Lager, in Richtung Sardargebirge, zeigte sich eine seltsame Gestalt.

Erstaunte Ausrufe wurden laut. Die Männer schüttelten sich entsetzt.

»Töten wir das Ding!« riefen sie.

Ich steckte mein Schwert ein, denn ich wußte Bescheid.

»Wartet hier!« brüllte ich und lief durch das kleine Tal und begann den Hang zu erklimmen.

Die goldenen Augen starrten in meine Richtung. Die Antennen, vom Wind zerzaust, richteten sich auf mich. Auf der linken Augenscheibe erkannte ich die weiße Narbe, an der Sarm schuld war.

»Misk!« rief ich und stürzte auf den Priesterkönig zu, der mir sanft die Fühler in die Hände legte. »Du hast unsere Welt gerettet!«

»Sei gegrüßt, Tarl Cabot«, tönte es aus Misks Übersetzungsgerät.

In dieser Nacht erfuhr ich, wie die Dinge im Nest standen. Es würde noch lange dauern, bis der alte Zustand wiederhergestellt wäre, bis der Beobachtungsraum wieder in Betrieb genommen werden konnte und die Priesterkönige wieder zur Ruhe kamen. Doch Menschen und Priesterkönige waren am Werk – gemeinsam, wie Misk betonte.

Die Schiffe, die das Sardargebirge verlassen hatten, waren inzwischen zurückgekehrt. Wie ich befürchtet hatte, waren die unverhofften Abgesandten aus dem gefürchteten Gebirge nicht willkommen geheißen worden – besonders nicht von den Wissenden, die großen Einfluß in den Städten ausübten. Da Schiffe dieser Art als verboten galten, waren sie und ihre Insassen sogar angegriffen worden – im Namen eben jener Priesterkönige, die den Besatzungen die Möglichkeit zur Flucht gegeben hatten. Schließlich waren die Menschen, die an der Oberfläche bleiben wollten, abgesetzt worden, während die übrigen ins Nest zurückkehrten, um am Wiederaufbau teilzunehmen.

Ich erfuhr auch, daß Sarm in der Kammer der Mutter verbrannt worden war, wie es den Riten der Priesterkönige entsprach.

Misk schien ihm sein Verhalten nicht nachzutragen.

Das erstaunte mich, bis mir einfiel, daß auch ich keinen Groll gegen Sarm hegte, der von der Richtigkeit seines Handelns überzeugt gewesen war.

»Was ist mit dem jungen Männchen?« fragte ich. »Ist er vernichtet worden?«

»Nein«, sagte Misk. »Es ist alles in Ordnung mit ihm.«

Aus irgendeinem Grunde freute mich diese Nachricht. Vielleicht erleichterte mich die Erkenntnis, daß das Sterben irgendwo eine Grenze gefunden hatte.

»Hast du die Goldenen Käfer töten lassen?«

Misk richtete sich auf. »Natürlich nicht.«

»Aber sie werden andere Priesterkönige umbringen.«

»Wer bin ich denn, zu entscheiden, wie ein Priesterkönig leben soll – oder sterben?«

Darauf wußte ich keine Antwort.

»Es tut mir leid, daß ich nicht erfahren habe, wo jenes letzte Ei versteckt ist – aber dieses Geheimnis ist mit der Mutter gestorben. Nun ist auch die Rasse der Priesterkönige zum Tode verurteilt.«

Ich sah ihn an. »Die Mutter hat mit mir gesprochen. Sie wollte mir das Versteck des Eis sagen, brachte es aber nicht mehr heraus.«

Plötzlich war Misk erstarrt, als lauschte er auf eine ferne Stimme.

»Was hast du erfahren?« tönte es aus dem kleinen Lautsprecher.

»Sie sagte mir nur, daß ich mich den Wagenvölkern anschließen sollte.«

Misk bewegte nachdenklich die Fühler. »Dann muß es sich bei den Wagenvölkern befinden – oder sie kennen das Versteck.«

»Aber das Ei müßte längst verdorben sein.«

Misk sah mich ungläubig an. »Es ist ein Ei der Priesterkönige«, sagte er. Dann senkte er traurig die Fühler. »Aber natürlich kann es zerstört worden sein.«

»Wahrscheinlich.«

»Zweifellos.«

»Aber du bist nicht sicher«, sagte ich.

»Nein.«

»Du könntest Eingepflanzte losschicken.«

»Es gibt keine Eingepflanzten mehr«, sagte Misk. »Wir haben sie zurückgerufen und entfernen die Kontrollnetze. Sie dürfen in ihre Städte zurückkehren, können aber auch im Nest bleiben, wenn ihnen das lieber ist.«

»Damit gebt ihr freiwillig ein wertvolles Überwachungsinstrument aus der Hand.«

»Ja.«

»Aber warum?«

»Es ist nicht richtig, vernunftbegabte Wesen mit einem Netz zu versehen.«

»Ich glaube, da hast du recht.«

»Der Beobachtungsraum wird in nächster Zeit nicht in Betrieb genommen – und auch dann werden wir nur im Freien arbeiten können.«

»Wenn ihr eure alte Macht wiedergewonnen habt – was wollt ihr damit tun? Wollt ihr dem Menschen auf bestimmten Gebieten weiter Vorschriften machen?«

»Bestimmt sogar.«

Ich schwieg.

»Wir müssen uns und die Menschen, die bei uns leben, schützen«, sagte Misk.

Ich starrte den Hügel hinab, sah das Lagerfeuer in der Dunkelheit flackern, sah die Gestalten, die sich daran wärmten und zu uns heraufstarrten.

»Was ist mit dem Ei?« fragte Misk.

»Ja, was ist damit?«

»Ich kann nicht selbst auf die Suche gehen. Ich werde im Nest